AF372033

# Morder el polvo

# Morder el polvo

LYLA SAGE

TITANIA

Argentina • Chile • Colombia • España
Estados Unidos • México • Perú • Uruguay

Título original: *Done and Dusted*
Editor original: Dial Press,
an imprint of Random House,
a division of Penguin Random House LLC.
Originally self-published by the author in 2023.
Traductora: Lidia González Torres

1.ª edición Agosto 2024



Plaza de los Reyes Magos, 8, piso 1.º C y D — 28007 Madrid
www.titania.org
atencion@titania.org

ISBN: 978-84-19131-80-5
E-ISBN: 978-84-10365-08-7
Depósito legal: M-14.899-2024

Fotocomposición: Urano World Spain, S.A.U.
Impreso por Romanyà Valls, S.A. – Verdaguer, 1 – 08786 Capellades (Barcelona)

Impreso en España – *Printed in Spain*

*Para Leo. Mi salteador de caminos,
mi rayo de sol y mi única gota de lluvia.
Te echo de menos todos los días.*

# AVISOS DE CONTENIDO

Este libro está destinado a lectores adultos (+18). *Morder el polvo* contiene lenguaje explícito y contenido sexual explícito.

Avisos de contenido adicionales:

- Ansiedad
- Trauma tras una lesión
- Consumo de alcohol
- Discusiones sobre TDAH
- Referencia a drogas
- Referencias a un ex con un potencial comportamiento controlador
- Muerte de un padre (pasado, no aparece descrito)
- Ataques de pánico (uno descrito)
- Referencias a un entorno tóxico durante la infancia
- Referencias a relaciones parentales tóxicas

# NOTA DE LA AUTORA

Cuando empecé a escribir *Morder el polvo*, quería crear un personaje con el que pudiera identificarme yo, y otras mujeres como yo. Me encanta leer y, al igual que tú, he leído muchos libros. Hay muchos personajes que los guardo cerca de mi corazón, pero con los que no me identifico tanto como me gustaría porque vivir dentro de sus cabezas es muy diferente a estar en la mía.

El personaje principal de *Morder el polvo* se llama Emmy. Emmy y yo no tenemos mucho en común, pero, al igual que yo, Emmy tiene TDAH. Las diferencias entre cómo funcionan nuestros cerebros pueden ser sutiles, pero eso no significa que no existan o que no tengan un impacto en cómo vivimos nuestras vidas.

Sé que un diagnóstico de TDAH es distinto para cada persona, pero si alguna vez te ha costado explicar por qué dejas literalmente todo para el último momento, por qué te sientes fuera de control, por qué parece que tu lengua no debería estar en tu boca cuando la música está demasiado alta, ni cualquiera de las innumerables cosas que sentimos y que forman parte del TDAH, puede que te veas reflejado en *Morder el polvo*.

Emmy y yo estamos contigo.

Feliz lectura,
Lyla

**MORDER EL POLVO:**

LOCUCIÓN VERBAL.


Salir derrotado o humillado.

# 1

# EMMY

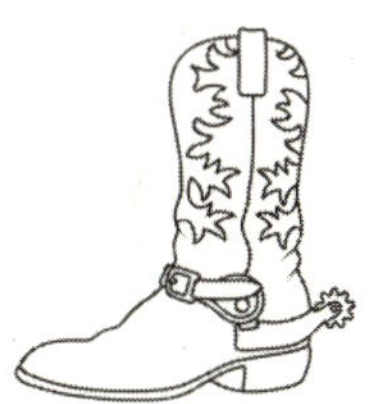

—Clementine Ryder, te juro por Dios que, como te pases toda la noche de bajona, te llevo de vuelta a casa —dijo Teddy.

—¡No estoy de bajona! —protesté, a pesar de que no cabía duda de que estaba de bajona. Estar en casa ejercía ese efecto sobre mí. Igual que cuando Teddy usaba mi nombre completo. En serio, ¿quién le ponía a su única hija el nombre de una fruta?

Cuando se trataba de una salida nocturna, Teddy iba en serio, y cuando Teddy iba en serio, era imposible discutir con ella. Por lo general, no me importaba. Teddy era mi mejor amiga. Me conocía mejor de lo que yo me conocía a mí misma y sabía lo que necesitaba antes que yo. Cuando esta mañana tomé la decisión de meter mis cosas del apartamento en cajas, romper con mi novio mediante un pósit pegado a la nevera y dejar las carreras de barriles, conduje casi quinientos kilómetros hasta su casa, situada en nuestro pequeño pueblo natal.

Ni siquiera había sacado mis cosas de la camioneta, la cual había dejado en el camino de entrada de Teddy.

Reconocí el camino de tierra por el que nos estaba llevando Teddy y deseé volver a mi camioneta en ese mismo instante.

—¿La Bota del Diablo? ¿En serio? —pregunté. Sabía que no había muchas opciones en Meadowlark, pero La Bota del Diablo era un sitio que prefería evitar. Las posibilidades de que conociera a cada uno de sus ocupantes actuales eran peligrosamente altas.

Mi padre y mis hermanos todavía no sabían que estaba en casa, y necesitaba que se mantuvieran desinformados un poco más.

—Sí, La Bota del Diablo. Es divertido y absurdo —explicó—. Y necesitas algo divertido y absurdo, Emmy. —Para ser sincera, lo más probable era que necesitara eso, pero, desde siempre, la definición de «divertido» de Teddy había sido un poco diferente a la mía.

—¿Sabes lo que es divertido? —pregunté—. Vino y...

Teddy me interrumpió y terminó la frase.

—Vino y *Sweet Home Alabama* es divertido. Tienes razón —dijo—. Pero, Emmy, llevas un mes con vino y *Sweet Home Alabama* en tu apartamento de Denver. Literalmente cada vez que te llamaba por FaceTime, oía cómo dejaban plantado a Patrick Dempsey en el altar y luego veía sus ojos azules llorosos en mi cabeza. No puedo soportarlo para siempre, tengo un límite.

—Es la mejor escena de toda la película —argumenté—. Te rompe el corazón y te lo vuelve a reconstruir.

Teddy se llevó la mano al corazón.

—No estoy atentando contra los méritos de *Sweet Home Alabama* —contestó—. Jamás lo haría. Solo digo que hay una razón por la que viniste a casa en vez de verla por trigésima segunda vez.

Maldita sea. Odiaba cuando tenía razón.

—Vale —accedí—. Pero tú pagas todas las rondas.

Teddy se rio.

—Te falta ambición. ¿Por qué debería pagarte las bebidas, o las mías, cuando sé que hay al menos una docena de hombres en La Bota del Diablo a los que les encantaría invitarnos?

—Sobrestimas mis poderes de persuasión masculina —dije.

—Y tú subestimas los míos —contestó con un guiño—. Además —añadió—, eres Clementine Ryder, campeona de carrera de barriles y miembro de la familia más querida de Meadowlark. Seguro que la gente se pelea para ver quién te invita, y a mí por asociación, a una copa.

Bufé con fastidio.

Teddy me dedicó una de sus sonrisas triunfadoras.

—Entre la universidad y las carreras, llevas casi una década fuera, y cuando vuelves, solo te relacionas con tu familia y conmigo —continuó—. Pasaste de ser la niña bonita de Meadowlark al misterio de Meadowlark. La gente se alegrará de verte.

La camioneta de Teddy se detuvo. Miré el conocido aparcamiento de tierra a través de la ventanilla del lado del copiloto. Estaba lleno. Pues claro que lo estaba. Era viernes por la noche en Meadowlark, Wyoming.

¿Por qué el incidente que me llevó a meter mi vida de Denver en cajas y salir pitando a casa no había esperado al lunes?

La Bota del Diablo era uno de los bares más antiguos de Wyoming, y estaba situado casi en el límite del condado de Meadowlark. Estaba lo suficientemente apartado, por lo que sus ocupantes casi siempre eran locales. Desde fuera, no parecía gran cosa. Aunque, qué narices, en el interior tampoco parecía gran cosa. Era una construcción antigua de madera a lo taberna clásica. Había parches de pintura descolorida, carteles de neón en exceso y un trozo de madera contrachapada, que colgaba sobre la puerta de entrada y que tenía una bota de vaquero con un tridente de demonio dentro pintada con espray. No ponía «Bota del Diablo» en ninguna parte, ni en la puerta, ni en los vasos de cerveza ni en nada. Siempre han sido solo la bota solitaria y el tridente.

A pesar de que seguíamos dentro de la camioneta, oía a la banda. Estaban tocando una versión de Hank Williams. Solo eran las nueve, por lo que los clásicos del *country* continuarían hasta que el público pidiera canciones más nuevas que pudieran bailar y cantar. Cruzaba los dedos para que Teddy y yo nos hubiéramos ido para entonces.

Pero tampoco tenía muchas esperanzas.

—Oye. —La voz de Teddy era suave desde el asiento del conductor—. Si de verdad no quieres estar aquí, podemos irnos, pero no se me ocurre otra cosa que preferiría hacer que pasar la primera noche de mi mejor amiga en casa en un sitio que a ambas nos encanta en secreto. —Sí que me encantaba este sitio, aunque a regañadientes—. Siempre nos lo pasamos bien aquí. Los riesgos son bajos y la recompensa, alta.

Suspiré. Una pequeña parte de mí estaba… emocionada por estar en La Bota del Diablo. Por estar en casa.

Y una parte incluso más pequeña sabía que Teddy tenía razón. Nos lo íbamos a pasar bien, la gente iba a ser amable y seguro que no íbamos a tener que pagarnos las bebidas. Eso era lo que tenía Meadowlark: era predecible. Cómodo, incluso. Dos cosas que necesitaba ahora mismo.

—¿Qué quieres hacer, Emmy? —preguntó Teddy.

La miré.

—Quiero quedarme —respondí. Y lo decía en serio.

La enorme sonrisa que esbozó Teddy podría haber iluminado Meadowlark y todos los condados de alrededor. Me cogió la mano y me dio un apretón.

—Esa es mi chica. Vamos allá.

«Respira hondo, Emmy». Tiré del manillar para abrir la puerta del copiloto de Teddy y empujé con fuerza. Su Ford

Ranger de 1984 tenía algunas peculiaridades; una de ellas eran las puertas que apenas funcionaban.

En cuanto mis botas golpearon la tierra, se me empezó a deshacer el nudo que se me había formado en el estómago. Ese sonido tenía algo reconfortante. La sensación de las piedras debajo de las suelas de las botas me recordaba que estaba bien. Era algo familiar. Últimamente todo me resultaba desconocido, pero no esto. No mi hogar.

Después de pasarme tanto tiempo planeando cómo iba a escapar de Meadowlark, no sabía cómo iba a sentirme al volver. Volvía durante las vacaciones, para cumpleaños y algunos fines de semana, pero esto parecía más permanente. Pensaba que iba a sentirme atrapada, al igual que años atrás.

Pero no fue así. Me sentía maravillosamente normal.

Respiré hondo el aire fresco de la noche. Noté cómo el aire que me entraba en los pulmones empezaba a empujar el peso que se me había asentado en el pecho.

Oí las botas de Teddy rodeando la camioneta y acercándose a mí al tiempo que me cerraba más el abrigo.

—Dios, Ryder —dijo—. Se me había olvidado lo buena que estabas.

Esbocé una sonrisa. Una de verdad.

Los cumplidos de Teddy eran los mejores porque sabía que los decía en serio. Teddy era sincera, feroz y cariñosa. Nunca decía nada que no sintiera.

—Ya me voy a ir contigo esta noche, Andersen. No hace falta que me cubras de halagos —contesté mientras entrelazaba el brazo con el suyo—. Hacemos una buena pareja.

Y así era.

Teddy y yo éramos inseparables desde que su padre empezó a trabajar en el rancho de mi familia hacía más de veinte años. A pesar de que habíamos pasado los últimos cuatro años después de la universidad en ciudades diferentes, hablábamos casi todos los días y Teddy hacía el trayecto de ocho horas en coche a Denver al menos cuatro veces al año. Tenía suerte de tener una amiga como ella, la clase de amiga con la que la mayoría de la gente solo era capaz de soñar.

Cuando aparecí en su camino de entrada hoy, llevaba toda mi vida en la camioneta. Ni siquiera pestañeó. No me preguntó por el apartamento, por el novio ni por la carrera profesional que había dejado atrás. Se limitó a darme queso y Coca-Cola Light y dejó que me enfurruñara en su sofá durante unas horas. Luego, juntó las manos, su señal para indicar que íbamos a pasar página, y me dijo que fuera a buscar algo que ponerme a su armario porque íbamos a salir.

Acabé con una sencilla camiseta de tirantes blanca, actualmente cubierta por mi querida chaqueta vaquera con el interior de borrego, y una falda blanca de satén del armario de Teddy. La abertura estaba un poco más alta de lo habitual —justo por encima de la mitad del muslo—, pero me encantaba cómo me hacía sentir. Seductora. Llevaba unas botas *cowboy* que nunca deberían estar a menos de tres metros de un caballo, pero eran perfectas para una noche en el bar.

Teddy llevaba un *crop top* negro de manga corta y unos vaqueros azules claros que parecían haberlos moldeado para su cuerpo. Llevaba el pelo cobrizo recogido en una coleta alta que rebotaba con cada movimiento.

—¿Estás lista, nena? —preguntó.

Otra bocanada profunda del aire fresco de Wyoming. «Estás bien, Emmy», pensé para mí misma. «Ya no tienes las botas en los estribos. Estás en tierra firme».

—Estoy lista.

# 2

---

# EMMY

Cruzar el umbral de La Bota del Diablo fue como ponerme mis vaqueros favoritos. Todo al respecto… encajaba. Era oscuro y lúgubre y olía a humo de cigarro viejo. En Wyoming, fumar en interiores se volvió ilegal en 2005, pero nadie decía nada si alguien se encendía uno de vez en cuando en La Bota del Diablo.

Al fin y al cabo, era un antro de mala muerte en toda regla, iluminado solo por una tenue luz amarilla que había detrás de la barra, las luces de los escenarios y una multitud de carteles de neón.

Los carteles de neón que iluminaban la oscuridad tenían algo especial.

Mi cartel favorito era el de un vaquero montado en una botella de cerveza como si fuera un toro, y estaba justo encima de mi mesa alta favorita, la del rincón. Creo que nunca había visto La Bota del Diablo a la luz del día, y no creo que quisiera hacerlo. Todo parecía más desconcertante bañado en neones.

Y todo el mundo tenía mejor aspecto también. Eso era lo que metía en problemas a todos los que se encontraban en el interior de La Bota del Diablo.

Tras unos pocos pasos, noté cómo se me estaban empezando a quedar pegadas las botas al suelo (con toda probabilidad, disfrutando del maravilloso sabor a *whisky* derramado hacía treinta años) a medida que Teddy y yo nos abríamos paso hacia mi rincón con el neón del vaquero.

—Vale, ¿esta noche vamos a por licor claro u oscuro? —me preguntó Teddy.

—Claro —respondí, ya que sabía que en La Bota del Diablo había dos opciones: vodka o tequila. Y sabía al cien por cien que Teddy iba a elegir tequila.

—Tequila, pues —dijo. Algunas cosas no cambian nunca.

No había nada como la sensación de familiaridad que solo es capaz de proporcionar el estar rodeado de gente a la que quieres, y quería a Teddy con toda mi alma.

—Tú quédate aquí, sexi y misteriosa, mientras yo voy a por la primera ronda —gritó Teddy por encima de la banda.

—Tequila con soda, ¿vale? —Sabía que, si no se lo aclaraba, volvería con dos chupitos. Para cada una—. Déjame empezar poco a poco.

Teddy puso los ojos en blanco y empezó a alejarse.

—Vale. Tequilas con soda. Por ahora.

—¡Con extra de lima, por favor! —grité. Agitó la mano sin girarse para avisarme de que me había escuchado.

Me quité la chaqueta vaquera y la colgué en el respaldo de la silla antes de sentarme y examinar mi entorno.

Reconocí a algunos clientes habituales del bar: George, Fred, Edgar y Harvey. Creo que llevaban viniendo cada noche desde, al menos, el principio de los tiempos. Solía haber un quinto integrante en su pequeña camarilla, pero Jimmy Brooks falleció hace unos años. Nadie ocupaba nunca sus asientos en el extremo más alejado de la barra; incluso el de Jimmy seguía libre. Me preguntaba si llegaría el momento en el que alguien tuviera los cojones suficientes o fuera lo bastante estúpido como para sentarse en él. Los hombres eran viejos, pero eso no significaba que no acojonaran a todo el mundo.

Teddy se había abierto paso hasta la barra y, en ese momento, estaba agitando la coleta hacia Edgar, sin duda intentando embaucar al viejo para que nos pagara las bebidas.

La banda pasó a tocar una versión de *I've Always Been Crazy* de Waylon Jennings. Había una multitud de gente en la parte delantera del escenario cantando el estribillo a gritos. Los observé, y su alegría sin reservas me arrancó una gran sonrisa.

—¿Emmy? —Aparté la mirada del grupo de vaqueros que estaban cantando y la dirigí al dueño de la voz grave.

—Kenny, hola. —No recordaba la última vez que vi a Kenny Wyatt (¿en la graduación del instituto?), pero, allí de pie delante de mí, lo reconocí al instante. Llevaba el pelo rubio oscuro corto y lucía una barba bien recortada con la que no me lo habría imaginado jamás. Kenny era más conocido por haber sido *quarterback* en el Instituto Meadowlark, pero también fue la pareja del baile de bienvenida de Emmy Ryder.

»Me alegro de verte —dije mientras me levantaba de la silla para darle un abrazo rápido. Me rodeó con los brazos con fuerza y me dio un apretón. Cuando me separé, mantuvo una mano en mi cadera, así que yo mantuve otra en su hombro. Donde fueres, haz lo que vieres, supongo.

—Joder, Em. Ha pasado una eternidad. Creía que ahora mismo estabas en la gira de la APRF. —Seguro que la Asociación Profesional de Rodeo Femenino pensaba lo mismo también.

—Me estoy tomando un descanso —contesté. Empecé con el discurso que había ensayado durante todo el trayecto desde Denver hasta Meadowlark—. Llevo mucho tiempo con las carreras, así que se me ocurrió pasar un tiempo con mi familia. Además, echaba mucho de menos el rancho.

Me dio un pequeño apretón en la cintura. No lo odié.

—Tu padre y tus hermanos están dirigiendo toda una operación allí arriba. Seguro que se alegran de que hayas vuelto.

—Sí, seguro que sí. Cuando se enteraran de que había vuelto—. ¿Cuánto tiempo vas a estar por aquí? —«Para siempre, probablemente», pensé, teniendo en cuenta que, a estas alturas, ni siquiera era capaz de subirme a un caballo.

Para alguien que se había pasado toda la vida montando a caballo, ser incapaz de superar el bloqueo mental causado por una lesión que había ocurrido encima de uno era una pesadilla. Sabía que, si quería volver a montar, aunque no fuera para competir, Meadowlark y Rebel Blue eran los lugares por los que debía empezar.

—Unos meses, por lo menos —respondí, intentando que mi voz emanara entusiasmo, pero no el suficiente como para que sonara forzada—. Sienta bien estar en casa.

Kenny me sonrió. Una sonrisa grande, cálida y honesta.

—Me alegro mucho de verte, Emmy. Tienes buen aspecto también. Muy buen aspecto. —Noté cómo mis mejillas empezaban a adquirir una tonalidad carmesí. Kenny siempre había sido una persona con labia. La forma en la que me miraba, como si llevara todo este tiempo esperándome, además de la sinceridad de sus palabras, hizo que me entraran ganas de salir corriendo y esconderme.

En vez de eso, esbocé una sonrisa a modo de respuesta y dije:

—Yo también me alegro de verte, Kenny.

—Mientras estés aquí, deberíamos vernos más… —Las palabras de Kenny se vieron interrumpidas por la banda, que había puesto fin a su interpretación de *Good Hearted Woman* sin ningún tipo de cuidado. Se produjo un silencio confuso en el bar mientras todos esperaban su siguiente movimiento.

Tras unos segundos, el guitarrista acústico tocó los primeros compases de (¡Dios, no!) *Oh My Darlin' Clementine*.

Solo había dos personas a las que les parecía divertido torturarme con esa canción cada vez que entraba en una habitación. Una de ellas era mi hermano mayor, Gus, pero sabía que ahora mismo ni siquiera se encontraba dentro de las fronteras del estado de Wyoming. Eso solo podía significar una cosa. *Él estaba aquí.*

Furiosa, recorrí el bar con la mirada, buscándole. «Ese cabrón». Los clientes de La Bota del Diablo empezaron a cantar y a contonearse, muchos de ellos lanzando sonrisas tontas en mi dirección. A estas alturas, la canción ya era un chiste interno de todo el pueblo y, ahora mismo, yo estaba más que concentrada en encontrar al bromista.

No lo veía, pero tenía que estar en alguna parte. ¿Por qué estaba en La Bota del Diablo? ¿No tenía torres de latas de cerveza por hacer en su salón? ¿Botellas de *whisky* a las que disparar?

Si había sido capaz de convencer a la banda para que dejara de tocar, lo más probable era que estuviera cerca del escenario. Sin pensarlo, me dirigí hacia esa dirección. Seguí escaneando el bar a medida que caminaba. Mala idea para una chica que solo se coordina cuando está a lomos de un caballo.

Me tropecé con las botas y me choqué contra algo duro.

Un pecho.

El pecho de un hombre.

El pecho del hombre.

Alcé la mirada hacia su dueño, quien estaba esbozando una enorme sonrisa de arrogancia.

Era él.

Luke Brooks.

# 3

## LUKE

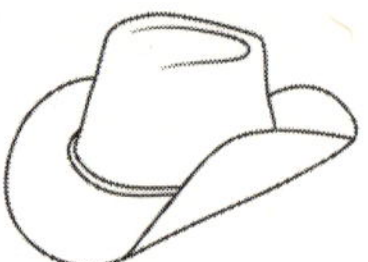

La vi en cuanto sus botas *cowboy* negras cruzaron el umbral de mi bar. Era la niña bonita de Meadowlark, un enorme incordio y la hermana pequeña de mi mejor amigo. Clementine Ryder.

La última vez que la vi fue hace dos años, durante las vacaciones de verano, pero se estaba yendo del rancho Rebel Blue justo cuando yo llegaba. Porque, como de costumbre, llegaba tarde.

Gus me dijo que, durante los últimos años, la agenda de Emmy había sido bastante intensa. Teniendo en cuenta que era la caña como jinete de carreras, estoy seguro de que era verdad. Teniendo en cuenta que los Ryder eran la única familia que había tenido, Emmy era una presencia constante en mi vida, a pesar de que rara vez la veía hoy en día. A veces estaba con Gus cuando llamaba o veía que había ganado otro título en el periódico, pero eso era diferente a que entrara en mi bar un viernes por la noche.

Con «ese» aspecto.

Hostia puta. ¿Siempre había sido así?

¿O no era más que el aspecto que tenía bajo el resplandor de los neones?

Tenía el pelo alborotado y desordenado. Parecía aún más largo que la última vez que la vi, le llegaba a la mitad de la espalda. Llevaba una falda hecha de un tipo de tela brillante; satén o seda, creo. Se movía sobre su cuerpo como el agua. Hizo que me preguntara cómo se vería envuelta en sábanas. Pero no unas sábanas cualquieras; «mis» sábanas.

Joder. ¿De dónde cojones había salido eso? ¿Qué me pasaba? Estaba claro que hacía mucho tiempo que no me acostaba con nadie. No quería pensar cuánto tiempo.

«Es la hermana pequeña de tu mejor amigo, tarado».

Dos palabras sonaron en mi cabeza como campanas de alarma: zona prohibida.

Pero, Dios. Estaba guapa. No pasaba nada si reconocía que estaba guapa, ¿verdad? Era una mujer adulta. Yo era un hombre adulto que, normalmente, disfrutaba viendo a mujeres guapas. Hacía tiempo que no veía a una.

Al menos, no así de guapa. De todas formas, tampoco era como si fuera a pasar algo entre nosotros. No me soportaba.

Joe, que estaba atendiendo tras la barra esta noche, me hizo señas, lo que me sacó de mis pensamientos inapropiados sobre Emmy Ryder. ¿Qué narices estaba haciendo ella aquí?

Normalmente me enteraba de que venía de visita porque Gus no paraba de hablar de ello durante los días previos a su llegada, pero no había comentado nada desde que se fue ayer a Idaho. Además, cuando volvía a casa no salía del rancho. No era ningún secreto que Emmy siempre había querido irse de Meadowlark. Lo único más fuerte que su deseo de irse era el amor que sentía por su familia, y eso era lo que la traía de vuelta un par de veces al año.

—¡Brooks! Necesitamos cambio en la barra, tío —dijo Joe por encima de la música. Cierto, eso era lo que estaba haciendo antes de que cierta persona de pelo castaño atravesara la puerta y me detuviera en seco. ¿Desde cuándo la integrante más joven de los Ryder tenía ese efecto en mí?

Desde ahora, al parecer.

Menudo puto fastidio.

Miré hacia atrás e incliné la cabeza en dirección a Joe para comunicarle que le había oído. Fue entonces cuando me fijé en una pelirroja que estaba flirteando en la barra con uno de mis jinetes. Reconocí su cola de caballo antes de verle la cara: Teddy Andersen.

Si hubiera visto a Teddy primero, a lo mejor podría haberme preparado para la llegada de Emmy. Cuando se trataba de esas dos, una cosa era segura: donde iba una, la otra la seguía. Eso sacaba de quicio a Gus.

Siempre pensaba que Teddy era demasiado; demasiado ruidosa, demasiado vulgar y demasiado problemática.

A mí me caía bien. Siempre había sido una buena amiga para Emmy y era una de las pocas personas que no se amedrentaba ante la estupidez general de Gus.

Además, cuando estaba cerca, siempre podía contar con que mis clientes se iban a gastar un poco más de dinero y con que les daría a mis camareros una propina ligeramente mayor. Teddy era buena para el negocio, pero Gus creía que no era un buen ejemplo para su hermana pequeña. Yo pensaba que Emmy se merecía un poco más de crédito. Era callada, pero matona. Es por eso que Teddy y ella hacían una buena pareja. Tampoco era algo que fuera a decirle a Gus jamás.

Emmy no era asunto mío.

Los ojos de Teddy se cruzaron con los míos, y su mirada se clavó en mí.

No supe distinguir su expresión, pero entonces vi que su mirada se desviaba hacia Emmy antes de volver a mí. «Joder». Me había pillado mirando donde no debía. Me di la vuelta enseguida y recorrí el bar en dirección a mi despacho. Estaba justo detrás del escenario, donde la banda del local, Fiddleback, estaba tocando un montón de canciones de Waylon, como de costumbre.

La Bota del Diablo había tenido una banda en directo desde que tenía uso de razón, pero, generalmente, solo los viernes. Desde que tomé el mando, la banda del bar tocaba los viernes, y los martes, jueves y sábados lo hacían otras bandas locales. Podían tocar algunas canciones originales siempre y cuando completaran el repertorio con los clásicos.

A mis clientes les encantaba cantar. A todo volumen.

El resto de los días de la semana, poníamos la gramola de toda la vida.

Intenté, sin éxito, no mirar a Emmy mientras me dirigía a mi despacho. La vi justo cuando se estaba quitando la chaqueta vaquera, dejando al descubierto una camiseta de tirantes blanca escotada que mostraba sus brazos tonificados. «Dios mío».

Entre eso y la puta falda, me entraron ganas de gritar.

«Cambio, Brooks. Joe necesita cambio. Coge el cambio».

Le daría a Joe su cambio y luego me convertiría en el propietario del bar más ocupado del mundo. Solo tenía que sobrevivir a la noche, ya que por la mañana el brillo de los neones habría desaparecido y Clementine Ryder volvería a parecerse a la hermana pequeña de mi mejor amigo.

O eso esperaba.

Mi despacho era pequeño, pero tenía lo esencial: un escritorio, un sofá pequeño y una botella de *whisky* dentro de uno de los cajones de la mesa. No pasaba mucho tiempo ahí dentro. Cuando se trataba de negocios, solía hacer el trabajo que había que hacer en el bar antes de abrir. Me gustaba ver cómo se transformaba el lugar del día a la noche. Era algo mágico.

Nunca me vi a mí mismo como propietario de un negocio. Ni yo ni nadie. En Meadowlark no se me conocía precisamente por ser responsable, pero este bar hizo que quisiera ser más de lo que los demás esperaban de mí.

No sabía si lo estaba consiguiendo.

Como el despacho estaba justo detrás del escenario, sentía el bombo. Su vibración sacudía el vaso y el *whisky* que había sacado del cajón superior del viejo escritorio de roble. Me serví un chupito y lo volví a guardar con la esperanza de que amortiguara el nuevo efecto que Clementine Ryder estaba causando en mí.

¿Por qué me estaba pasando esto?

Esperé a que se me fuera el ardor de la garganta antes de coger un fajo de dinero para la barra. No lo conté, pero teniendo en cuenta el tamaño, debería haber más que suficiente para que se las apañaran el resto de la noche. Yo, sin embargo, era probable que fuera a necesitar más chupitos en el despacho si iba a tener que ver a Emmy toda la noche.

Ni siquiera quería saber qué me haría Gus si supiera lo que estaba pensando sobre su hermana pequeña.

Mutilarme, como mínimo. Asesinarme, con toda probabilidad.

Salí del despacho con el dinero en efectivo en el bolsillo y cerré la puerta con llave. Cuando alcé la mirada, tuve unas vistas perfectas de Emmy tonteando con nada menos que el puto Kenny Wyatt.

Pequeño cabronazo rastrero. Sí, Kenny era el chico predilecto del pueblo, pero a los hermanos mayores de Emmy y a mí no se nos había olvidado cómo dejó a Emmy por otra chica en el baile de bienvenida de último año.

Describir al hermano mayor de Emmy como protector era el eufemismo del siglo, y su otro hermano, Wes, era igual, pero de un modo menos intenso. Gus sería el que le daría una paliza a cualquiera que le hiciera daño a Emmy, y Wes sería el que se aseguraría de que ella estuviera bien.

Yo no tenía lo que se decía una familia, pero tenía a los Ryder, así que casi siempre me arrastraban con ellos cuando había que defender el honor de Emmy, cosa que ocurría más de lo que uno podría pensar.

A día de hoy, dudo que Kenny supiera cómo su preciado Mustang acabó en la otra punta del pueblo con las cuatro ruedas pinchadas.

Y ahora, ese trozo de mierda tenía una mano sobre Emmy, y ella le estaba sonriendo, así que hice lo que Gus y Wes hubieran querido que hiciera: aparté sus sucias manos de ella. Esa fue la única razón por la que lo hice. Por Gus y Wes. No por mí.

No porque estuviera celoso.

Ni de coña estaba celoso.

Su expresión en cuanto oyó la guitarra acústica no tuvo precio. Como extra, su mano se había separado al momento del brazo del capullo. «Bien». No obstante, la mano de él permaneció en su cintura mientras Emmy empezó a recorrer el bar con la mirada, buscándome a mí, con toda probabilidad. Debía de saber que Gus estaba en Idaho en algo sobre rancheros, y yo era la única otra persona que disfrutaba buscándole las cosquillas.

Hice todo lo posible por ignorar cómo Kenny mantenía la mano sobre ella (como si fuera suya) o, de lo contrario, iría hacia allí y se la rompería. Observé cómo miraba el bar. Estaba muy concentrada, y me di cuenta de que estaba hecha una furia. En sus ojos había algo de lo que no me había percatado cuando la había mirado antes: fuego. Sin poder evitarlo, empecé a caminar hacia ella, dispuesto a quemarme.

• • •

## EMMY

Noté cómo las manos de Brooks me agarraban la parte superior de los brazos para estabilizarme después de chocarme contra su pecho, lo que fue como golpearme contra un muro de ladrillos. Estaba *duro*. ¿Había empezado a levantar coches o algo así?

Sus manos eran ásperas contra mi piel, y odié el pequeño estremecimiento que me recorrió ante su tacto.

Daba igual la edad que tuviera; cuando Brooks estaba involucrado, volvía a tener trece años y a ver a su yo de dieciocho años embalando heno sin camiseta. Era agradable de ver entonces, y era agradable de ver ahora. A pesar de que el amor platónico adolescente que sentía por él se disolvió en cuanto me volví lo bastante lista como para darme cuenta de lo insoportable que era, había algo en él que se me metía bajo la piel.

Me encogí de hombros para quitarme sus manos de encima, frustrada por el hecho de que todavía tuviera algo de efecto en mí. Era alta, medía casi un metro ochenta, pero, aun así, tenía que estirar el cuello para lanzarle cuchillos con la mirada a Brooks. No había cambiado mucho en los últimos años.

En todo caso, se había vuelto más guapo, lo que me irritaba más de lo que ya estaba.

Brooks no solo era alto; era ancho. Su pelo marrón oscuro, que siempre había sido largo, le llegaba hasta la mitad del cuello. Tenía unas ligeras ondas por las que muchas mujeres morirían, incluida yo.

Al igual que sus estúpidas pestañas que enmarcaban sus estúpidos ojos de color chocolate. Tenía el pelo lo bastante largo como para poder colocárselo detrás de las orejas, lo que significaba que le veía la estúpida mandíbula afilada con su estúpida barba de un par de días.

Estaba segura de que había muchas chicas a las que les encantaría que sus hermanos tuvieran un mejor amigo tan guapo como Luke Brooks. Yo era una de ellas. Hasta que abría su estúpida boca y hablaba con su estúpida voz grave.

A estas alturas debería haber sido más creativa con los insultos descriptivos, pero Luke Brooks tenía la manía de frustrarme lo suficiente como para que todos los pensamientos coherentes se fueran corriendo de mi cabeza.

Era exasperante.

Él era exasperante.

—Hola, Clementine —dijo, arrastrando las palabras. Mi mirada hostil no conseguía repeler la arrogancia que le rezumaba por cada poro. Era palpable. Siempre era así. Si su ego fuera algo físico, sería más grande que todo el estado de Wyoming. Puede que también de Colorado y Utah.

—Vete a la mierda, Brooks. —Soltó un silbido bajo que terminó en una risita. Odiaba cuando hacía eso.

—Me alegra ver que tienes la lengua igual de afilada que siempre, tesoro. —La forma en la que dijo «tesoro» fue casi degradante.

—No. Me. Llames. Así. —Hice una pausa detrás de cada palabra, dejando que mi enfado hacia Brooks enfatizara cada una.

—No dejes que Kenny Wyatt te manosee —contraatacó Brooks—. Así no tendré que rescatarte.

¿Iba en serio? ¿Había utilizado esa estúpida canción para librar una batalla psicológica porque un chaval del instituto me había puesto la mano en la cintura?

Seguro que una mano en la cintura era el gesto más inocente que había tenido lugar en toda la historia de este bar. En serio. Ni siquiera quería saber cuánta de la población de Meadowlark había sido concebida en los baños de La Bota del Diablo.

—¿«Rescatarme»? —inquirí. Mi voz era cada vez más fuerte, pero, por suerte, no más fuerte que la música… todavía—. Te lo tienes muy creído, Brooks.

La banda llegó a la parte de la canción que hablaba sobre burbujas suaves y finas, menos mal. Faltaba poco para que terminara. Casi todo el mundo en el bar estaba cantando, pero la mayoría se había olvidado de que yo estaba allí después del primer estribillo, por lo que la estúpida broma de Brooks no había durado mucho.

—Sí, Clementine. Rescatarte. Tus hermanos perderían la cabeza si te vieran tonteando con Wyatt.

—No estaba tonteando con Kenny. Solo lo estaba saludando. Pero si lo hubiera estado haciendo, no sería asunto tuyo. No eres mi guardián, Brooks. Y tampoco lo son Gus y Wes. Sé cuidar de mí misma.

—En realidad, lo que *mis* clientes hacen en *mi* bar es asunto mío. —¿Su bar? ¿Desde cuándo?—. Y tu familia es mi familia, Emmy, así que, aunque no estuvieras en mi bar, serías asunto mío. Siempre has sido asunto mío y siempre serás asunto mío. —El nivel de autoridad que emanaba de su voz me dijo que no quería que lo cuestionara.

Me daba igual.

Tenía que estar de broma. No era el propietario de La Bota del Diablo. No sabía quién lo era, pero era imposible que fuera Luke Brooks. Era imprudente e irresponsable. Estaba bastante segura de que lo único de lo que había sido propietario en su vida era de una camioneta Chevy C/K negra que apenas podía calificarse como vehículo y un puñado de camisetas sin mangas que solían ser de manga corta hasta que las mutiló con un par de tijeras.

—Este no es tu bar —dije, desafiante.

—Este es *mi* bar, tesoro. Y ahora mismo mis camareros necesitan cambio, así que mueve tu culo y quítate de en medio. —Empezó a empujarme para pasar por mi lado, pero se giró hacia mí una vez más—. Y dile a Kenny Wyatt que mantenga las manos quietas u os echaré a ambos.

# 4

## LUKE

Me desperté con el sol colándose por la ventana. Serían un poco más de las seis. Mierda, eso significaba que ya iba tarde. Para ser honesto, dudo que hubiera podido afrontar mi carrera de las mañanas de todas formas. Tres segundos con los ojos abiertos fue lo que tardé en arrepentirme de los chupitos que me tomé con Joe detrás de la barra.

Nunca hacía eso.

¿Por qué cojones lo había hecho?

Ah, sí, porque Emmy, con su pelo desordenado y su maldita falda de satén, se fue anoche de mi bar con Kenny Wyatt. Por mi mente pasaron imágenes de ella echando la cabeza hacia atrás y riéndose de sus bromas como si fuera un vídeo de momentos destacables.

Wyatt no era así de gracioso.

Pero mantuvo sus repugnantes dedos lejos de ella, sobre todo gracias a que Teddy se llevó a Emmy a la pista de baile situada delante del escenario durante casi toda la noche. No obstante, cuando se dirigieron hacia la puerta para marcharse, Wyatt le rodeó la cintura con su delgado brazo y le puso la puta mano en la espalda, demasiado abajo para mi gusto. Me había tomado otro chupito antes incluso de que salieran del bar.

Apreté los dientes ante el recuerdo.

Dios, me dolía la cabeza. Nunca me tomaba más de un chupito en el trabajo e, incluso en ese caso, no lo hacía con mucha frecuencia. Anoche dejé que Emmy me afectara, y no tenía ni idea de por qué.

Tras diez minutos más y un montón de gruñidos, conseguí levantarme de la cama y darme una ducha fría, durante la que intenté eliminar todo pensamiento sobre ella. También es donde me acordé de que me gustaban todas mis extremidades, y no quería darle a Gus un motivo para quitarme ninguna de ellas.

Después de ponerme unos vaqueros desgastados, sonó mi móvil. Miré la pantalla. «Hablando del rey de Roma». Gus.

Tranquilo, Brooks. No hiciste nada. Solo te follaste a su hermana con la mirada. No pasa nada.

Todo va bien.

Cogí el teléfono.

—Aquí Brooks. —¿Me acababa de salir un gallo? Sí, me acababa de salir un puto gallo.

—¿Por qué contestas como si fuera una entrevista de trabajo? —¿Qué narices se suponía que tenía que decir a eso? Era ese saludo o decirle sin querer que pensaba que su hermana estaba buenísima.

—Soy propietario de un negocio. Tengo que mantenerme profesional. —Sí, porque eso es lo que era: un profesional. Gus se quedó callado un segundo.

—¿Estás borracho? —preguntó.

—¿Qué? No. Son las seis y media de la mañana, y sabes que hoy doy clases.

—Solo me aseguraba —dijo—. ¿Puedes recoger a Riley en casa de su madre cuando vayas al rancho esta mañana?

—Como no estás en el pueblo, pensaba que Cam iría a dejarla. —Camille fue un rollo de una noche de hacía cinco años que tuvo como resultado la hija de Gus, Riley. Cuando Riley nació, Camille y Gus se acostaron durante un tiempo, pero no llegaron a ser pareja de manera oficial.

Camille y Gus se llevaban bien, y se habían dividido la custodia de Riley a partes iguales. A Gus hasta le caía bien el nuevo prometido de Camille; tanto como podía caerle bien un chico de ciudad, de todas formas.

Para Gus, Riley era lo más importante del mundo. Cuando llegó, las cosas cambiaron para él, y también lo hicieron para mí.

Yo siempre había sido una especie de inútil, pero para ser justos, venía de una larga estirpe de inútiles. Fui el resultado de una aventura que mi madre tuvo con mi padre. Mi padre no era como Gus. No fue capaz de gestionar dicha responsabilidad. Fue incapaz de hacerle frente, así que acabé en una casa con mi madre, su marido y sus hijos.

Podía decir, sin temor a equivocarme, que no era muy querido por allí.

Mi madre seguía viva, pero hacía años que no la veía ni hablaba con ella. A su marido no le gustaba que tuviera contacto conmigo. No hablar con ella no era del todo agradable, pero prefería no hablar nada con ella que tener que lidiar con mi padrastro. John era un puto personaje.

Mi madre vivía al otro lado de la ciudad con él, y mis hermanos vivían cerca de ellos. Si tuviera que adivinar, lo más probable era que siguiera con la dieta a base de cigarros mentolados y Coca-Cola.

Me pasé los primeros siete años de mi vida preguntándome qué tenía yo de malo. Todavía me lo pregunto, pero todo cambió cuando conocí a Gus.

Gus no solo era protector con Emmy; era protector en general. Siempre había sido así, incluso cuando nos conocimos en la escuela primaria. Antes de alcanzar mi estatura, era básicamente un poste de teléfono andante y más alto que el resto de las personas de mi edad. Mi madre no tenía dinero para comprarme ropa nueva cada vez que daba un estirón, así que acababa con ropa que no me quedaba nada bien. Entre eso y que era el chico que vivía en el parque de caravanas, no impresionaba mucho a mis compañeros.

Los chicos podían llegar a ser brutales.

Sin embargo, un día, Gus vio que unos alumnos de quinto me estaban zarandeando, intervino y básicamente les dijo que se fueran a tomar por culo, todo lo mejor que podía hacerlo un alumno de cuarto. Después de eso, almorcé con él. Bueno, tuvo que darme algo de su comida porque yo no tenía, y después de clase le dijo a Wes que yo era su nuevo amigo.

Eso fue todo.

Cuando encontré a los chicos Ryder, me trataron como si valiera algo. Antes de conocerlos, ni siquiera sabía lo que era un amigo. Nunca había tenido uno, pero ese día acabé con dos.

Así pues, cuando vi a Gus asumiendo la responsabilidad de ser el padre de esa niña, quise asumir la responsabilidad yo también.

Seguía siendo un inútil, pero al menos era un inútil con trabajo, una cuenta de ahorros y unos cuantos objetivos para mi bar.

—Su prometido está intentando cerrar un trato importante o algo así —dijo Gus—. Intentó explicármelo, pero era como si estuviera hablándome en otro idioma. Lo único que sé es que, sea lo que sea, al parecer la obliga a pasarse todo el día codeándose con gente en el club de campo.

—Vale. ¿Por qué no le dices a Emmy que la recoja?

—Porque Emmy está en Denver, tonto —respondió—. ¿Seguro que no estás borracho?

—*Yo* no estoy borracho, pero Emmy puede que sí, teniendo en cuenta cuántos chupitos de tequila se tragó anoche en mi bar.

Al otro lado de la línea no había más que silencio. Tuve el mal presentimiento de haber lanzado a Emmy a los leones. ¿Por qué no le diría a su familia que iba a volver a casa?

Pensé más en ello. ¿Por qué iba a volver a casa cuando su padre y su hermano estaban fuera del pueblo? No era que a Wes no le fuera a hacer ilusión verla, pero estaba haciéndose cargo de las tareas de Amos y Gus en el rancho. No era el momento ideal para que apareciera, ahora que lo pensaba.

—¿Emmy está en Meadowlark? —El tono de Gus era tirante.

«Mierda». Sin duda, había lanzado a Emmy a los leones.

—Sí, anoche se fue de mi bar con Kenny Wyatt. —Una vez más, mierda. Igual tendría que haber omitido ese pequeño detalle. Esperaba que Gus no hubiera oído el enfado en mi voz al mencionar a su hermana pequeña y a su ex cita del baile de bienvenida.

—¿Se fue a casa con ese gilipollas? ¿Y no la detuviste? —No. Ojalá lo hubiera hecho, pero no por el motivo que Gus pensaba.

—Sabes que tu hermana es una mujer adulta en toda regla, ¿verdad? —dije. A pesar de que deseaba que Emmy no se hubiera ido con Wyatt, de vez en cuando Gus todavía necesitaba que le recordaran que sabía cuidar de sí misma—. Además, estaba con Teddy. Seguro que su mejor amiga puede cuidarla.

—Sabes perfectamente que Teddy es problemática —contestó Gus. Se estaba enfadando más. No debería haber mencionado a Teddy. Esos dos no se llevaban *nada* bien. Estaba en racha esta mañana—. No puedo creerme que Emmy no nos dijera que venía.

—Seguro que tenía intención de hacerlo —afirmé, molesto por sentir la necesidad de justificar las acciones de Emmy. ¿Desde cuándo me importaba?—. Seguro que no quería molestaros a ti y a tu padre mientras estáis en Idaho.

—Me apuesto lo que sea a que Teddy ha tenido algo que ver.

—No puedes echarle la culpa de todo a Teddy.

—Puedo, lo he hecho y lo haré.

—¿Qué vas a hacer cuando Emmy tome una decisión que no te guste y Teddy no esté por ninguna parte?

—Eso no va a pasar nunca. —Gus estaba siendo pragmático, como de costumbre—. En fin, ¿te viene bien recoger a Riley? Ahora que sé que Emmy está aquí, le pediré que vaya a por ella al final de la clase y que la lleve a la Casa Grande.

—Claro. —Era imposible que pudiera evitar a Emmy si iba a recoger a Riley después de la clase. Casi podía garantizar que iba a lanzar su mejor ataque verbal contra mí después de descubrir que fui yo el que la había delatado a Gus.

—Gracias, tío.

—Sin problemas. Hablamos después.

—Una cosa más —dijo Gus—. Estate pendiente de Emmy hasta que llegue yo, ¿vale?

• • •

## EMMY

Fuera cual fuera ese zumbido incesante, tenía que parar. *Ya.*

La cabeza me latía con fuerza, y el zumbido… madre mía, el zumbido. Que. Pare. Ya.

Debí de decirlo en voz alta, porque oí a Teddy hablar desde el baño de su habitación.

—Emmy, ese zumbido es tu móvil sonando, como lleva haciendo durante diez minutos. No es el sonido del apocalipsis.

*Oh. Ups.* Tanteé a mi alrededor en busca del móvil. Para cuando lo encontré bocabajo en el suelo junto a la cama de Teddy, había dejado de vibrar.

Cuando le di la vuelta, vi siete llamadas perdidas de Gus. «Mierda».

¿Le había pasado algo a mi padre? ¿Le había pasado algo a Wes? ¿Le había pasado algo a Riley?

Fui a devolverle la llamada, pero me llamó otra vez antes de poder hacerlo. Lo descolgué al instante.

—Hola, ¿todo bien?

—Dímelo tú, Clementine. —Uf, odiaba cuando usaba la voz de padre conmigo, pero al menos el enfado y la ausencia de urgencia en su tono me dijeron que la familia estaba sana y salva.

Lo que me llevó a preguntarme: ¿por qué me había llamado Gus ocho veces a las siete y media de la mañana de un sábado?

—Todo va bien. ¿Por?

—¿Dónde estás ahora mismo? —preguntó. Joder. Lo sabía. Tenía que saberlo. Es el único motivo por el que me preguntaría eso—. Más te vale que no estés con Kenny Wyatt —añadió.

Reprimí una risa. ¿Iba en serio?

—Lo digo en serio, Emmy. —Oh, sabía que lo decía en serio. Eso era lo que lo hacía tan divertido.

—Primero de todo, en la cama de quién estoy no es asunto tuyo y, sinceramente, da muy mal rollo que quieras saber esa información.

—No quiero saber esa información. Solo digo que espero que no estés cerca de ese gilipollas.

—Tranqui, hermano mayor. Estoy en la cama de Teddy. —Oí cómo Gus suspiraba al otro lado de la línea. Pero no fue un suspiro de alivio; era un suspiro de fastidio, seguro que por Teddy.

»Kenny fue tan amable de llevarnos anoche a casa desde La Bota del Diablo, ya que no bebió nada —le dije—. Menudo gilipollas, ¿eh?

—Sabes tan bien como yo que una buena acción no lo tapa todo.

—¿Por qué le odias tanto?

—Es solo que no me cae bien, ¿vale?

—¿Es por lo del baile de bienvenida? Porque tienes que superarlo —dije—. Eso ocurrió hace casi diez años, y estoy un noventa y nueve por ciento segura de que eres el motivo por el que el coche de Kenny acabó en una cuneta a la mañana siguiente, así que creo que ya te vengaste.

—Eres mi hermanita, Emmy. Si alguien se mete contigo, se mete conmigo —contestó. Se tomaba muy en serio su papel de protector—. Eres como mamá. Eres muy indulgente, y la gente se acabará aprovechando de ti.

«Madre mía». Era demasiado temprano y tenía demasiada resaca como para que Gus sacara a relucir a nuestra madre fallecida.

—Y puedes perdonar a toda la gente que quieras, pero mi trabajo es no olvidar —concluyó.

—Por Dios, August. No son ni las ocho de la mañana. Relájate.

—¿Por qué estás en casa, Emmy? —preguntó. Sin permitir que la conversación se desviara del tema durante demasiado tiempo. Típico.

—Necesitaba un descanso —respondí. Lo cual era técnicamente verdad—. Tenía la oportunidad de tomarme uno, así que lo hice. Y se me ocurrió pasarlo en casa.

—¿Cuánto tiempo vas a quedarte? —Mi respuesta pareció satisfacer a Gus. Al menos por ahora.

—Todavía tengo que decidirlo, pero mínimo unas semanas. —Muy, muy mínimo.

—Vale. Voy a llamar a Wes para decirle que estás en casa.

—Vale. —En menos de veinticuatro horas habían descubierto mi tapadera, todo gracias a Luke Brooks y a su bocaza.

—Riley tiene su clase de equitación grupal esta mañana en el rancho. Terminará sobre las diez, ¿puedes recogerla y llevarla a la Casa Grande?

—Cualquier cosa por mi pequeña —respondí con sinceridad. Adoraba a mi sobrina—. ¿Pero por qué no la recoge Cam? ¿No le tocaba a ella este fin de semana?

—Ya, le ha surgido algo. Escucha, solo necesito que la recojas después de la clase. Wes puede llevarla, o Brooks puede llevársela a casa hasta que su madre la recoja mañana.

—¿De verdad dejas a tu hija a solas con Brooks? —pregunté. «Desconcertante».

Cuando éramos pequeños, Brooks siempre estaba ahí cuando a Gus le tocaba hacerme de canguro. Era su fuente de entretenimiento cuando no me ignoraban por completo.

Resulta que que te lanzaran escaleras abajo a un sótano muy oscuro y espeluznante en un cesto de la ropa sucia no era divertido, por mucho que tu hermano y su mejor amigo intentaran convencerte de lo contrario.

Oh, y una pila de almohadas no bastaba para amortiguar la caída.

También me dejaron una vez encerrada en la terraza. Durante dos horas.

—Es un tío tremendo, Emmy. Nos ayuda siempre que puede. La cuidará. Y a ti, hasta que papá y yo volvamos. —Puse los ojos en blanco. No necesitaba que Luke Brooks cuidara de mí.

Algún día, mi hermano me trataría como una adulta. O eso esperaba.

Escuchar el nombre de Brooks hizo que pensara en algo que me dijo anoche. Se me había olvidado en mi estado de embriaguez.

—Hablando del mutilador de camisetas, ¿de verdad es el dueño de La Bota del Diablo?

—¿Por qué te opones con tanta rotundez a su amor por las camisetas sin mangas? —inquirió.

—No son las camisetas sin mangas en sí, sino el hombre con las camisetas sin mangas que las corta con tanto ahínco. —No quería verle los pezones a Luke Brooks—. Responde a la pregunta.

—Sí, lo es.

—¿Desde cuándo?

—Tendrás que preguntárselo tú. Es una historia rara que te cagas. Tengo que irme, Emmy. Hablamos después. —Supongo que jamás sabría por qué el chico de los pósters de Coors se había hecho con el monumento más querido y sucio de Meadowlark.

No tenía intención de ver mucho (o nada) a Brooks mientras estuviera aquí.

—Adiós, hermano mayor.

—¡Adiós, Gussy! —gritó Teddy desde el baño.

No respondió.

Cuando colgué el teléfono, tenía dos mensajes: uno de Kenny en el que decía lo mucho que se alegró de verme anoche y otro de mi padre.

«Feliz de que estés en casa, peque. Te quiero».

# 5

# EMMY

El rancho Rebel Blue estaba situado sobre tres mil hectáreas de tierras de primera calidad de Wyoming. Eso lo convertía en el rancho más grande de Meadowlark y de los condados circundantes, así como en uno de los ranchos más extensos del estado.

La historia de mi familia con Rebel Blue se remontaba al siglo XIX, cuando mi familia se dirigió al salvaje Oeste. El rancho era más pequeño por aquel entonces. La mayoría de las estructuras originales de Rebel Blue seguían en pie, de una forma u otra.

A medida que atravesaba su gran portón de hierro con la camioneta y entraba en el camino principal de tierra que llevaba a la Casa Grande, se me formó un nudo en la garganta.

Estaba en casa, y Rebel Blue estaba tal y como lo había dejado.

El rancho se dedicaba principalmente al ganado bovino, al igual que cuando empezó, pero también criábamos ovejas y alquilábamos espacio para caballos.

El sueño de Wes era convertir algunas de las estructuras que ya no utilizábamos en un pequeño rancho de huéspedes, pero era un proyecto enorme y Gus no estaba precisamente de acuerdo. No le había dicho un «no» rotundo a Wes, sino que se limitaba a mostrarse indeciso.

Aunque todavía era algo que podía ocurrir. Gus hacía mucho, pero todavía no era el capitán del barco.

Por lo general, cuando algo cambiaba en el rancho, votábamos, y tenía que ser por unanimidad. Si alguna vez había que votar para decidir qué hacer con el rancho de huéspedes, votaría con Wes. No estaba segura de cómo se sentía mi padre al respecto, pero si algo tenía era que le encantaba soñar a lo grande.

En el centro de Rebel Blue estaba Amos Ryder.

A pesar de que mi padre estaba más cerca de los setenta que de los sesenta, seguía estando al cargo del Rebel Blue, y lo más probable era que siguiera siendo así hasta que ya no fuese físicamente capaz de seguir.

Wyoming era el corazón de mi padre y Rebel Blue era sus latidos; le llenaba de vida.

Por mucho que quisiera escapar de Meadowlark, no podía negar que Rebel Blue también me llenaba de vida. Era difícil describir cómo me hacía sentir. Cuando estaba en el rancho y miraba el cielo azul o las montañas, era como si me sintiera pequeña e insignificante. Pero no en el mal sentido, sino en un sentido que me recordaba que mis problemas nunca eran tan grandes como parecían desde una perspectiva más amplia.

Tras avanzar poco más de un kilómetro y medio por el camino de tierra, se divisaba la Casa Grande.

Estaba construida al estilo cabaña de troncos y tenía seis habitaciones: una para cada uno de nosotros, una de invitados y una que pertenecía a Brooks de manera no oficial.

Cuando nos hicimos mayores, Wes decidió quedarse, probablemente para asegurarse de que había alguien con mi padre, pero Gus se mudó a una de las cabañas que había más adelante.

Detuve la camioneta junto a un Chevy K20 negro que no reconocí. Supuse que pertenecía a quienquiera que estuviera impartiendo las clases de equitación esta mañana, ya que Wes siempre aparcaba su camioneta en la parte trasera y los empleados del rancho tenían plazas fuera de sus cabañas.

Alargué la mano por encima del asiento delantero para agarrar el móvil y unas gafas de sol. Mientras miraba hacia abajo, alguien golpeó el capó de la camioneta con la mano, lo que provocó que diera un respingo tan grande que me golpeé la cabeza con el techo del vehículo. La madre que… Como si el dolor de cabeza de la resaca no fuera suficiente.

Mientras me frotaba la cabeza, vi a mi hermano Wes por el parabrisas. Estaba esbozando una sonrisa enorme y, si bien era cierto que acababa de causarme daño físico, no pude evitar devolvérsela.

Wes era el equivalente humano de un *golden retriever*. A diferencia de Gus y de mí, había sacado los rasgos de mi madre. En lugar de pelo oscuro, el suyo era rubio arena. Sus ojos verdes eran más claros que los nuestros, y también tenía dos hoyuelos enormes que mostraba a menudo.

Para ser justos, Gus también había sacado los hoyuelos, pero no se le conocía precisamente por sonreír.

Wes se dirigió al lado del conductor de la camioneta, abrió la puerta y tiró de mí para darme un fuerte abrazo.

—Hola, hermanita —dijo. Le brillaban los ojos. Ojalá todo el mundo se alegrara tanto de verme todo el tiempo.

—Hola, hermano mayor —respondí—. ¿Qué haces tan tarde en la casa? ¿No deberías estar trabajando?

—Ja. Ja. Gus me ha llamado esta mañana y me ha dicho que estarías aquí para cuando Riley terminara la clase, así que tenía que darte la bienvenida y decirte un par de cosas.

—Adelante.

—Papá ha empezado a hacer yoga.

Emití un bufido de asombro ante la imagen de mi padre de sesenta y cinco años haciendo el perro bocabajo. A lo largo de toda mi vida, podía contar con los dedos de una mano las veces que le había visto llevar algo que no fueran unos vaqueros y una camisa de franela.

—Lo sé, lo sé —dijo Wes mientras sacudía la cabeza—. Pero se está tomando muy en serio la salud de sus articulaciones. También está comiendo verduras y toda esa mierda. —Justo cuando creía que nada cambiaba nunca aquí—. En fin, la cosa es que tu habitación es su estudio de yoga más reciente. Los va cambiando de sitio en función de dónde y cuándo entra el sol por la ventana, y como es verano, al sol le gusta más tu cuarto.

—Vale…

—Así que tienes varias opciones: puedes quedarte con la antigua habitación de Gus, o la cabaña pequeña está disponible. —La cabaña pequeña estaba a unos cuatrocientos cincuenta metros por detrás de la Casa Grande, rodeada de viejos álamos temblones, y estaba justo al lado del arroyo que atravesaba parte del rancho. También se encontraba más cerca de los establos más pequeños que albergaban la mayoría de los caballos de mi familia. Pero a pesar de estar cerca de todo, daba la impresión de estar aislada.

A diferencia del resto de las cabañas, no tenía una habitación separada. Era básicamente una cabaña estudio.

Privada y acogedora; sonaba perfecta.

—Cabaña pequeña, por favor —dije.

—Buena elección. —Wes sonrió—. Fui allí después de que Gus llamara esta mañana y he abierto algunas ventanas. Hacía tiempo que no entraba nadie. La ropa de cama y las toallas están lavándose también.

Mientras que Gus era un protector feroz, Wes era un cuidador entregado. Creo que por eso le llamaba la idea del rancho de huéspedes.

Cuidar de otros hacía feliz a Weston Ryder, y nunca esperaba nada a cambio. Ni siquiera se le ocurría.

Le di otro abrazo.

—Te ayudaré a llevar tus cosas después de la cena, ¿vale? —dijo.

—Vale —respondí—. Por cierto, hay espacio en los establos para Maple, ¿verdad? El transporte debería llegar mañana con ella. —Teniendo en cuenta la rapidez con la que me fui de Denver, no me había dado tiempo a coger mi pequeño remolque para caballos y no recogí a Maple de su establo. Pero llamé mientras venía para acá para solicitarle un transporte.

—Pues claro, Emmy. Hay como treinta compartimentos en el establo de los Ryder. Puedes ponerla junto a Moonshine. Seguro que les pondrá felices verse. —Moonshine también era mi caballo. Con veintitrés años, se estaba haciendo mayor y estaba viviendo sus años dorados hinchándose a zanahorias y manzanas.

—Me parece bien. ¿Hay algún todoterreno que pueda usar para ir a por Riley?

—Sí, hay uno en el garaje. Las llaves están puestas —indicó—. Tengo que irme. Los empleados del rancho se amotinarán como se piensen que estoy holgazaneando mientras los peces gordos están fuera de la ciudad. Vallas que arreglar, vaquillas que arrear. Ya conoces la rutina. —Sí, la conocía—. Nos vemos después, Emmy. —Me dio un beso en la mejilla y empezó a alejarse.

—¿Wes? —le llamé.

—¿Sí?

—No me has preguntado por qué he venido a casa.

—No me importa por qué estás aquí, solo que lo estás. —Esas palabras me llegaron directas al corazón. Tuvieron que pasarme muchas cosas horribles que me obligaron a volver por fin a Meadowlark, pero creo que tomé la decisión correcta al venir a casa.

»Bienvenida a casa, Clementine —añadió. Inclinó el sombrero, se giró y empezó a caminar en dirección a los establos.

• • •

Conduje por el sendero que llevaba al pequeño corral que el rancho utilizaba durante el verano para las clases. Mi pelo se agitaba detrás de mí, y delante de mí no había nada más que tierra y cielos azules. Dios, esto no envejecería nunca.

Me había encantado vivir en Colorado. Era feliz en cualquier lugar donde hubiera montañas, pero Wyoming tenía algo especial.

Al acercarme al corral, vi unas cuantas figuras fuera de la valla, probablemente padres vigilando a sus hijos, y cinco de nuestros ponis de las Shetland con humanos diminutos sobre sus lomos.

Las clases de equitación eran algo nuevo y viejo en Rebel Blue. Mi madre solía impartirlas, por lo que se detuvieron cuando falleció.

No fue hasta que nació Riley que Gus no decidió que quería recuperarlas, no solo para su hija, sino para otros niños de Meadowlark, alegando la filosofía de mi madre de que montar a caballo enseñaba a los niños paciencia, empatía y disciplina.

Yo era demasiado joven como para recordar a mi madre dando clases, y para cuando Gus las reanudó, yo ya me había ido de Meadowlark, así que hoy era la primera vez que iba a verlas.

Detuve el todoterreno a unos buenos diez metros del corral. No importaba lo tranquilos y equilibrados que estuvieran los ponis, nunca se era demasiado precavido para no asustarlos cuando llevaban a niños de cuatro años a cuestas.

Era fácil reconocer el pelo negro y rizado de Riley. Fue un milagro que los genes de Camille hubieran hecho frente a los de Gus, y el resultado fue una niña monísima: pelo negro, ojos verdes y dos hoyuelos enormes. Iba montada en su poni favorito: uno castaño llamado Cheerio. A medida que me acercaba al corral, reconocí a algunos de los padres y me acerqué a ellos.

Una de las madres estaba susurrándole a otra algo sobre que el culo de alguien estaba «hecho para esos vaqueros», y reprimí una risa.

Gus debió de elegir a un triunfador como profesor. Tardé un segundo en reconocer al hombre del que hablaban. Estaba de espaldas a mí, pero solo tardé medio segundo en identificar sus anchos hombros, el pelo castaño que le asomaba por la desgastada gorra de béisbol y, sí, su culo.

No podía creerme que Luke Brooks fuera instructor de niños.

Y que todos respiraran todavía.

Brooks no me había visto aún, así que hice algo que nunca me permitía hacer: le miré. Estaba ayudando a una niña a ajustar las manos en las riendas, y le alborotó el pelo cuando lo hizo bien. Por la sonrisa que le dedicó la niña, cualquiera diría que acababa de ganar un viaje a Disneyland.

—¿Emmy, eres tú? —La madre que estaba hablando en susurros del culo de Brooks me sacó de mi estado de observación. La conocía. Reconocí su cara, pero no conseguía acordarme de su nombre. Creo que tenía un hermano de mi edad.

—La misma —respondí. Le sonreí, tratando de canalizar mi Teddy Andersen interior. Abrió la boca para decir algo más, pero la interrumpió una niña gritando: *¡Tita!*

Me giré hacia el corral para ver que Riley, Cheerio y ahora Brooks miraban en mi dirección. La mirada que me dedicó Riley podría haber derretido un iceberg. Dios, cómo había echado de menos a esta niña.

Brooks también me sonrió, pero… no era su habitual sonrisa engreída. Por cómo me estaba mirando, habría pensado que se alegraba de verme de verdad.

Eso era nuevo.

—Hola, Emmy —dijo. Con los dedos, formé unas pistolas e hice como que le disparaba.

Ojalá estuviera de broma.

Me regañé por dentro, pero Brooks parecía imperturbable mientras Riley le hacía una pregunta, y se agachó para decirle que podía desmontar —con cuidado, especificó—, ya que era casi la hora de desensillar. Con una de las manos bajo el borrén de la montura y la otra sujetando las riendas, Riley retiró uno de los pies de los estribos y, con cuidado, pasó esa misma pierna por encima de la grupa de Cheerio hasta colocarla sobre el suelo.

Tenía un talento natural.

Ver a mi sobrina con su poni me embriagó de orgullo, pero también fue como si me golpearan el estómago con un bate de béisbol. Hacía un mes que no montaba a Maple. La ensillaba y la llevaba a la pista, pero cuando llegaba el momento de montar, me entraba el pánico.

Siempre.

Ya me había lesionado antes montando a caballo, pero nunca como lo que ocurrió el mes pasado en Denver. No era la primera vez que acababa en el suelo por culpa de un caballo que había corcoveado, pero sí era la primera vez que perdía el control por completo mientras montaba, y no fui capaz de recuperarlo. Por mucho que luchara.

Desde el principio de aquella práctica, supe que algo iba mal. El caballo que estaba entrenando se mostró agitado y asustadizo, pero corrí con él de todas formas.

Sabía que no tenía que hacerlo, pero aun así, lo hice.

Me estremecí al recordarlo y noté que los latidos de mi corazón se abrían paso hasta mis oídos, pero mantuve la vista fija en

Riley, utilizando a mi sobrina para distraerme de la avalancha de ansiedad que me inundaba cada vez que pensaba en aquel día.

«Ahora no, Emmy. No puedes hacerlo ahora».

Inspiré hondo, la misma clase de inspiración que tomé anoche fuera de La Bota del Diablo, y el aire de la mañana me recordó que era un nuevo día.

Y que estaba en casa.

Riley le pasó las riendas a Brooks, que las aceptó con diligencia. Corrió hacia mí, atravesó los huecos de la valla del corral y se arrojó a mis brazos antes de que pudiera inspirar otra vez. Retrocedí un paso, pero, a pesar de la resaca, me las apañé para no caerme de culo.

—¡Tía! ¡Estás aquí! —Riley me puso sus pequeñas manos en las mejillas.

—Estoy aquí, cielo —dije mientras sonreía a mi persona de cuatro años favorita.

—¿Me has visto montar? —preguntó—. ¿Nos has visto a Cheerio y a mí?

—Sí. Puede que seas mejor jinete que tu padre —respondí con tono burlón. La sonrisa de Riley se ensanchó.

—Él dice que debería intentar ser como tú porque eres la mejor jinete que existe. —El bate de beisbol metafórico volvió a golpearme el estómago.

Sí, era una jinete increíble. Una jinete increíble que ni siquiera era capaz de subirse a un caballo. Tenía que haber un chiste en alguna parte, sobre todo si teníamos en cuenta que mi apellido se pronunciaba igual que «jinete» en inglés.

Riley se inclinó hacia mí y me olfateó.

—Tita —dijo—. Hueles a humo. —¿Aparecer en una clase de equitación con resaca y oliendo a La Bota del Diablo? Madre mía, sonaba a algo que haría Brooks.

«Mierda».

—¡Riles! —llamó Brooks—. Hora de desensillar. Desengánchate de Emmy, por favor.

Abracé a Riley con más fuerza. Soltó una risita.

—¡La tita no deja que me vaya, Brooks!

—Menuda manera de echarme el muerto, enana —dije mientras la dejaba en el suelo. Atravesó los barrotes del corral y volvió junto a Cheerio. Brooks le devolvió las riendas y me miró.

La sonrisa que me había dedicado antes había desaparecido. Ahora, parecía molesto.

¿De verdad estaba molesto porque había interrumpido el final de su clase de equitación después del numerito que montó anoche en el bar?

¿Y cómo era que estaba dando clases de equitación? Era la misma persona que solía disparar al plato desde la parte trasera de la camioneta de mi hermano, mientras esta estaba en marcha.

Brooks se movió del centro del corral para abrir la puerta. Mientras guiaba a los niños en dirección al camino que conducía a nuestros establos, me volvió a mirar.

Deseé que no viera a través de las gafas de sol que le estaba devolviendo la mirada.


## LUKE

Me cago en todo. Emmy Ryder estaba tan guapa a la luz del día como lo estaba bajo los neones. Es decir, guapa de cojones.

Cuando oí cómo se paraba el todoterreno cerca del corral, supe que tenía que ser ella, y odié los nervios que me provocaba verla.

Y aquí estaba. Con unos vaqueros azules desgastados y una camiseta de George Strait raída que había cortado para que le quedara corta, era el sueño húmedo andante de cualquier vaquero.

Me costó trabajo apartar la mirada de ella mientras se colocaba junto al grupo de madres, quienes, por alguna razón, pensaban que no las había oído hablar sobre mi culo durante los últimos cuarenta y cinco minutos.

Había otro tipo que daba clases en el rancho de vez en cuando, pero estoy bastante seguro de que Gus le asignó las clases de adultos a propósito. Yo me quedé con los pequeños porque Gus pensaba que era un «imán para madres buenorras».

Sin embargo, no me interesaba ninguna de las mujeres estacionadas a lo largo de la valla. Hasta ahora. Emmy estaba junto a ellas, y parecía fuera de lugar. La miré por el rabillo del ojo. Saludó con educación, pero sabía que no había venido para charlar. Había venido para ver a Riley.

Riley estaba obsesionada con Emmy. No paraba de hablar de su tía, incluso cuando Emmy no estaba aquí. Normalmente esperaría a que terminara la clase y a que los caballos estuvieran desensillados y de vuelta en sus prados antes de dejar que la diablilla se acercara a su tía.

Por desgracia, Riley era mi puta debilidad, por lo que, en cuanto me pidió ir a ver a Emmy, cedí. Para ser honesto, ver cómo se reunían fue un poco especial. No estaba seguro de qué extraña sensación se había producido en mi pecho cuando vi la enorme sonrisa en la cara de Emmy mientras abrazaba a Riley.

Fuera cual fuese, seguro que era por la resaca.

Volví a mirar a Emmy. Todo lo que sentí por ella anoche seguía ahí.

Seguía pensando que era guapa.

Seguía preguntándome qué aspecto tendría envuelta en mis sábanas.

Seguía enfadado porque se había ido con Wyatt, y seguía deseando que, en cambio, se hubiera ido conmigo.

Esperaba que no me viera todo eso escrito en la cara.

Mierda, estaba en territorio peligroso.

Emmy Ryder se me había colado debajo de la piel de una manera que no me esperaba.

¿Qué narices se suponía que tenía que hacer con eso?

# 6

# LUKE

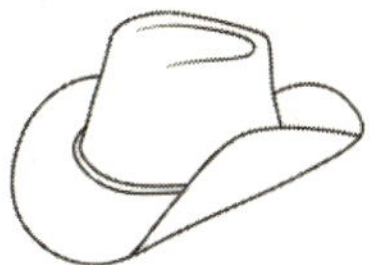

Después de mi última clase grupal del día, caminé hacia la Casa Grande. Era un día agradable, de finales de verano. De esos que traían una pequeña brisa al rancho.

El rancho Rebel Blue era el mejor lugar de este planeta verde, y nunca me cansaba del camino que iba paralelo al arroyo, atravesaba un bosque de álamos temblones y llegaba hasta donde se encontraba la Casa Grande. Estaba un poco más alta que todo lo demás, vigilando a todos y a todo, igual que Amos Ryder.

Los paseos hasta y desde mi camioneta solían ser mi parte favorita del día, pero no aquella mañana. Había visto la única cosa en mi vida que me había parecido más bonita que Rebel Blue, y esa era Emmy.

¿Qué cojones me pasaba?

Emmy siempre había sido guapa, pero nunca la había visto como algo más que la hermana pequeña de mi mejor amigo. La mujer que entró en mi bar anoche caminaba con la cabeza más alta de lo que había visto nunca. Nunca había desprendido tanta confianza con nadie, y mucho menos con un chico. Puede que odiara que Wyatt hubiera sido el centro de esa faceta suya, pero me gustó verla así.

Amos decía que a Emmy no se le subían los humos a la cabeza, pero, desde mi punto de vista, era justo esa la sensación que daba.

Era casi como si Meadowlark fuera un techo bajo y, cuando se fue, creció más allá del límite.

Entonces, ¿por qué narices había vuelto?

Esa era la pregunta que me rondaba por la cabeza cuando el camino dobló la esquina de la pequeña cabaña. La camioneta de Emmy, una GMC Syclone celeste de 1991, estaba delante. Recuerdo cuando la compró. Su padre les había comprado a Gus y a Wes sus primeros coches, pero a Emmy no. Le había dicho que no lo hiciera. ¿Quién cojones rechazaba un coche gratis?

Trabajó en el rancho y sirvió mesas en el Main Street Diner para ahorrar y comprarse uno. Se enamoró a primera vista de esa camioneta fea. Me gustaba que todavía la tuviera, pero me sorprendía que siguiera funcionando.

La puerta de la cabaña estaba abierta y por ella se colaba la música de Cheap Trick. Me acerqué y Emmy salió. Se había cambiado los vaqueros por unos pantalones cortos negros de deporte. «La madre que me parió». Sus piernas bronceadas parecían medir un kilómetro.

Fue a coger una caja de la parte trasera de la camioneta. Parecía pesada. Gus me mataría si supiera cómo estaba mirando a su hermana, pero también me mataría si no me ofreciera a ayudar.

Fuera como fuese, iba a acabar muerto, así que más me valía intentar quitarme de encima todo este asunto con Emmy.

—Emmy, déjame —dije mientras trotaba hasta el lateral de la camioneta.

Ni siquiera me miró cuando respondió:

—No necesito ayuda de un hombre grande y fuerte para mover una caja. —Sopló para apartarse un mechón de pelo que se le había caído sobre la cara.

—¿Crees que soy grande y fuerte? —pregunté.

—Cállate, Brooks. —«Pillada». Ahora que estaba cerca de la camioneta, vi que estaba hasta arriba de cosas. No se habría traído todo esto si solo fuera a quedarse una semana o dos.

—¿Te...? —empecé, sin estar seguro de cómo formar la pregunta—. ¿...mudas aquí otra vez?

Emmy dejó de forcejear con la caja que me había ofrecido a llevar. Se quedó en el asiento de la camioneta. Algo había cambiado en ella ante mi pregunta. Soltó un suspiro y miró al cielo. Luego, cerró los ojos.

—Sí —respondió, con los ojos todavía cerrados—. Así es.

—¿Y las carreras? —inquirí, curioso y preocupado a partes iguales. Emmy se puso rígida. Fue como si viera cómo se levantaban los muros a su alrededor.

—¿Qué pasa? —dijo a la defensiva.

—¿No va a haber más? —pregunté. Esa era la única explicación. No podía montar a nivel competición, tal y como lo había hecho durante la última década, desde Meadowlark.

Emmy volvió a suspirar. Era la clase de suspiro que solo podía provenir de un peso que te empujaba hacia abajo lo bastante fuerte como para que no tuvieras más remedio que soltar una bocanada de aire.

Lo sabía todo sobre esa clase de suspiros.

—No lo sé. —Todavía tenía los ojos cerrados y la nariz apuntando al cielo.

—Vale... —No sabía qué decir a eso. «No es de tu incumbencia, Luke».

El silencio se extendió entre nosotros durante unos segundos.

—Te ayudaré a meter tus cosas. Doble de gente, mitad de trabajo. —Intenté que mi oferta sonara transaccional y no como si quisiera pasar más tiempo con ella o algo así. Me miró y, tras unos segundos, asintió—. Empezaré con la caja pesada —dije, y recogí la caja que había iniciado todo esto.

Joder, cómo pesaba. Pensé en ella metiendo en cajas su vida en Denver. ¿Lo hizo sola? ¿O la ayudó alguien? ¿Un novio, tal vez? Mis dedos agarraron la caja con más fuerza ante ese pensamiento.

A pesar de que conocía a Emmy, no conocía esta versión de ella ni tampoco cómo era su vida ahora.

Pero quería hacerlo.

Emmy agarró una caja más pequeña e inició la marcha en dirección a la cabaña.

El interior de la cabaña no había cambiado desde la última vez que estuve. Gus, Wes y yo solíamos pasar el rato aquí, casi siempre con cervezas Coors y un porro. Estaba lo suficientemente lejos de la Casa Grande como para que Amos no nos pillara, pero lo suficientemente cerca como para no recorrer el rancho a trompicones.

Estoy bastante seguro de que Gus perdió la virginidad en esta cabaña. Nota mental: ese dato me lo guardaría para mí.

Emmy se agachó para dejar la caja en el suelo junto a la cama, y no pude evitar mirarle el culo en forma de corazón metido en esos pantalones diminutos de los cojones.

Iba a ir directo al infierno.

—Puedes dejarla donde sea —dijo Emmy, sin ser consciente del hecho de que hacía medio segundo le estaba mirando el culo.

—¿Se puede saber qué hay aquí dentro? —pregunté mientras dejaba la caja en el suelo, junto a la puerta—. ¿Rocas? —Emmy esbozó una sonrisa diminuta, y me sentí como si hubiera ganado la lotería.

«¿Qué narices me estaba pasando?»

—Casi —respondió—. Libros. ¿Has leído uno alguna vez?

—Qué graciosa.

—Lo siento, sé que para ti no saber leer es un tema complicado. —Se le estaba ensanchando la sonrisa. Si lanzarme mierda hacía que sonriera así, no tendría más remedio que dejar que lo hiciera siempre que quisiera.

—El sistema de educación pública de Wyoming nos falló a mí y a muchos otros —contesté.

—No puedes echarle la culpa al sistema educativo cuando no has formado parte del sistema educativo.

—Formé parte del sistema educativo —protesté, aunque, en realidad, no.

—Jugar al fútbol y beber en el aparcamiento no cuenta. —Dios, esa sonrisa. «Chúpate esa, Kenny», pensé, acordándome de cómo le había sonreído Emmy anoche. «Mira a quién está sonriéndole ahora, imbécil».

—Vaya. Me has pillado —reconocí. No se equivocaba. Aunque sí que me gradué.

—Gracias por delatarme a Gus, por cierto —dijo. Su tono seguía siendo ligero, por lo que supuse que no estaba muy enfadada por eso, aunque sí que me sentía mal por ello.

Sabía qué aspecto tenía cuando se enfadaba, y no era el de ahora. Parecía tranquila. Cómoda.

Me gustaba que estuviera así cuando estaba conmigo.

—Aunque podrías haber omitido el detalle de Kenny —continuó—. Creo que haber vuelto a casa sin que lo supiera bastaba para que esa notoria vena que tiene en la frente hiciera acto de presencia.

«Que le den a Kenny».

—¿Te…? —Una vez más, no sabía cómo formular correctamente la pregunta; Emmy me tenía atado—. ¿Lo pasaste bien anoche cuando te fuiste del bar? —«Sutil».

Emmy se rio.

—No puedo creerme que Gus intente usarte para interrogarme. —«Sí, Gus era el que quería saberlo»—. Kenny nos llevó a Teddy y a mí a casa de Teddy porque, no sé si te diste cuenta, pero íbamos pedo.

¿Solo la llevó a casa de Teddy? ¿No se fue con Kenny? ¿No pasó nada?

Me invadió el alivio. Me dije que era porque no quería que le volvieran a hacer daño a la hermana pequeña de mi mejor amigo, lo que era verdad. Solo que no era toda la verdad.

—Es posible que vuestra escandalosa y apasionada interpretación de *Islands in the Stream* os delatara —respondí. Me vino a la mente el recuerdo de Teddy empujando al cantante principal de la banda y subiendo a Emmy al escenario.

Lo tenía un poco borroso gracias a los chupitos que me tomé detrás de la barra.

—Dios. —Emmy se pasó la mano por la cara—. Se me había olvidado por completo hasta ahora.

—La verdad es que lo hicisteis bastante bien. Un par de clases de canto y os dejaré actuar a Teddy y a ti —bromeé.

Emmy empezó a caminar hacia la camioneta para recoger más cosas, así que la seguí.

—¿Entonces es cierto? —dijo por encima del hombro.

—¿El qué es cierto? —pregunté.

—Que eres el propietario de La Bota del Diablo.

—Lo soy, sí.

—¿En qué momento ha ocurrido eso?

Era imposible hablar de cómo me hice con La Bota del Diablo sin mencionar a Jimmy. Me quedé callado un segundo, preparándome para el dolor familiar que se apoderaba de mi pecho cada vez que le mencionaba.

—¿Te acuerdas del borracho de Jimmy?

—¿Tu padre? Sí, me acuerdo de Jimmy. —Emmy parecía confundida, y no podía culparla.

—Resulta que todo este tiempo había sido el dueño. Me lo dejó cuando murió. —No me gustaba hablar de mi padre. No era que pensase que fue un mal tipo, pero sabía que fue un mal padre. No obstante, lo que sentía con respecto a Jimmy ya no era una herida abierta. Estaba cubierta por un tejido cicatricial. Eso no significaba que no persistiera ningún dolor bajo la superficie.

Por muchos años que pasaran, nunca pude quitarme de la cabeza que mi padre no me quería.

Durante toda mi vida, vivió en la misma ciudad que yo, y le veía una vez al año, tal vez, hasta que tuve la edad suficiente como para sacarme un carné de identidad falso y entrar en La Bota del Diablo. Entonces, solo le veía en su sitio habitual del bar. A veces me hablaba, a veces no.

Ni siquiera sé por qué me dejó el bar y todo lo que venía con él.

—La verdad es que pensaba que La Bota del Diablo no tenía propietario —comentó Emmy mientras se daba la vuelta para recoger otra caja. Yo estaba justo detrás de ella—. Es decir, supongo que sabía que en algún momento tuvo que haber alguien que fuera su propietario, pero daba por hecho que llevaba existiendo tanto tiempo que había trascendido el concepto de propiedad.

—Si te soy sincero, cuando me hice cargo, según los libros parecía que no había ningún propietario. Fue un desastre. —Jimmy había llevado el bar a la ruina. Odiaba admitirlo, pero cuando vi todo el daño que había hecho a lo largo de los años, me reconfortó saber que yo no fui lo único que mi padre no había cuidado. Aun así, creo que le importaba más el bar que yo.

Emmy y yo pusimos las cajas en el suelo de la cabaña. Empezaba a llenarse con sus cosas.

—Creo que nunca llegué a decírtelo —empezó Emmy—. Siento lo de la muerte de tu padre. Estar en duelo por alguien a quien no llegaste a conocer de verdad es duro y confuso. —Sentí esa extraña sensación en el pecho otra vez. Sabía que las palabras de Emmy eran honestas. Su madre murió antes de que cumpliera el año. Un accidente montando a caballo.

—Gracias, Emmy. —Y se lo agradecía de verdad—. Jimmy me dejó las únicas cosas que significaron algo para él, y supongo que eso tiene algún valor. —Nunca había hablado así de mi padre. No sabía por qué lo estaba haciendo.

Quería que Emmy me conociera, supongo. Y yo quería conocerla a ella también.

Seguimos yendo y viniendo de la camioneta de Emmy hasta que Cheap Trick pasó a ser Bruce Springsteen y todas las cajas de Emmy acabaron en la cabaña. Después de la conversación, trabajamos en un cómodo silencio casi todo el rato, excepto cuando Emmy me decía dónde tenía que poner algo o cuando empezaba a cantar distraídamente la letra de las canciones que estaban sonando.

—Creo que eso es todo —dijo cuando metí la última caja, la cual tenían que ser más libros teniendo en cuenta lo mucho que pesaba. ¿Qué estaría leyendo? La dejé junto a las otras—. Gracias por ayudarme.

—Cuando quieras —contesté. Y lo decía en serio. Desde ayer, haría cualquier cosa, en cualquier parte, en cualquier momento por Emmy Ryder—. ¿Necesitas algo más antes de que me vaya?

Bien podría haberme puesto de rodillas y haberle suplicado que me dejara quedarme un poco más. Por Dios, ¿qué me pasaba?

Emmy estaba intentando salir de donde estaba, atrapada en medio de una pila de cajas. Antes de que pudiera responderme, se le enganchó el pie en la esquina de una caja y cayó con fuerza. Por instinto, estiré el brazo hacia ella, pero no pude alcanzarla antes de que golpeara el suelo.

Malditas cajas.

—¡Emmy! —Rodeé las cajas lo más rápido que pude y me agaché junto a ella, que seguía en el suelo. Tenía sangre en el brazo. «Mierda»—. Emmy, ¿estás bien?

El pánico en mi voz me pilló por sorpresa.

—Sí, estoy bien. He sacado el brazo para detener la caída y ha acabado dentro de una caja. No pasa nada.

—Deja que le eche un vistazo, por favor.

—No pasa nada —refunfuñó. «Cabezota». Siempre había tenido la cabeza más dura que la de un caballo.

—Emmy, estás sangrando encima de todas las cajas con tus zapatos. —Se miró el brazo. Dudo que supiera que estaba sangrando. Parecía aturdida.

—Mierda —susurró.

—Ven aquí. —Le puse una mano en la cintura y la otra bajo el codo del brazo que no sangraba para ayudarla a levantarse—. Hay un botiquín de primeros auxilios debajo del fregadero. Gus y yo lo renovamos hace unos meses.

—Dios, odio la sangre.

—Pues no la mires, Clementine.

—Guau. Pedazo de consejo, Luke. Deberías ser médico. Gracias. —*Luke*. Me había llamado Luke. Estaba desangrándose delante de mis narices y haciéndose la listilla cuando lo dijo, pero me gustaba cómo sonaba pronunciado por ella.

—Lo digo en serio, no mires —dije—. Ven, siéntate. —Cerca de la ventana trasera había una mesa de cocina pequeña con dos sillas. La guie hasta allí, la senté y fui a por el botiquín de primeros auxilios antes de arrodillarme delante de ella.

—No soporto la sangre, Brooks. De verdad. —Su voz había adquirido un tono hueco. La miré. Ella miró en la misma dirección. Tenía los ojos puestos en la sangre que le salía del brazo.

—Oye —dije, intentando mantener la voz suave—. Emmy, mírame. —Mantuvo los ojos sobre el corte con una expresión vacía en la cara. Parecía que estaba a punto de desmayarse. No recordaba que Emmy tuviera esa aversión a la sangre. Los cortes y la sangre no eran algo inusual en un rancho. Además, yo había aparecido más de una vez en casa de los Ryder en condiciones mucho peores después de una pelea, así que me daba la sensación de que me acordaría si la reacción de Emmy ante la sangre cuando era más joven había sido así de visceral.

Le agarré ambos lados de la cara con las manos y la incliné hacia arriba. Esto la obligó a apartar la mirada de su brazo.

—Mírame —le exigí.

Los ojos verdes de Emmy se encontraron con los míos. Sabía escuchar, ¿quién lo iba a decir?

—No dejes de mirarme, ¿vale? Voy a cuidar de ti, Emmy. —No respondió, pero hizo una breve inclinación con la cabeza. Mantuve las manos en su cara más tiempo del que debería, empapándome de lo que se sentía al estar cerca de ella.

«Dios Santo. Eres patético, pensé. Está literalmente sangrando, subnormal».

Le aparté las manos de la cara y me centré en su brazo. Le pedí que me pusiera la mano en el bíceps para que poder ver lo que hacía. Después de limpiar el corte, me alegró ver que no era nada profundo. No era más que uno de esos cortes «perfectos» que sangraban como un condenado hasta que lo controlabas.

Saqué el alcohol del botiquín.

—Puede que esto te escueza —le avisé mientras le acercaba el algodón empapado al antebrazo. Inspiró y me apretó el bíceps con la mano que tenía puesta sobre él. Con fuerza.

—Joder. Eso duele —dijo.

—Ya casi he terminado. —Le sequé la piel con una gasa y le puse la tirita más grande encima del corte—. Ya está.

Llevé los brazos a ambos lados de sus piernas y, en contra de mi buen juicio, los dejé ahí. Ya no parecía que fuera a desmayarse; estábamos fuera de peligro.

Emmy tenía los ojos fijos en mí y, movido por el instinto, coloqué las manos sobre la piel desnuda de los laterales de sus muslos, justo debajo del dobladillo de sus pantalones cortos ajustados. Vi cómo tragaba saliva. La forma en la que trabajaba su garganta hizo que quisiera agarrarla del cuello y atraer sus labios hacia los míos.

Intenté recordar la última vez que había sentido esta clase de atracción hacia alguien. No estaba seguro de haberla sentido nunca.

—Gracias —dijo. ¿Sonaba como si le faltara el aliento? ¿O me lo estaba inventando?

Deslicé las manos un poco más arriba y, acto seguido, las volví a dejar donde estaban, frotándole los laterales de las piernas. Me dije que solo era para reconfortarla después de la herida. Se le cortó la respiración, pero no me detuvo.

Sus ojos se desviaron hacia mi boca y luego volvieron a subir.

Joder. Quería besarla.

Y, por cómo me miraba, creo que quería devolverme el beso. Sabía el aspecto que tenía una mujer cuando quería eso, pero madre mía, no era una mujer cualquiera.

Era Emmy.

Ninguno de los dos dijo nada; nos limitamos a quedarnos como estábamos.

Le miré la boca.

Un beso no haría daño, ¿verdad? Ambos éramos adultos.

Iba a hacerlo. Iba a besar a la hermana pequeña de mi mejor ami…

—¡Emmy! —La voz de Wes rompió el trance en el que estábamos Emmy y yo—. Tengo tu ropa de cama. —Me apresuré a ponerme de pie, y Emmy estaba justo a mis espaldas cuando Wes atravesó la puerta de entrada—. Oh, hola, Brooks —dijo—.

Me preguntaba por qué tu camioneta seguía junto a la Casa Grande.

—Hola, tío. —Intenté no alterar el nivel de voz para no delatar el hecho de que estaba a punto de comerle la boca a su hermana pequeña.

—Me estaba ayudando con las cajas —intervino Emmy con rapidez. Sonaba como una niña pequeña a la que acababan de pillar robando una galleta.

Wes la miró con una ceja alzada y luego a mí.

—Todo un detalle —dijo por fin.

Esto era raro.

Emmy y yo nos estábamos comportando raro.

Teníamos que parar de comportarnos raro.

No había pasado nada.

Pero habría pasado.

—Sí —añadí—. Vi su camioneta cuando volvía de los establos. Se me ocurrió echar una mano.

Wes se me quedó mirando un segundo más antes de girarse hacia Emmy y hablarle.

—La cena estará lista en treinta minutos. Riley quería pollo a la barbacoa. Brooks, ¿te vas a quedar esta noche?

—Gracias, pero tengo que ir al bar. Se estarán preguntando dónde me he metido. —Era verdad. Se estaba empezando a poner el sol, lo que significaba que la gente iba a comenzar a dejarse caer por La Bota del Diablo en cualquier momento, pero Joe lo tenía controlado.

—¿Seguro? —Fue Emmy la que preguntó. ¿Quería… que me quedara a cenar? Había una primera vez para todo, supongo.

—Sí —respondí—. Bienvenida a casa, Emmy. Wes, vuelvo mañana para el partido. —Siempre jugaba al fútbol en casa de los Ryder los domingos.

Me dirigí hacia la puerta y ambos Ryder me despidieron con la mano. Les devolví el gesto con la esperanza de no parecer tan avergonzado como me sentía.

Básicamente corrí hasta mi camioneta. No podía creerme que hubiera estado a punto de besarla. Si Wes no hubiera entrado, lo habría hecho.

Si no hubiera gritado para que supiéramos que estaba allí, me habría pillado besando a su hermana y ahora mismo estaría muerto. Apoyé la cabeza en el volante.

No podía volver a ocurrir.

# 7

# EMMY

Había pasado casi una semana desde que me mudé a la pequeña cabaña y lo que fuera que ocurrió con Brooks durante su tarde inaugural.

Intentaba no pensar en ello, pero cada vez que dejaba que mi mente vagara, volvía a cómo era tener su brazo debajo de mi mano, al tacto de sus manos en mis muslos y a la manera en la que me miraba, como si quisiera devorarme.

Brooks siempre había sido un galán. Menos de un minuto con toda su atención puesta en mí era lo que había hecho falta para entender por qué.

Era embriagador.

No me podía creer que hubiera estado tan cerca de dejar que me besara Luke Brooks, el hombre que, con toda probabilidad, se había acostado con más de la mitad de las mujeres de Meadowlark cercanas a su edad. Menos mal que Wes apareció en ese momento, o era probable que lo hubiera hecho.

«Puaj».

Desde ese momento, había visto su camioneta varias veces en el rancho, pero nunca a él. La mayor parte del tiempo me quedaba en mi cabaña, donde me encontraba en mitad del proceso de desempacar mi ropa. A Wes le parecía bien que me recluyera en mi cabaña siempre que subiera a la Casa Grande y cenara con él, pero no iba a ser el caso de Gus cuando volviera al pueblo.

Debería haberme sentido aliviada de que Brooks y yo no nos cruzáramos. Ni siquiera me gustaba.

Entonces, ¿por qué me sentía tan decepcionada?

«Espabila, Emmy. ¿Recuerdas que rompiste con tu novio vía pósit el fin de semana pasado? No necesitas besar a nadie».

Y menos a Luke Brooks.

El pensamiento sobre mi ex me pilló por sorpresa. Stockton y yo no estuvimos juntos mucho tiempo, solo unos pocos meses. Vivía en el mismo complejo de apartamentos que yo. Al principio, me gustaba porque no se parecía a ningún otro hombre que se hubiera interesado en mí. Venía de una ciudad grande, trabajaba en el mundo de la tecnología y no era un vaquero.

Ni siquiera se había subido nunca a un caballo.

Era amable, pero en el último mes y medio o así había empezado a hacer cosas que no me gustaban. No paraba de controlarme y se ponía muy susceptible cada vez que Teddy llamaba, así que acababa por no atender el teléfono. Hacía unas semanas, fuimos a un restaurante e intentó pedir mi comida por mí.

No solo eso, sino que intentó pedirme un filete de ternera.

Ni siquiera comía carne roja.

Se lo decía y me respondía: «Tú pruébalo».

No hacía falta que lo «probara». Literalmente me había criado en un rancho de ganado bovino. No obstante, no estábamos en un punto de nuestra relación en el que sintiera que podía hablarle de mis problemas sensoriales; sobre todo, si su respuesta iba a ser «tú pruébalo».

Para ser sincera, habría roto con él en algún momento de todas formas.

Mi lesión y la espiral consecuente no hicieron más que acelerar el proceso.

Tocaron a la puerta de mi cabaña. Antes de que pudiera responder, Teddy entró como un tornado.

—¡Hola, preciosa! —Llevaba varias bolsas de la compra—. ¡He traído regalos!

—¿Por qué? —pregunté. No pretendía sonar molesta, pero me salió así.

—Porque no me has respondido a los mensajes, así que tenía que asegurarme que no habías vuelto al modo *Sweet Home Alabama*. —Puse los ojos en blanco—. Y en el caso de que lo estuvieras: regalos. —Alzó las bolsas que llevaba.

A Teddy le encantaban los regalos; comprarlos o recibirlos, daba igual.

—Te quiero, ¿lo sabes? —dije.

—Obvio. Y yo también te quiero, por eso no voy a decir nada sobre el tono con el que me has hablado hace unos segundos.

—Lo siento. —Lo decía en serio.

—Disculpas aceptadas. ¿Quieres ver tus regalos?

—Sabes que sí. —Teddy soltó un gritito de emoción y dio una palmada. Empezó a caminar hacia la escena donde tuvo lugar el incidente de Brooks, también conocida como la mesa de la cocina, y la seguí.

—Lo primero es lo primero. —Teddy metió la mano en la bolsa más grande del montón—. ¡Ropa de cama nueva! Asumo que tu malhumor se debe a que no has estado durmiendo bien. Sé que lo más probable es que Wes te haya traído el conjunto normal y corriente del rancho. —Tenía razón—. La mierda esa es rasposa, y sabemos cómo te sientes cuando las texturas rasposas te tocan la piel.

La ropa de cama que trajo Teddy era de color crema y muy, muy suave. A veces se me olvidaba lo bien que me conocía Teddy, pero el nudo que se me había formado en la garganta era un buen recordatorio.

—Me encanta, Ted. Gracias.

—No hemos hecho más que empezar —dijo—. También he traído una minicafetera, tu café Folgers de siempre, un montón de patatas fritas con sabor a pepinillos en vinagre y unos *leggings* nuevos que creo que te van a encantar. Es literalmente como si fueras andando desnuda.

Teddy y yo llevábamos sin vivir en el mismo lugar desde la universidad. Si bien era cierto que jamás podría olvidar cómo era que Teddy me quisiera, creo que sí que olvidé lo que era estar cerca de ella.

—No tenías por qué hacer todo esto.

—Ni tiníis pir quí hicir tidi isti. —Teddy era una máquina haciendo cumplidos y elogiando, pero no se le daba muy bien recibirlos—. Me hace feliz que estés aquí, incluso cuando no respondes mis mensajes, y quiero que sepas que me tienes aquí, Em. Para lo que necesites.

Teddy era mi mejor amiga.

Podía contarle lo que fuera. Ese era el objetivo de tener una mejor amiga. Además, tenía que contárselo a alguien o explotaría.

—Quise besar a Luke Brooks —solté. Teddy se quedó totalmente inmóvil. Ni siquiera sabía que era capaz de hacer eso.

—¿QUÉ? —Casi se le salieron los ojos de las órbitas—. Empieza a hablar, ya.

«Mierda».

—Es complicado de explicar, pero hubo una herida y adrenalina y sus bíceps son muy… ya sabes, y su cara tampoco está mal y…

Teddy me interrumpió.

—¿Dónde pasó eso?

—Donde estás sentada.

—Hostia puta. —Teddy se reclinó en la silla y mantuvo su mirada en mí—. Conque quisiste… —Hizo una pausa de un segundo—. ¿Besarle?

Tragué saliva.

—En el momento… ¿un poco?

—¿Y ahora? En plan, ahora que el momento ha pasado.

—Pues claro que no. —Era mentira. Era una mentirosa de pacotilla.

—Vale. Vale. —Teddy sacudió la cabeza con incredulidad.

Por primera vez a lo largo de nuestras vidas, creo que Teddy no encontraba las palabras.

—A ver, no te culpo —dijo por fin—. Tiene esa energía de chico malo vaquero y acabas de dejarlo con alguien, así que tiene sentido.

—¿En serio?

—No, pero finjamos que sí. Hará que te sientas mejor. —Uf. Enterré la cara entre las manos—. Entonces, ¿te… gusta?

—¡No! —respondí rápido. Demasiado rápido. Teddy me lanzó una mirada que decía que no me creía del todo.

Yo tampoco me creía del todo.

Volvieron a tocar a la puerta de mi cabaña. Bueno, al marco de la puerta, ya que Teddy se la había dejado abierta.

—Emmy, ¿cuántas veces tengo que decirte que no te dejes abiertas las puertas de las cabañas? —Gus entró en la cabaña, la cual era demasiado pequeña para tres personas, sobre todo cuando dos de esas personas eran Teddy Andersen y August Ryder.

—Lo siento, Gussy —contestó Teddy—. He sido yo.

Gus se detuvo de inmediato al tiempo que la acuchillaba con la mirada.

Si Gus tuviera algunos años menos (y sonriera más), podríamos ser mellizos. Pero mi mirada no tenía esa habilidad de acuchillar que tenía la suya.

Gus incluso lucía una barba bien recortada que le hacía parecerse a una versión más joven de nuestro padre. No la tenía la última vez que lo vi.

—Theodora, creí haberte prohibido la entrada a Rebel Blue —dijo. No cabía duda de que estaba muy irritado.

—Creí haberte dicho que como me llamaras así te metería un poste por la garganta —contraatacó con una voz exageradamente dulce—. Y eso es lo último que necesitarías ahora, teniendo en cuenta que últimamente no tienes muy buen aspecto.

Por si fuera poco, Teddy batió las pestañas. Hacía que aquel gesto pareciera condescendiente.

—Si te traigo una brida, ¿te callarás? —preguntó Gus con brusquedad.

—¿Una brida? Ooooh, August Ryder tiene un lado pervertido —respondió Teddy.

—Vale —interrumpí—. No son ni las diez de la mañana, así que mejor nos relajamos con la batalla verbal. —Tanto Gus como Teddy me miraron, acordándose de que estaba allí. Cuando se ponían así, podían tirarse todo el día.

—Sí, no me gustaría poner a Gus de perdedor tan temprano. —Se echó el pelo cobrizo por encima del hombro—. Solo venía a ver cómo estaba Maverick. —Maverick solía pertenecer al padre de Teddy, pero ya no podía montar, por lo que Teddy cuidaba del caballo—. Te llamo más tarde, Emmy.

—Adiós, Ted. Te quiero.

—Yo te quiero más. —Mientras salía de la cabaña, Teddy se detuvo delante de Gus—. ¿Qué es eso? —Señaló su camiseta y, como un idiota, miró hacia abajo. Teddy volvió a levantar el dedo y le golpeó en la nariz.

Gus gruñó. Literalmente, gruñó.

Estuve oyendo la risa de Teddy hasta que cerró la puerta de la camioneta.

—No la aguanto —me dijo Gus.

—Bueno, ella tampoco te aguanta. —Lo miré un segundo antes de correr hacia él y darle un fuerte abrazo—. Bienvenido a casa, hermano mayor.

Gus me dio un apretón.

—Igualmente, hermanita. —Usó una de las manos para alborotarme el pelo. Gus se las daba de tipo duro, pero debajo de todo eso era un buenazo, a pesar de que no lo admitiría jamás. Si se lo dijera, se comportaría el doble de cabrón solo para demostrar que me equivocaba.

—¿Qué tal Idaho? Pensaba que llegabais más tarde a casa. —Me alegraba muchísimo de verlo. Pero esperaba tener un poco más de tiempo para prepararme mentalmente antes de verlos a él y a mi padre.

—Cogimos un vuelo más temprano. Papá se muere por verte. —Que hubieran llegado antes significaba que podía abrazar a mi padre antes, y eso era algo que necesitaba. No había nada que no pudieran arreglar un abrazo y una comida casera de Amos Ryder.

—¿Dónde está?

—Está en casa haciéndonos el desayuno más grande del mundo. Me dijo que viniera a por ti. ¿Lista? —Asentí, y nos dirigimos hacia la Casa Grande. Por el bien de Gus, me aseguré de cerrar la puerta y echar la llave de forma teatral.

Mientras que Gus y yo caminábamos hacia la casa, me habló sobre la conferencia a la que habían ido mi padre y él en Idaho. Al parecer, Gus obtuvo un montón de información con respecto a ranchos de huéspedes y refugios para caballos. Por cómo lo dijo, parecía que le gustaban mucho ambas ideas. Rebel Blue tenía el espacio para ellas.

Wes iba a estar encantado con este posible cambio de opinión en cuanto al rancho de huéspedes.

—¿Riley está aquí? —pregunté.

—No, está con Cam. Mañana voy a por ella.

—El sábado vi la última parte de su clase. Tiene un don natural —dije mientras recordaba lo valiente y segura que parecía mientras montaba a Cheerio. Era como solía sentirme yo cuando montaba.

Pensar en eso hizo que me doliera el corazón. Me pregunté si montar a caballo era algo que había quedado atrás, pero la respuesta de Gus me sacó de mis pensamientos antes de que pudiera adentrarme demasiado en esa espiral.

—Sí, es buena. Brooks también es un buen profesor. —Pues claro que Gus iba a mencionar a Brooks. Había sacado el tema de la clase de equitación, y admitía que sacar el tema del profesor era la progresión natural de lo que estábamos hablando, pero aun así me fastidiaba.

Luke Brooks ya ocupaba demasiado espacio en mi cabeza. No necesitaba que también ocupara tiempo en las conversaciones que mantenía.

—Sigue sin cuadrarme la idea de Brooks como profesor de equitación cuando se le conoce por montar de otra manera —dije, en gran parte sin pensar. Gus me miró como si me hubiera salido una segunda cabeza.

Era la segunda persona que me lanzaba una mirada como esa hoy y, en ambas ocasiones, habían sido a causa de Luke Brooks.

—Puaj, Emmy. No quiero oír esas palabras saliendo de la boca de mi hermana.

—Pensaba que habíamos llegado a ese punto, teniendo en cuenta que fuiste tú el que me preguntó la semana pasada en la cama de quién estaba —repliqué.

—Buen punto. —Gus cambió de tema—. Wes dice que has estado enfurruñada en la cabaña. —No era una pregunta.

—¿Por qué todo el mundo se piensa que estoy enfurruñada?

—Eres de las que se enfurruñan, Emmy. Es lo que haces siempre —respondió con naturalidad.

Bufé.

—Mira quién fue a hablar. —Pero me irritaba que tuviera razón y que me lo hubiera reprochado. Era de las que se enfurruñaban. Me resultaba más fácil encerrarme en mi cabeza que cualquier otra cosa. Era el camino que suponía menor resistencia, al menos durante un tiempo—. Pero sí, he estado pasando mucho tiempo en la cabaña. Acomodándome. Es un cambio grande.

—Entonces, ¿te mudas? ¿No es un «descanso» como me dijiste por teléfono?

—Técnicamente sigue siendo un descanso —insistí—. Pero sí. Creo que me mudo. Al menos durante un tiempo. —Sabía que me iba a quedar cuando hablé con él por teléfono, pero no tenía por qué saberlo.

—Sabes que, en ese caso, te voy a poner a trabajar, ¿verdad?

Suspiré. Pues claro que iba a hacerlo.

—Lo sé.

—Nos falta un empleado, así que entre Brooks y tú podéis cubrir ese puesto hasta que encontremos a alguien. ¿Vale?

No me encantaba el hecho de que Brooks y yo fuéramos pareja en esta situación, pero asentí de todas formas. Si accedía a trabajar, Gus estaría contento.

—De acuerdo, entonces. Me alegro de que estés en casa —dijo. «Predecible». El trabajo era siempre lo primero en la cabeza de Gus. Lo único que superaba al rancho era Riley.

Volvimos a la Casa Grande, y Gus me abrió la puerta. Y, por segunda vez desde que había vuelto a casa, me choqué contra el pecho duro como una roca de un hombre.

Mi suerte a la hora de evitar a Brooks se había terminado.

Le miré. No había expresión en su rostro mientras me estabilizaba, al igual que hizo después de la primera colisión.

Mirada inexpresiva o no, podía ahogarme en sus ojos marrones oscuros.

Esto era lo peor, de verdad.

—Hola, Emmy —dijo. Frío. Neutral.

Insoportable.

Sinceramente, prefería que usara su voz arrogante. Esta indiferencia fría era irritante, teniendo en cuenta que llevaba días ocupando mis pensamientos sin descanso. Era una mierda que fuera tan guapo. No debería estar permitido.

—Hola. —Yo también podía jugar a ser fría.

—¿Peque? ¿Eres tú? —Oí la voz ronca de mi padre procedente de la cocina. Era lo único que podía sacarme de mi enfrentamiento con Brooks. Corrí hacia mi padre y, en cuanto lo vi, me lancé sobre él y lo abracé con la mayor fuerza que pude reunir.

Sus brazos me rodearon y me levantó del suelo. Tener sesenta y cinco años no era nada para él. Amos Ryder era duro como un roble.

A lo mejor era el yoga.

Tenía la piel curtida y los ojos verdes oscuros. Llevaba su camisa de franela habitual con las mangas remangadas. Tenía una golondrina tatuada en cada antebrazo. Después de toda una vida bajo el sol, se le habían descolorido. Me encantaban.

A pesar de que llevaba una semana en casa, no me había sentido como si lo estuviera sin mi padre. Ahora sí que estaba en casa. Se rio contra mi pelo. Fue una carcajada áspera.

—Yo también te he echado de menos, peque. —Le abracé con más fuerza durante un segundo antes de soltarlo.

Me bajó al suelo.

Miré a mi padre. Parecía mayor que la última vez que le vi; tenía algunas arrugas más alrededor de los ojos y las canas le habían aumentado. Tenía más pelo blanco que oscuro.

—¿Maple ha vuelto bien? —preguntó.

—Sí, está en el compartimento de al lado de Moonshine. —Maple llegó a Rebel Blue hace unos días. Tardó más de lo esperado, pero aquí estaba.

Llevaba montando a Maple desde el principio de mi carrera profesional. Antes de ella, tuve a Moonshine. Intenté otros caballos entre ambas porque estuve esperando a que Maple estuviera lista para montarla, pero ninguno de los otros caballos era el adecuado para mí. La mayoría seguía en el rancho, al igual que el caballo de Gus, Scout.

No todos los caballos estaban hechos para las carreras de barriles, pero Maple sí. Era un caballo expresivo y, cuando corríamos, sabía que se sentía igual que yo.

Bueno, como solía sentirme.

—Seguro que están felices por haberse reunido —comentó mi padre. Lo estaban. Moonshine estaba hecha para ser madre, y adoraba a Maple como si fuera hija suya.

Sinceramente, verlas juntas otra vez en los pastos casi hizo que quisiera montar.

Casi.

—Lo están. Les dejo que pasten juntas.

—Tendremos que sacarlas a dar una vuelta pronto. Seguro que Moonshine preferiría montar junto a Maple antes que con Cobalt. —Cobalt era el caballo de mi padre. Era un American Paint blanco y negro, sin duda, el caballo más bonito del rancho. Cobalt y Moonshine tenían una relación de amor-odio. Ambos pensaban que eran el alfa de Rebel Blue.

No fui capaz de responder a la sugerencia de mi padre de dar un paseo a caballo. Era lo que más nos gustaba hacer juntos; al menos, solía serlo, así que me limité a asentir.

La puerta de entrada se volvió a abrir. Era Wes. Llevaba la ropa de trabajo. Esta hora solía ser en la que almorzaban los chicos, ya que se ponían en marcha de madrugada.

—Weston, justo a tiempo. La comida está lista.

Me senté en mi sitio habitual de la mesa. Había olvidado que era el asiento que estaba justo enfrente de Brooks.

Genial.

# 8

## LUKE

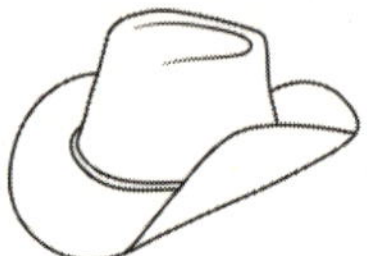

Empezaba a pensar que a Emmy la habían puesto en este mundo para torturarme. Después del desayuno de ayer en la Casa Grande, estaba convencidísimo de que era así.

No escuché nada de lo que dijeron Gus y Amos sobre la conferencia, y ni siquiera me importó que hubiera aceptado ayudar a Gus con un montón de trabajo extra.

Lo único que pude hacer fue intentar no mirar a Emmy e intentar no pensar en cómo fue sentir su piel bajo mis manos.

Ella también lo hizo de puta madre a la hora de ignorarme, y eso me cabreó.

Yo la estaba ignorando de vuelta, pero aun así.

Lo máximo que pude hacer fue lanzar algunas miradas furtivas cuando pensaba que no estaba mirando. Tenía el pelo desordenado, como de costumbre.

Quería ser el que se lo pusiera así.

En eso estaba pensando mientras limpiaba los establos, que era una de las tareas a las que accedí ayer.

Los Ryder tenían tres establos en la propiedad, pero ahora mismo solo dos estaban en uso. En este, donde se encontraban los caballos de la familia, también estaban los caballos y ponis que utilizábamos para las clases, unos quince en total. El otro establo estaba más abajo, donde los empleados del rancho podían guardar sus caballos si se los traían. Ese establo era el más grande, así que tenía caballos cuyos dueños alquilaban un espacio. Agradecí no tener que limpiar compartimentos allí.

Empecé con el compartimento de Friday. Friday era mío. Era un Morgan palomino que llegó al rancho rescatado cuando yo tenía diecisiete años. La primera vez que lo vi, estaba escuchando *Friday, I'm in Love* de The Cure en la camioneta. De ahí le vino el nombre.

Friday estaba cerca de Moonshine y Maple, los caballos de Emmy. A pesar de que llevaba casi una semana en casa, no la había visto en los establos ni una sola vez. Sabía que tenía que venir a sacar a pastar a todos los caballos y traerlos de vuelta, pero sus arreos seguían en el mismo sitio.

Eso significaba que no había ido a montar.

Eso no era propio de ella. Para nada.

Por lo general, a Amos le costaba que Emmy se bajara de un caballo. Nunca hubo problemas para que se subiera a uno. Amos era un encantador de caballos muy bueno, pero Emmy estaba cerca de ganarle.

Pensé en la caída en la cabaña, en cómo había mirado la sangre. Me pregunté si tendría algo que ver con su inesperada vuelta a casa.

Ayer, era obvio que Amos estaba encantado de tenerla en casa. No le importaba el motivo. Wes igual. Pero notaba que Gus estaba preocupado.

Yo también. Tampoco era que tuviera derecho a estarlo.

Oí abrirse la puerta del establo y entró Emmy. Pues claro que entró justo cuando estaba pensando en ella. Eso me pasaba por desear a la hermana pequeña de mi mejor amigo.

Llevaba sus botas, unos *leggings* negros y una camiseta ajustada de tirantes blanca. El pelo le caía trenzado sobre la espalda y llevaba una gorra de béisbol raída. ¿Por qué tenía que estar siempre tan guapa, joder? Se estaba dirigiendo al compartimento de Maple, pero se detuvo cuando me vio.

—Hola —me forcé a decir.

—Hola. ¿Liado con los compartimentos?

—Sí. Friday y Moonshine están fuera pastando, por si la estabas buscando.

—He venido a por Maple. No te preocupes por el de Moonshine. Yo me encargo.

—Vale. ¿Vas a montar?

Hubo una pausa larga. Emmy parecía casi asustada. ¿Le daba miedo Maple? ¿Montar?

—Sí, he venido para montar —respondió al final. No parecía muy segura de su respuesta. Seguí limpiando el establo de Friday, pero no pude evitar lanzarles miradas furtivas a Emmy. Intenté no ser evidente. Llevó el ronzal de Maple a su compartimento. Cuando fue a abrir la puerta, le temblaban las manos.

¿Qué cojones?

Sacó a Maple al amarradero y cogió los utensilios de aseo de la pared. Todavía veía cómo le temblaban las manos cuando empezó a cepillar a Maple.

Emmy sabía mejor que nadie que era una mala idea manejar un caballo sola cuando estabas nerviosa o asustada.

Estaba de espaldas a mí. Cuanto más la cepillaba, menos le temblaba la mano, pero seguía más tensa que la cuerda de un violín.

—¿Emmy? —dije en voz baja a medida que me acercaba a ella. No respondió. Se limitó a seguir cepillando. Me percaté de que también le temblaban los hombros. —Emmy —repetí con más firmeza. Seguía sin responderme. Estaba justo detrás de ella, por lo que estiré el brazo y coloqué la mano sobre la suya para detener el cepillo. Aparte del temblor en las manos y en los hombros, se quedó totalmente quieta.

Le quité el cepillo de la mano, entrelacé los dedos con los suyos y empecé a alejarla de Maple. Por fin conseguí que me mirara cuando le puse las manos en los hombros. Tenía lágrimas en los ojos.

«Joder».

No quería verla llorar.

—Háblame, Emmy. ¿Qué pasa?

—Estoy bien. —Una lágrima le recorrió la mejilla. Se la quité sin pensármelo.

—Está claro que no estás bien. —Nunca la había visto así. Lo odiaba—. ¿Qué pasa? —pregunté.

Se quedó quieta un segundo, pero luego asintió despacio. Le froté la parte superior de los brazos con las manos en un intento por calmarla.

—Puedes contármelo, Emmy.

—Estoy bien. —Seguía llorando, pero su voz sonaba enfadada.

—Emmy…

—Para. Déjame sola. —Ya, estaba claro que no iba a hacer eso, pero no la presioné. Me quedé a su lado y dejé que llorara un poco más. Ver cómo le caían lágrimas por la cara fue como si me dieran un puñetazo en la garganta.

Algo tenía que haberle pasado. Vino a casa de la nada y sin decírselo a nadie. Gus me contó que apenas había salido de su cabaña, y ahora resultaba que no estaba montando.

¿Qué narices le había pasado en Denver?

Iba a averiguarlo.

—Emmy, ¿por qué has vuelto a casa? —pregunté. Intenté mantener el tono de voz suave, a pesar de que verla así hacía que me sintiera raro, y eso me acojonaba.

—¿Por qué te importa?

—Porque me importas —respondí. Eso había sido siempre verdad, pero ahora sonaba diferente.

Emmy soltó un bufido. Decidí probar desde otro ángulo.

—Venga, Emmy. Tienes que contárselo a alguien, e incluso si se lo contara a Gus, ¿piensas que se creería que has confiado en mí? No me soportas.

Intenté que no se viera cómo me desanimaba esa última parte.

—Puedes contármelo, Emmy.

Emmy soltó un profundo suspiro antes de hablar.

—Me… Me lesioné. Me lanzó —empezó. Le temblaba la voz y empezaron a caerle más lágrimas—. Me lanzó y fue contra la valla… —Estaba hablando más rápido. Era como si las palabras fueran una manguera—. Me desmayé y me desperté con sangre en los ojos. Me golpeé justo en la cabeza y no sé qué pasó. Estaba montando otro caballo. Solo estaba entrenando… Me lanzó muy lejos y me golpeé muy fuerte contra la valla. Debería haberme hecho más daño… —Su respiración era cada vez más rápida.

Peligrosamente rápida.

—Siento mucho que te ocurriera eso, Emmy. De verdad.

—¿Recordáis el puñetazo en la garganta de antes? Ahora era muchísimo peor. Pues claro que no había estado montando. Pasar por una putada así dejaba tocado a cualquiera. No quería ni imaginarme cómo de peor era para Emmy, teniendo en cuenta cómo perdió a su madre.

Incluso si no relacionara esos hechos, seguro que su cabeza sí lo hacía, fuera ella consciente o no.

—Me desperté e intenté subirme otra vez. Lo intenté de verdad… pero no pude. No pude hacerlo, y llevo desde entonces sin poder. —La respiración de Emmy no se volvió más lenta—. No sé qué hacer. No sé qué hacer. No sé qué hacer.

—Emmy, oye, no pasa nada. No pasa nada. —Seguí frotándole los brazos. Le temblaba todo el cuerpo, y se llevó las manos al cuello y empezó a rascarse como si intentara escaparse de su propia piel.

—Emmy. Dime lo que necesitas. Dime qué necesitas que haga.

—Necesito… —dijo lo mejor que pudo entre respiraciones—. ¿Puedes…?

—Lo que sea, tesoro.

—Apretar. Por favor. —Cerró los ojos y se rodeó el cuerpo con los brazos, como si se estuviera abrazando a sí misma. Lo entendí.

La estreché entre mis brazos y nos bajé hasta el suelo. La estreché contra el pecho y empecé a mecerla de un lado a otro con suavidad. Notaba cómo sus lágrimas me mojaban la camiseta.

—Emmy, respira conmigo, ¿vale? —Empecé a exagerar mis respiraciones, inhalando y exhalando, para que Emmy las notaba y las oyera—. Estás a salvo, Emmy.

Permanecimos un rato en el suelo del establo. La respiración de Emmy empezó a ralentizarse y la sostuve con menos fuerza cuando noté que se relajaba. Mantuve mi respiración igual. Lenta y regular.

Unos minutos más tarde, Emmy separó la cara de mi cuello. Tenía la cara roja y los ojos vidriosos.

—Lo siento —dijo—. Lo siento mucho.

—Emmy. No lo sientas, por favor. ¿Te ha pasado antes? —Asintió con la cabeza—. ¿Desde cuándo? ¿Desde la caída?

—Algunas veces antes de eso, pero me ha pasado más desde entonces.

—¿Te ocurre cada vez que intentas montar?

—Casi todas las veces. —Joder. Si había una cosa que todo el mundo sabía de Emmy, era que le encantaba montar a caballo. No solo participar en carreras, sino montar. Lo más probable era que fuese la única persona que había recorrido todos los senderos de Rebel Blue, no solo los principales. Saber que era incapaz de montar me destrozó de una manera que no me esperaba.

Todo lo que había estado sintiendo por ella era inesperado. Quería ayudar.

—¿Y has estado intentando montar todos los días?

Asintió.

—Emmy, ¿por qué te haces eso? —Se le volvieron a llenar los ojos de lágrimas. Mierda.

—Pensaba que mejoraría. Pensaba que mejoraría, de verdad.

—Mejorará, Emmy —dije—. Pero la terapia de choque no funciona si te produce ataques de pánico.

—No sé qué hacer, Brooks. —Ver a Emmy sufriendo era un puto tormento. Me moría por hacer que su sufrimiento parara.

A lo mejor podía. Se me ocurrió una idea.

—Estás en un bloqueo mental de cojones, Emmy. Eres una jinete cojonuda. Solo necesitas aprender a volver a confiar en tus habilidades.

—¿Cómo?

—Vamos a empezar por el principio.

Inclinó la cabeza hacia mí.

—¿Vamos?

—Sí. Enseño a la gente a montar a caballo, Emmy —razoné con suavidad, tratando de no pinchar la burbuja en la que nos encontrábamos. En ese momento, habría hecho cualquier cosa por estar cerca de Emmy, pero esto era más que eso. Quería que volviera a montar y quería ser yo el que la ayudara.

Quería que fuera capaz de hacer lo que amaba.

—¿Te estás ofreciendo a enseñarme a montar? —susurró. Su voz era temblorosa e insegura.

—¿Por qué no?

—No somos amigos, Brooks. —«Ay».

—¿Por qué no podemos empezar ahora? —Quería ser más que su amigo, pero no tenía por qué saberlo. Nadie tenía por qué saberlo.

Emmy miró hacia abajo, sin establecer contacto visual conmigo. Observé cómo sus ojos se desplazaban por el suelo de un lado a otro. Lo hacía cuando estaba pensando. Llevaba haciéndolo desde siempre.

Después de lo que pareció una eternidad, dijo:

—De acuerdo. Pero no puedes contarles a Gus ni a Wes lo que pasa. No quiero que lo sepan. —Sí, no cabía duda de que no iba a contarles nada que estuviera relacionado con Emmy y conmigo.

—Trato hecho. Empezamos mañana después de lo que sea que Wes te haya mandado hacer. ¿Ocho de la mañana?

—Vale —respondió. Me di cuenta de que seguíamos enredados en el suelo del establo, y Maple, que al parecer era el mejor caballo del mundo, seguía contenta en el amarradero. Emmy pareció darse cuenta al mismo tiempo que yo, y básicamente saltó de mi regazo.

Yo también me puse de pie.

—Gracias. Por eso —dijo mientras hacía un gesto en dirección al suelo—. Nunca he estado con nadie cuando ha ocurrido. Ha sido… útil. Gracias. —Le sonreí, y podría haber jurado que se sonrojó.

Seguro que no había sido más que un truco de la luz.

Emmy se giró hacia Maple y empezó a desatarla.

—Ya lo hago yo —dije—. Tú vete. Yo la saco y le limpio el compartimento.

—No tienes por qué…

—No pasa nada, Emmy. Vete.

—Gracias, Brooks. Por todo. Te lo agradezco de verdad. —Se giró para dirigirse hacia la puerta del establo.

—Oye, Emmy —la llamé. Se giró hacia mí. El sol brillaba a sus espaldas. Parecía un puto ángel; un ángel prohibido.

—¿Sí?

—¿Amigos, entonces? —inquirí. Pareció meditarlo un momento.

—Amigos —respondió.

Cuando se trataba de Emmy, estaba jugando con fuego, pero por ella caminaría feliz hacia las llamas.

Y tendría una sonrisa en la cara todo el maldito tiempo.

# 9

# EMMY

Las clases de equitación con Brooks iban bien. Todavía no me había pedido que montara a caballo, pero ayer fui capaz de ensillar a Maple sin que me controlara el pequeño monstruo del pánico que llevaba dentro.

Sentía que debería avergonzarme más que Brooks me viera en ese estado, pero no era así. Cada vez que pensaba en ese momento, no se me pasaba por la cabeza el ataque de pánico en sí, sino cómo me consoló sin preguntas ni reservas.

«¿Qué necesitas, tesoro?». Reproducía esas palabras en mi cabeza una y otra vez. Nunca le había oído hablar así, con ternura. En ese momento, sus palabras me sostuvieron tanto como sus brazos.

Cuidó de mí como si fuera lo más natural del mundo, y eso era lo que no me sacaba de la cabeza; no el ataque de pánico.

Ninguno lo había mencionado, y dudaba de que fuéramos a hacerlo, pero eso no hacía que estuviera menos agradecida de no tener que enfrentarme a ello sola.

Por extraño que pareciera, el hecho de que otra persona supiera lo que había pasado era liberador. Era como si, ahora que lo sabía, toda la situación no existiera solo en mi cabeza, sino que era real. El dolor que me causó era real. Las secuelas eran reales.

Y si la caída fue real, levantarme también podía serlo.

Por ahora, las clases de equitación de Brooks consistían solo en ensillar y desensillar los caballos juntos. Luego, los sacábamos al corral y les dábamos un paseo. Cuando volvíamos a los establos, los desensillábamos y dejábamos que Maple y Friday salieran a pastar.

Tenía que estar aburrido de eso. ¿Cómo tenía la paciencia para hacer todo el trabajo de preparar a los caballos solo para llevar a cabo el equivalente ecuestre de pasear a un perro alrededor de la manzana y luego traerlos de vuelta?

Sentía que estaba perdiendo el tiempo conmigo, pero agradecía que fuera poco a poco, sin presionarme para que montara a Maple… todavía.

Sabía que acabaría llegando.

Mientras hacíamos nuestra rutina de ensillar y caminar, Brooks y yo hablábamos. Este tipo llevaba rondando por mi casa desde que nací y, sin embargo, era la primera vez que tenía una conversación con él a solas. Y hablábamos. Mejor dicho, hablábamos «de verdad».

Y cuando hablábamos, no pensaba ni en el accidente ni en las consecuencias.

Ayudaba. Probablemente más de lo que me gustaría admitir.

Durante los últimos días había aprendido muchas cosas sobre Brooks. Sus películas favoritas eran *El club de los poetas muertos* y *La búsqueda*, dos películas que, sin duda, no me esperaba. Pensaba que sería más del tipo *No es país para viejos*.

Su grupo favorito era Bread, pero si tuviera que escoger un segundo favorito, elegiría Brooks & Dunn o The Highwaymen.

También aprendí otras cosas. Cosas que salpicaban nuestras conversaciones y que dudaba que fuera consciente de que me estaba contando. Como que sus hermanastros ya no le hablaban en absoluto. O que llevaba años sin ver a su madre por culpa de su padrastro, John. Hacía unos años, en La Bota del Diablo, alguien le ofreció sus condolencias por la salud de su madre, y así fue como se enteró de que se había sometido a un tratamiento contra un cáncer de esófago.

Ahora estaba bien, pero todavía no la había visto.

Lo intentó varias veces justo después de que entrara en remisión, pero John no le dejó entrar en la casa.

De pequeña, sabía que la situación en casa de Brooks no era muy buena. Por eso se pasaba todo el tiempo en el rancho. Pero escucharlo como adulta era diferente. Me pesaba más ahora.

Y si a mí me resultaba pesado solo con oírlo, no podía ni imaginarme lo que era para Brooks. Era él quien tenía que cargar con ello.

Se merecía algo mejor.

Era raro pasar tiempo con Brooks así. Lo conocía desde que tenía uso de razón, pero no lo «conocía» de verdad.

Hasta hace poco, lo único que sabía de Brooks era que siempre estaba cerca. Solía ponerme muy celosa de que pudiera formar parte del Club de los Chicos Ryder con mis hermanos y mi padre, sin ni siquiera ser un Ryder.

Ojalá hubiera sabido lo mucho que significaba para él formar parte de algo así, formar parte de nosotros.

Hoy teníamos otra clase, pero no hasta más entrada la mañana. Gus se estaba beneficiando de la ayuda extra que Brooks estaba dispuesto a proporcionar, así que aproveché para desayunar con mi padre. No lo había visto lo suficiente desde que llegué a casa, ya que era un hombre ocupado.

Cuando nos sentamos en la encimera de la cocina, yo con unas tortitas caseras de chocolate y él con un batido verde (Wes no bromeaba con lo de la salud), le pregunté por Brooks.

—¿Papá? —mi voz era suave, tímida incluso.

—¿Sí, peque? —contestó sin alzar la mirada de su periódico de la mañana. Sabía que lo que estaba a punto de preguntar iba a levantar sospechas en mi padre, pero necesitaba saber qué veía en Brooks.

—¿Qué opinas de Brooks?

—¿Luke? Es un buen hombre. ¿Por? —«Porque el otro día estuvo una hora conmigo en el suelo del establo y necesito saber si eso es normal».

—Supongo que tengo la duda de por qué básicamente lo acogiste cuando éramos niños.

Mi padre se quitó las gafas de leer y soltó el periódico.

—¿A qué viene este repentino interés? —«Sospechas: levantadas».

—No sé. Curiosidad.

La mirada que me lanzó mi padre me dijo que no estaba del todo convencido con mi respuesta, pero contestó a mi pregunta de todas formas.

—Luke es intrépido. Cuando, de pequeños, Gus lo trajo a casa del colegio, sabía que o iba a ser genial o iba a convertirse en su peor enemigo, como su padre. —Mi padre continuó—. Conocí a Jimmy bastante bien en su día. También era intrépido. Pero nadie esperaba nada de él. A medida que iba creciendo, su intrepidez se convirtió en imprudencia.

Tenía sentido. Jimmy Brooks no era conocido por ser un hombre responsable o estable.

—Pero Brooks también era temerario —dije, recordando todas las veces que se había hecho daño o que había cometido alguna estupidez. Como cuando se compró una moto de mierda, atravesó la ciudad sin casco y se estrelló contra un árbol el mismo día. Mi padre y Gus se dieron un susto de muerte. Cuando llegué a casa, un Brooks ensangrentado y magullado estaba recibiendo una de las famosas charlas de Amos Ryder.

Sabiendo lo que sabía ahora, me preguntaba si Brooks había tenido alguna vez a alguien que se preocupara lo suficiente como para gritarle como lo hizo mi padre aquel día.

Desde que llegué a casa, no paraba de hacerme a la idea de que aquel hombre era mucho más cariñoso y dinámico de lo que creía.

—Luke no es temerario. Nunca lo ha sido. A veces ha sido descuidado, impulsivo y temperamental, y seguro que ese es el motivo por el que ha acabado con la nariz rota incontables veces. Pero es difícil tener cuidado cuando no tienes nada y no hay nadie cerca que se preocupe por ti.

No sabía lo que era eso. Siempre había sabido que me querían.

—Luke es como un perro callejero —continuó mi padre. «Qué bonito», pensé—. Tosco, necesitado de un poco de estructura y una buena dosis de amor. Tiene días buenos y días malos. —Mi padre chasqueó la lengua—. He de admitir que llevo unos cuantos años sin tener que sacar su culo de la cárcel, lo cual me alegra bastante.

Recuerdo que mi padre tuvo que sacar a Brooks de la cárcel por pelearse en tres ocasiones, y esas no eran más que las veces que conocía.

Por suerte, era una ciudad pequeña, y Amos Ryder fue compañero de clase del *sheriff*.

—Tardó mucho tiempo en confiar en mí, en confiar en Gus y en Wes, cuando le dijimos que aquí era bienvenido, pero nunca dejamos de estar ahí para él y, al final, él estuvo ahí para nosotros, y desde entonces lo ha estado todos los días.

Pensé en la vez que Brooks tenía que recogerme del entrenamiento de rodeo porque nadie de mi familia podía. Hubiera preferido volver a casa andando, pero Gus insistió en que no pasaba nada.

Brooks llegó tarde. No podía conducir porque se había tomado unas cervezas, así que cuando su camioneta dobló la esquina, la chica con la que se estaba acostando por aquel entonces estaba en el asiento del conductor.

En aquel momento, toda la situación me cabreó, sobre todo porque tuve que sentarme entre Brooks y la chica en el asiento corrido. Él tenía que sacar la cabeza por la ventanilla mientras ella conducía para que le diera el aire en la cara.

Recordando ese suceso, me di cuenta de que aquel día estuvo ahí para mí.

Aunque borracho y tarde, pero no creo que hubiera mucha gente por la que un Brooks de veinte años hubiera hecho eso.

Sentí cómo se me empezaba a dibujar una diminuta sonrisa en las comisuras de los labios al pensar en Luke Brooks teniendo que pedirle a aquella chica que le llevara a recoger a la hermana pequeña de su mejor amigo.

—Nunca pensé en lo que debió de ser para él vivir en una casa donde no lo querían —dije. Me sentí mal por haber sido tan gilipollas con él—. ¿Crees que, si no hubiera conocido a Gus, sería diferente?

—Tal vez. No creo que podamos llevarnos todo el mérito. El chaval tiene un corazón del tamaño de las montañas Rocosas. Le gusta tener gente a la que cuidar y necesita gente que cuide de él. Creo que, con el tiempo, habría encontrado su camino, pero puede que con unas cuantas paradas más en boxes.

Lo pensé durante un segundo. Todavía estaba intentando conectar las dos versiones de Brooks que tenía en mi cerebro: el adolescente descuidado que me había sacado de quicio y el hombre que se había sentado conmigo en el suelo de los establos durante una hora mientras sufría un ataque de pánico.

Era difícil creer que fueran la misma persona. No sabía si era que había cambiado o si simplemente no lo había visto con claridad antes.

—Supongo que está bien —dije, intentando no revelar nada delante de mi padre.

Me sonrió, y su expresión tenía algo que no supe situar.

—Sí —coincidió—. Gracias por desayunar conmigo, peque.

—¿Te marchas ya? —pregunté.

—Sí. Hoy tengo que ir al pueblo a por inventario y una pieza nueva para una de las empacadoras de heno. ¿Necesitas algo? —Comenzó a limpiar su área de la encimera y a llevar los platos al fregadero.

—Estoy bien. Tengo que bajar a los establos.

—Que tengas un buen día, peque —dijo mientras tomaba su sombrero de vaquero de la percha que había en la cocina—. Te quiero.

—Te quiero —respondí. Ahora que mi padre había vuelto al rancho, agradecía el tiempo que pasaba con él. Los ratos que pasábamos ahora juntos eran diferentes a cuando venía a casa durante las vacaciones o cuando tenía un descanso en la agenda. En esa época, mi padre se organizaba en torno a mí para que pudiéramos pasar mucho tiempo juntos.

Como iba a estar más tiempo en casa, disfrutaba de esos pequeños momentos con él. No teníamos la presión de tener que pasar tiempo juntos. Por primera vez desde que tenía dieciocho años, podíamos limitarnos a existir en la órbita del otro sin ningún límite de tiempo.

Esos pequeños momentos hicieron que me diera cuenta de lo mucho que le había echado de menos durante mi ausencia y de lo mucho que le necesitaba.

Y, en un giro inesperado de los acontecimientos, de lo feliz que me sentía de estar en casa.

Empecé a caminar hacia los establos y mi móvil vibró. Me lo saqué del bolsillo trasero y vi que era Kenny. Habíamos hablado un poco desde que lo vi en La Bota del Diablo, pero nada del otro mundo. Fue divertido flirtear con él aquella noche. Fue agradable verle, fue amable y le estaba muy agradecida por llevarnos a Teddy y a mí a casa para que no tuviéramos que dormir en la cama de la camioneta fuera del bar, pero no tenía ningún interés en él.

No tenía nada que ver con el hombre con el que iba a reunirme.

Probablemente.

También tenía algunos mensajes de Stockton. No los había leído y, más tarde, supe que los borraría sin hacerlo. Suspiré y volví a meterme el móvil en el bolsillo sin responder a Kenny.

Vi a Brooks antes de que él me viera a mí. Estaba en la puerta de los establos y había sacado algunas herramientas. Estaría arreglando la bisagra que estaba sacando de quicio a Gus.

Por primera vez desde que vine a casa, Brooks llevaba su camiseta sin mangas distintiva. Parecía que solía ser una camiseta de INXS antes de que le metiera mano con las tijeras.

Me irritaba tener que admitirlo, pero Luke Brooks estaba buenísimo, y la camiseta sin mangas también era bastante sexi. Dios, ¿qué me pasaba? Desde siempre había estado firmemente en contra de las camisetas sin mangas, y ahora se me caía la baba con Brooks y sus brazos expuestos. Cómo se le flexionaban y abultaban los bíceps bastaba para excitar a cualquiera.

Y por no hablar de la puta gorra de béisbol que llevaba hoy hacia atrás.

«Mierda».

«Mierda. Mierda. Mierda».

«Eres débil, Clementine Ryder», pensé. Una gorra de béisbol hacia atrás y ya estaba echando por la borda todo lo que opinaba sobre las camisetas sin mangas.

Y lo que opinaba sobre Luke Brooks también.

Debió de oír mis botas contra el suelo, porque levantó la vista de lo que estaba haciendo. Sonrió todo lo que pudo, pero estaba sosteniendo un clavo entre los dientes para tenerlo a mano por si lo necesitaba.

¿Por qué eso me resultaba tan atractivo también?

—Hola —dije. Se sacó el clavo de la boca y lo lanzó a un cuenco que tenía a los pies.

—Buenos días —contestó, alargando las palabras. Antes odiaba su acento montañés, pero ahora quería envolverme en él. Vi cómo me miraba de arriba abajo, pero lo hizo rápido, como si no quisiera que me diera cuenta. Se me calentaron las mejillas y traté de disimularlo.

»¿Crees que estás preparada para montar hoy? —preguntó. Había un chiste flotando en el aire, pero lo ignoré. Lo último que necesitaba era hacer bromas sobre montar con Luke Brooks.

La idea de subirme a Maple hizo que el corazón me latiera un poco más rápido, pero no había ni punto de comparación con cómo reaccionaba hacía unas semanas.

—Creo que puedo intentarlo —respondí. Brooks volvió a sonreír. Cuando esbozaba una sonrisa tan grande, se le formaban unas arrugas alrededor de los ojos. Era estúpido lo adorables que resultaban.

—Adelante, entonces. —Con dos dedos, me hizo un gesto para que me uniera a él en el establo. Caminamos codo con codo hasta los compartimentos de Maple y Friday, pero el de Maple estaba vacío.

—¿Dónde está Maple? —pregunté.

—La he sacado esta mañana —contestó. Eh... ¿vale?

—Entonces... ¿no voy a montar hoy? —Estaba confusa. Maple era mi caballo, así que, si iba a montar, ¿por qué no estaba aquí?

—Sí, pero vamos a volver a lo básico.

—¿Cómo?

—Vas a montar a Moonshine. —Mmm. No se me había ocurrido montar otro caballo que no fuera Maple, pero Moonshine tenía sentido. Moonshine era a prueba de bombas, el caballo perfecto para un principiante.

Y yo había vuelto a ser una principiante.

¿Por qué no se me había ocurrido?

—Vale —acepté—. Moonshine pues.

—Voy a amarrarlas a ella y a Friday y luego empezamos, ¿vale?

—Vale. —El corazón empezó a latirme contra las costillas y, a estas alturas, las primeras sensaciones de pánico me resultaban demasiado familiares. Brooks me estaba mirando, probablemente para evaluar mi reacción. En lugar de concentrarme en la sensación de pánico que me subía por el pecho, me concentré en él. Me concentré en lo segura que me sentí cuando me rodeó con sus brazos y en cómo fue tener su aliento contra mi mejilla.

Si estaba aquí, no me iba a pasar nada.

Empujé el pánico hacia abajo y lo encerré en la base de la garganta con firmeza. Noté cómo me pinchaba cuando me moví para iniciar el proceso de poner los arreos, pero no dejé que me venciera.

Podía hacerlo.

Quería hacerlo.

Cogí los utensilios de aseo de la pared mientras que Brooks aseguraba a los caballos, y retomamos la rutina de la última semana. Empecé a cepillar a Moonshine, y creo que se puso contenta. Sacudía la cola con libertad.

—Bueno, ¿de qué deberíamos hablar hoy? —preguntó. Me gustaba que quisiera hablar conmigo, que existiera la posibilidad de que disfrutara de nuestras conversaciones tanto como yo.

—Mmm… —dije en voz alta. Lo pensé un momento. ¿Qué quería saber sobre Luke Brooks?—. ¿Con quién fue tu primer beso? —pregunté.

Brooks pareció sorprendido, pero sonrió y dijo:

—Una pregunta interesante, Ryder.

—Pues contéstala. ¿O no te acuerdas de la larga lista de mujeres cuyos corazones acabaron rotos por Luke Brooks?

Se rio. Fue una carcajada honesta.

—Mi primer beso fue con Claudia Wilson.

El nombre (bueno, el apellido) me sonó al momento.

—¿No te acostaste con su madre? —solté.

—¿Me estás controlando, Ryder? —inquirió con una sonrisa de suficiencia.

—No —dije a la defensiva.

—Claro. —Seguía esbozando una sonrisa de suficiencia, y ni siquiera me resultó irritante, lo cual era irritante en sí mismo—. Mi primer beso fue cuando tenía trece años. Fue en un baile del instituto. Ya sabes, esos en los que ponen *Yeah* de Usher y luego te sacan algo en plan *Open Arms* de Journey y os advierten de que no os acerquéis demasiado. —Sabía a la perfección de lo que estaba hablando—. Y en los que esos pobres profesores tienen que vigilar un aula llena de preadolescentes que podrían empezar a restregarse los unos con los otros en cualquier momento. —No pude evitar soltar una risita. Esos bailes eran una experiencia universal en Meadowlark.

»En fin, en uno de esos. Durante una canción lenta, nos metimos en los vestuarios de chicos y la besé en las duchas. No lo hice muy bien. Faltó poco para que nos arrancara las paletas a los dos e intenté usar la lengua antes de estar preparado.

Me reí con más fuerza.

—Y para responder a tu otra pregunta un tanto invasiva, sí. Me acosté con su madre. —Se estremeció, pero al menos fue sincero—. Pero eso no fue hasta que no tuve más de veinte; no supe quién era hasta unos meses después, y solo fue una vez.

«Mmm, interesante».

—Y, para que conste, los rumores sobre mis hazañas sexuales con las madres de la gente, y mis hazañas sexuales en general, son exagerados. —Me hizo gracia que supiera de la existencia de esos rumores, pero que nunca los abordara. Se limitaba a seguir su camino sin importarle lo que pensaran de él.

—Entonces, ¿con cuántas madres te has acostado?

—Solo con una, listilla. —Alguien me dijo que habían sido diez al menos. Supongo que no había que creerse todo lo que se oía a través de la red de cotilleos de Meadowlark.

El relato que giraba en torno a Luke Brooks en Meadowlark estaba muy arraigado. Me molestaba que todos, salvo yo, lo toleraran.

—Sí que me estás abriendo los ojos, Brooks.

—¿Te gusta lo que ves? —preguntó de broma, pero fui honesta cuando respondí.

—Sí. —Dejó de hacer lo que estaba haciendo (limpiarle las pezuñas a Friday) y me miró. No supe identificar su expresión, pero era… intensa. Se fue tan pronto como llegó.

—Bueno, ¿con quién fue el tuyo? —inquirió mientras volvía a su tarea—. Tu primer beso, digo.

—Con Colton Clifford. En el instituto. Fue durante los fuegos artificiales del rodeo del Cuatro de Julio. —Rememoré aquel día. Tenía quince años, y lo único en lo que pensaba era en que me quedaban tres años para poder salir de Meadowlark.

Me pregunté si mi yo de quince años estaría decepcionada por haber vuelto al punto de partida.

—Guau. Ni tan mal. —Oí la sonrisa en la voz de Brooks mientras quitaba un poco de la suciedad persistente de las herraduras de Moonshine.

—Estuvo bien, la verdad —dije—. Hasta que me enteré de que después besó a otra chica esa misma noche.

—Estás de broma. —El tono de Luke era de auténtica incredulidad, como si fuera incapaz de creerse que un chico pudiera hacerme eso. Cuando el corazón volvió a golpearme en el pecho, no tuvo nada que ver con el pánico y todo que ver con él.

—Nop —contesté—. Le pillé debajo de las gradas con una chica un año menor.

—Sé dónde vive. Iré y le daré una paliza ahora mismo.

Me reí, pero existía la posibilidad de que lo dijera en serio.

—Teddy se encargó de eso hace años —dije, sonriendo.

—Bien —respondió.

Ambos terminamos de cepillar a los caballos y fuimos a por las monturas. Se me volvió a acelerar el pulso. Como si pudiera sentirlo, Brooks dijo: «No pasa nada, Emmy», y me puso la mano en la parte baja de la espalda mientras me conducía hasta Moonshine. El calor que me recorrió el cuerpo ante su contacto me distrajo de la ansiedad que me provocaba montarla.

Ejecuté los movimientos para ensillarla. Era algo natural. Lo había hecho miles de veces a lo largo de mi vida. No exageraba.

Carona. Montura. Cincha. Brida, empezando por el bocado. Repetí las palabras en mi cabeza una y otra vez con el fin de concentrarme en la tarea que tenía entre manos y no en lo que venía después.

Cuando Brooks acabó con Friday, sacamos a los caballos del establo y los llevamos al corral. Brooks aseguró a Friday en uno de los postes y se acercó a mí.

—Vamos allá, Ryder. ¿Necesitas un empujón? —Sinceramente, un empujón no haría daño. Teniendo en cuenta cómo había reaccionado cuando me puso la mano en la espalda, supuse que su contacto podría distraerme, así que asentí.

Algo varió en el aire, como si darle permiso para tocarme cambiara algo entre nosotros.

—Vale. —Primero me puso las manos en la cintura, que no era la forma de ayudar a alguien a subirse a un caballo. Ambos lo sabíamos, pero no me importaba. Podía subirme a Moonshine yo sola, pero quería que me tocara—. Pie izquierdo en el estribo, tesoro. —El término se deslizó por su lengua sin esfuerzo. Ya no sonaba denigrante, aunque con toda probabilidad llamaba así a todas las mujeres.

»Una mano en el borrén. —¿Había bajado la voz? ¿Era posible? Me recorrió un escalofrío por la espalda.

Seguí sus instrucciones, a pesar de que sabía lo que estaba haciendo. Pero no tener que pensar en ello, poder limitarme a escuchar, era liberador.

La distracción funcionaba. Cuando llegamos al punto en el que se suponía que tenía que subirme de un empujón, lo noté inclinándose hacia mí.

—Sé que puedes subirte al caballo tú sola, Ryder. —Todavía tenía las manos en mi cintura, y notaba su aliento en la nuca. Me dio un apretón en la cintura y luego me soltó—. Así que hazlo.

Lo hice.

Antes de que me diera cuenta siquiera de lo que había pasado, levanté el pie derecho del suelo y pasé la pierna por encima de Moonshine.

Estaba en la montura.

«Hostia puta».

Estaba en la montura, y no pasaba nada.

Miré a Brooks. Estaba sonriendo de oreja a oreja, y su sonrisa me hizo entrar en calor.

—Ahí está —dijo.

Era casi como si le costara apartar la mirada de mí mientras se acercaba a Friday.

Luke Brooks hacía muchas cosas sexis, así que cada vez me resultaba menos irritante, pero no creo que hubiera nada tan sexi como ver cómo se montaba en su caballo, con su gorra de béisbol al revés y su camiseta sin mangas.

«Dios».

Una vez se hubo acomodado, dijo:

—Vamos a tomárnoslo con calma, ¿vale? Unas vueltas por el corral a ritmo de paso y lo damos por concluido por hoy.

Asentí. Vi cómo Brooks le daba un pequeño apretón en la cintura con los gemelos a Friday para pedirle que empezara a ir hacia delante, cosa que hizo.

Respiré hondo e hice lo mismo con Moonshine. Se movió.

—Respira, Emmy. Sabes que Moonshine va a cuidar de ti. Siempre lo ha hecho. —Tenía razón. Respiré hondo y sujeté las riendas con menos fuerza.

Moonshine siguió a Friday, tal y como se suponía que tenía que hacer.

Brooks no paraba de mirar hacia atrás para ver cómo iba. La sonrisa no abandonó su rostro en ningún momento.

Dimos tres vueltas al corral antes de que Friday se detuviera. Tiré de las riendas de Moonshine con delicadeza, pero se habría parado aunque no lo hubiera hecho. Brooks se bajó y volvió a asegurar a Friday al poste. Caminó hacia mí y su sonrisa era tan contagiosa que se la devolví.

—¿Cómo te sientes? —preguntó.

—Me siento increíble —respondí con sinceridad.

—También estás increíble. —Este hombre y su habilidad para hacerme sonrojar seguía siendo irritante.

—Cállate, Brooks —dije. Siguió sonriendo.

—Vamos a dejarlo aquí ahora que tenemos un buen sabor de boca. ¿Lista para desmontar?

Desmonté sin problemas y, cuando mis botas tocaron el suelo, fue como si ya no pudiera contener la alegría. Sujeté a Moonshine al poste junto a Friday y me volví hacia Brooks. No pude evitarlo: me abalancé sobre él y le rodeé el cuello con los brazos.

Se quedó inmóvil un momento, pero luego me rodeó con los brazos y me levantó del suelo durante un segundo. Nos reímos juntos. Me aparté para poder mirarle.

—Gracias, Luke. —Esperaba que oyera mi sinceridad.

—Lo has hecho tú, Emmy. Has sido tú.

—No lo habría hecho sin ti. —Sí, montarme en un caballo y dar unas cuantas vueltas a ritmo de paso era muy diferente a las carreras de barriles, pero era algo. Después de no tener nada durante tanto tiempo, me sentía como si estuviera tocando el cielo con las manos.

—Lo habrías hecho. Lo sé. —Alzó la mano, me metió un mechón de pelo detrás de la oreja y, luego, mantuvo la mano en mi cara. Sus ojos se posaron en mis labios, al igual que aquella tarde en mi cabaña. A diferencia de aquella noche, movió el pulgar y me rozó el labio inferior. Quise llevármelo a la boca.

Así de claro.

Quería que me besara. Lo quería con desesperación.

No lo hizo.

En vez de eso, se separó, desató ambos caballos y empezó a conducirlos de vuelta al establo.

# 10

# LUKE

En menos de dos semanas, había estado a punto de besar a la hermana pequeña de mi mejor amigo no una, sino dos veces. Tenía tantas ganas de besarla que resultaba patético.

Intenté decirme a mí mismo que era solo porque Emmy era guapa y hacía tiempo que no besaba a una mujer. Que no había querido hacerlo. Pero sabía que no era verdad. Había algo entre nosotros.

Y Emmy no era solo guapa. Era extraordinaria.

En algún momento de las últimas dos semanas, Emmy empezó a mirarme como si valiera algo, y yo estaba embriagado por la sensación que me proporcionaba.

Ver cómo ayer iba aumentando su confianza con cada vuelta que daba al corral hizo que me apretaran los vaqueros. ¿Y la manera en la que se me echó encima después?

Perdí la puta cabeza.

Al día siguiente, le escribí y le dije que tenía cosas que hacer en el bar, así que no podía ir a montar a caballo. Y era verdad. No solía trabajar en el rancho los viernes porque me pasaba el día preparando La Bota del Diablo para el fin de semana.

Le dije que me esperaban un par de días ocupados y que volveríamos a ello el martes. Eso me daría tiempo suficiente para aclarar las ideas y dejar de pensar en cómo sería tocarla… en todas partes.

Me sentía mal por dejar tirada a Emmy, pero necesitaba unos días para poner la cabeza en orden en lo que a ella se refería. Como viera a Emmy mientras me sentía como me sentía ahora, no cabía duda de que la besaría. Haría más que besarla.

Quería hacer mía a Emmy en todos los sentidos.

Quería saberlo todo sobre ella, incluido cómo sonaría mi nombre cuando lo gimiera.

Si antes pensaba que estábamos en territorio peligroso, ahora no quería ni saber dónde estábamos.

Suspiré y me pasé las manos por la cara. Tenía un millón de cosas que hacer y solo podía pensar en Emmy.

Esa mañana, Joe me preguntó por qué estaba tan distraído, y no supe qué responder. Joe era un buen tipo. Había trabajado en La Bota del Diablo más tiempo del que yo llevaba vivo, y era la única razón por la que el bar sobrevivió durante el periodo en el que fue propiedad de Jimmy Brooks.

Cuando mi padre me dejó el bar, quise darle el cincuenta por ciento a Joe. Se lo merecía, pero se negó. Nos pusimos de acuerdo en dividírnoslo en cuarenta y cinco/cincuenta y cinco. Eso pareció contentarle, y yo gané un socio impresionante.

También me permitió seguir ayudando en Rebel Blue, y eso significaba todo para mí.

Estuve a punto de no aceptar el bar. No quería nada de mi padre. Cuando murió hace unos años, llevaba más de treinta años sin necesitar nada de él y no quería empezar a hacerlo en ese momento. No obstante, cuando el banco me explicó que eso significaría con toda probabilidad el fin del bar (el fin de algo que significaba tanto para tanta gente, aunque no fuera más que un sitio en el que cantaban clásicos del *country* a pleno pulmón), decidí aceptarlo.

También me quedé con la casa, un bungaló de una sola planta recogida entre los árboles por detrás del bar, a casi un kilómetro de distancia. El terreno que poseía no era Rebel Blue, pero cuarenta hectáreas con una casa y un negocio no estaba nada mal para alguien como yo.

No sabía muy bien cómo había acabado todo eso en manos de Jimmy, pero mentiría si dijera que no estaba agradecido.

Llamaron a la puerta de mi despacho. Alcé la vista, esperando ver a Joe. En su lugar, vi a Teddy Andersen.

¿Por qué estaba Teddy Andersen en mi bar a las diez de la mañana de un viernes?

¿Por qué Joe la había dejado siquiera entrar por la puerta principal?

—¿Estás ocupado? —preguntó. Llevaba el pelo recogido en su característica coleta, pero su expresión era desconocida. Parecía enfadada.

Teddy era una de las últimas personas del planeta a las que querría enfadar. Gus y ella estaban empatados en ese aspecto. Ayer, cuando Emmy me contó la historia de su primer beso y mencionó que Teddy «se encargó de ello», lo primero que se me ocurrió fue que le había cortado la polla a aquel chaval y se la había dado de comer.

—¿Qué pasa, Teddy? —inquirí. Teddy cruzó el umbral de mi despacho y cerró la puerta tras de sí.

—¿Qué hay entre Emmy y tú? —Supongo que no se andaba con chiquitas. «Mierda».

—¿A qué te refieres? —respondí. Mantuve la voz neutral. O lo intenté, al menos.

—Corta el rollo, Brooks. Me contó lo del casi beso en la cabaña, ¿y ahora le estás dando clases de equitación? Es jinete de carreras de barriles profesional. No creo que necesite consejos tuyos.

¿Emmy le contó lo de la cabaña? No se lo contaría a su mejor amiga a no ser que significara algo para ella, ¿verdad?

«Esa no es la cuestión, idiota».

—Puedes jugar con la chica que quieras. ¿Por qué estás jugando con ella? —insistió, dejando claro que no se tomaba mi indiferencia como respuesta.

—No estoy jugando con ella —respondí con sinceridad. No estaba jugando con Emmy. En todo caso, ella estaba jugando conmigo.

Desde el momento en el que entró por la puerta de mi bar hace unas semanas, fue como si se hubiera grabado a fuego en mi cerebro y prácticamente exigiera que pensara en ella las veinticuatro horas del día.

Se suponía que no tenía que sentir nada por nadie, y mucho menos por la hermana pequeña de mi mejor amigo.

—Emmy y yo somos amigos.

Teddy no pareció convencida. Seguro que porque mi respuesta no era convincente. Emmy y yo éramos amigos, pero solo porque eso era lo único que podíamos ser.

—¿Amigos? —preguntó.

—Sí. Me gusta pasar tiempo con ella.

—¿Y las clases de equitación?

—Más bien clases de repaso de equitación, y tendrás que preguntarle a ella sobre eso. —Me ocupé de unos papeles que tenía sobre la mesa. No me correspondía contarle a nadie por lo que estaba pasando Emmy. Solo quería estar ahí para ella.

—¿Tienes casi besos cargados de tensión con todas tus amigas? —¿«Cargados de tensión»? ¿Así fue como se lo describió Emmy?

Intenté no sonreír. Dudaba que lo hubiera conseguido, por lo que me llevé una mano a la boca para cubrírmela con la esperanza de ocultarle a Teddy lo que sentía.

Tal vez lo que estaba pasando entre nosotros afectaba a Emmy tanto como a mí.

No podía pensar en eso. No podía dejar que mi mente vagara por ese camino y pensar en dónde acabaríamos si fuera cierto.

—No —me limité a responder. Nunca había tenido nada cargado de tensión con nadie. Solo con Emmy.

—Borra esa estúpida sonrisa, Brooks. Dime qué está pasando.

—Mira, Teddy, no estoy jugando con Emmy. Te lo prometo. Nunca haría nada que le hiciera daño. Somos amigos y me gusta pasar tiempo con ella, eso es todo. ¿Vale?

La mitad era verdad, pero pareció funcionar.

Vi cómo Teddy reflexionaba sobre mis palabras durante un minuto antes de que sus rasgos cambiaran de enfado a diversión.

—¿Qué? —pregunté.

—Nada. Ya lo entiendo. —Se le dibujó una pequeña sonrisa en la boca.

—¿Entender qué?

—Lo entiendo. —La sonrisa de Teddy se estaba volviendo más grande—. Gracias por aclarármelo todo.

—Teddy, ¿de qué narices estás hablando?

—Nada. —Dios, qué irritante era. Empezó a caminar hacia la puerta de mi despacho y, mientras la abría, dijo—: Hasta luego, Brooks. —Antes de perderla de vista por completo, escuché cómo decía—: Como le hagas daño a mi mejor amiga, te corto la polla y te la doy de comer.

Por algún motivo, tuve el mal presentimiento de que Teddy sabía perfectamente cómo me sentía respecto a su mejor amiga.

# 11

———

# EMMY

Mi móvil sonó al amanecer. Supuse que era Teddy, ya que era la única persona que me llamaba últimamente. Contesté sin mirar la pantalla.

Craso error.

—¿Diga? —dije. Tenía la voz adormilada.

—Hola. ¿Hablo con Emmy Ryder? —Sin duda, la voz al otro lado de la línea no era mi mejor amiga. Ni siquiera Teddy estaba tan alegre por las mañanas.

—Sí.

—Buenos días, Emmy. Soy Wendy, de la Asociación Profesional de Rodeo Femenino. —En la lista de personas con las que no quería hablar un lunes por la mañana, la gente del rodeo estaba bastante arriba. Sobre todo, Wendy, con su voz empalagosamente dulce—. Te llamo porque quería saber si competirás cuando vayamos a Meadowlark el mes que viene.

—Mmm, no lo sé. Ahora mismo me estoy tomando un descanso del circuito.

—Sí, estamos al tanto de tu situación. —Estupendo—. Quería llamarte y decirte que entendemos que esas cosas pueden ser difíciles de superar, y queremos que lo hagas, pero también nos encantaría tenerte con nosotros en Meadowlark. Es tu pueblo natal, ¿correcto?

—Sí —dije con indiferencia.

—Bueno, nunca hemos llevado el circuito allí, y creemos que tenerte en la plantilla sería genial para nosotros y genial para tu pueblo. —¿Y qué pasa con lo que sería genial para mí?

—Me lo pensaré.

—¡Genial! Llamaré en un par de semanas para confirmar. Y, ¿Emmy?

—¿Sí?

—Si hay algo que podamos hacer por ti, por favor, no dudes en llamarnos. Te apreciamos y nos encanta tenerte como parte de nuestro equipo. Eres una gran corredora.

—Gracias. —«¿Dónde estabais cuando me pasé un mes encerrada en mi apartamento?», pensé. Wendy llevaba años a cargo de las carreras de barriles en la APRF La conocía desde hacía mucho tiempo. No culpaba a Wendy de nada, pero le informé de mi accidente justo después de que ocurriera y era la primera vez que tenía noticias suyas.

Y lo primero que me preguntaba era si estaría dispuesta a correr.

—De acuerdo, hablaremos pronto. ¡Que tengas un día estupendo! —dijo Wendy. Su voz era como arañar una pizarra, sobre todo tan temprano. Colgué el teléfono sin responder.

No quería empezar la mañana así.

Hasta ahora, lo único que había hecho encima de un caballo desde que volví de Denver era dar vueltas alrededor de un corral. Ni siquiera era capaz de ir con Moonshine a uno de los senderos que serpenteaban por el rancho.

Ahora mismo me resultaba demasiado desconocido, lo cual era difícil de creer, teniendo en cuenta que me había pasado toda la vida cabalgando por esos senderos.

No podía pensar en eso ahora mismo.

Anoche, durante la cena, en la que Brooks estuvo notablemente ausente, Wes me preguntó si podía ayudarle con un proyecto. Acepté.

Aunque Brooks no pudo montar conmigo durante un par de días, bajé a los establos y di unas cuantas vueltas a ritmo de paso con Moonshine cada mañana. No era tan fácil sin él, pero pude hacerlo.

Era increíble lo mucho que me calmaban nuestras conversaciones triviales mientras ensillaba.

Todavía no era lo bastante valiente como para llevar a Moonshine al trote, así que tenía la esperanza de que no hiciera falta montar demasiado para lo que fuera con lo que Wes necesitaba ayuda, o de lo contrario hoy no sería un buen día.

Me obligué a salir de la cama y a darme una ducha caliente. Era ese momento del verano en el que las mañanas se volvían más frías, pero no lo suficiente como para justificar encender la chimenea de la cabaña. Aunque seguro que esos días llegarían pronto.

Por lo general, unas semanas después del cumpleaños de Teddy, que era esta semana, empezaba a hacer frío por la tarde-noche y se mantenía hasta ya entrada la mañana. Eso no significaba que no siguiera haciendo un calor infernal durante el día.

No era Wyoming si no experimentabas al menos tres estaciones al día.

Después de ducharme, me puse unos vaqueros Wranglers, una camiseta de tirantes negra y una sudadera Carhartt grande. Me recogí el pelo en una trenza y, justo cuando me calcé las botas, Wes llamó a la puerta.

—¿Emmy? ¿Estás lista? —Su voz se oyó amortiguada a través de la puerta.

—¡Sí, pasa! —respondí. Abrió la puerta y el aire fresco de la mañana se abrió paso por la cabaña. La sudadera había sido un acierto.

—Hola, buenos días. ¿Te parece bien si cogemos el *side by side*? —No tenía ni idea de lo bien que me parecía.

—Sí, me parece bien. —Salimos por la puerta de la cabaña y me aseguré de cerrarla bien. «De nada, Gus».

Wes había dejado el *side by side* junto a mi cabaña, así que me dirigí al lado del copiloto y me subí.

—Bueno, ¿cuál es ese gran proyecto con el que estás?

Wes sonrió sin dejar de mirar el camino de tierra que teníamos delante, con los hoyuelos a plena vista.

—Ya lo verás.

Había una bifurcación en el camino, y Wes tomó el que iba a la izquierda. Este llevaba a la parte más antigua de Rebel Blue; bueno, la parte que tenía las estructuras más originales. Dado que por aquí no había muchas estructuras en funcionamiento, deambulaba un montón de ganado. Era la parte del rancho en la que era más probable que te bloquearan, pero no parecía que fueran a hacerlo esta mañana.

—Bueno, ¿cómo es estar en casa? —preguntó Wes mientras conducía.

—Es agradable. No me había dado cuenta de lo mucho que echaba de menos estar aquí —dije. Era fácil ser sincera con Wes. Bueno, sobre algunas cosas.

—¿Aquí en Meadowlark o aquí en Rebel Blue?

Me lo pensé un segundo.

—Ambas —respondí con sinceridad—. Pensaba que solo me sentiría así en el rancho, pero Meadowlark no está tan mal como lo recordaba.

—Que alguien me pellizque —contestó Wes, y sonreí—. ¿Qué hay de ese novio que mencionaste cuando hablamos por teléfono el mes pasado?

—No es importante —dije. Duro, pero cierto.

—Ah, entendido. —Wes lo dejó estar. Le agradecí que no me presionara. Al igual que Gus, no me gustaba mucho hablar de lo que sentía. Wes me hacía sentir que podía hablar de cosas, pero nunca me presionaba a hacerlo antes de que estuviera lista.

—¿Qué has estado haciendo aquí? —preguntó.

—He estado en los establos sobre todo. —Era cierto. No había estado en ningún otro lugar de Meadowlark, ni siquiera en Rebel Blue. Pero no era dónde estaba lo que le ocultaba a Wes, sino con quién estaba y lo que había empezado a sentir por él.

—¿Gus no le ha pedido a Brooks que se ocupe de eso?

—Eh, sí. Pero he estado echando una mano.

—Bueno, está ocupado con el bar, así que seguro que le viene bien. —Nos detuvimos delante de la estructura que solía ser la Casa Grande antes de que cualquiera de nosotros naciera. Era técnicamente más grande que en la que vivíamos. Pero era muchísimo más vieja. Nuestro padre construyó nuestra «Casa Grande» cuando tenía veinte años porque la fontanería de esta era horrible.

A diferencia de la nuestra, esta fue construida para que se pareciera más a una casa normal. Era un rancho estilo Craftsman. La pintura azul estaba descolorida y la puerta de entrada estaba tapiada, pero seguía siendo preciosa.

—¿Qué estamos haciendo aquí? —pregunté.

Wes estaba esbozando una sonrisa de oreja a oreja, y sentía el entusiasmo que emanaba de él. Algo grande estaba pasando en su cerebro de *golden retriever*.

—Este va a ser el centro de nuestro rancho de huéspedes.

—Espera, espera, espera —dije, tratando de que mi cerebro se sincronizara con mi boca—. ¿Papá y Gus han dado el visto bueno?

—Todavía no, pero lo harán —contestó—. Cuando volvieron de Idaho, Gus me preguntó si seguía interesado, y obviamente lo estoy, así que vamos a votar durante la cena en algún momento de esta semana.

—Bueno, ya sabes mi voto —dije.

—Lo sé. Gracias. —Miré la antigua Casa Grande. Se mantenía tan bien como podíamos mantenerla, pero no era algo prioritario, sobre todo porque no creía que nadie pensara que volvería a ser una estructura en funcionamiento. Si hubiéramos necesitado el espacio, seguro que mi padre la habría derribado.

—Dime, ¿cómo vas a convertir esta casa, que es básicamente una ruina, en un lugar en el que la gente quiera quedarse?

—Bueno, lo más seguro es que todo el proyecto lleve al menos dieciocho meses antes de que estemos listos para recibir huéspedes, y la construcción en sí llevará entre seis y nueve meses con suerte —explicó. Sabía que llevaba años elaborando este plan en su cabeza—. Hay que limpiar y adaptar a las normas toda la casa. Pero en cuanto a la distribución, en el lado oeste de la casa hay seis habitaciones. Dos de ellas se convertirán en *suites* grandes y las otras cuatro en un conjunto de *suites*, cada una con un cuarto de baño entre ellas. Crearemos una cocina y un comedor grandes y una zona de estar para que la gente se relaje después de un largo día.

Wes era un soñador. Ni Gus ni yo teníamos la capacidad de soñar que tenía él, como si todo fuera posible. A mí no se me habría ocurrido esta visión de futuro nunca, pero cuando Wes expuso el plan, casi pude verlo.

—Me encanta. Va a ser fantástico, Wes. Estoy muy orgullosa de ti. —Y lo estaba. Quería que tuviera esto.

—Gracias, Em.

—Vale, ¿por qué hemos venido hoy?

—Vamos a entrar. Tenemos que documentar el estado de la casa. En cuanto papá y Gus den el visto bueno de manera oficial, quiero empezar a buscar un diseñador y un contratista.

—Pues vamos. —Wes y yo nos acercamos a la puerta.

—¿Has entrado alguna vez? —preguntó Wes.

—No. No tengo la costumbre de entrar en edificios abandonados como tú. —A Wes le gustaba la adrenalina. Era lo único de él que a veces le metía en problemas.

—Aburrida —dijo Wes mientras retiraba el contrachapado de la puerta principal y la abría. Miré dentro. Dios, este lugar estaba en mal estado. Wes y a quienquiera que contratara tenían mucho trabajo por delante.

• • •

Después de una experiencia cercana a la muerte que tuvo que ver con el techo de la cocina y un montón de roedores, tanto vivos como muertos, Wes y yo volvimos a tapiar la puerta.

—Wes, sé que puedes conseguirlo, pero madre mía. ¿Estás seguro de que no quieres echarlo todo abajo? —pregunté mientras sacudía la cabeza. Después de ver el interior de la casa, estaba cien por cien segura de que empezar de cero sería más fácil.

—Estoy seguro. —Wes sonrió. No le disuadía el estado de la casa—. Gus se queda con el rancho —continuó—. Tú dejaste Meadowlark y te convertiste en alguien por ti misma —siguió—. Esto es mío.

Wes se metió las manos en los bolsillos delanteros y volvió a mirar la casa. La miraba como si ya estuviera terminada. Su capacidad para ver el potencial de las cosas era algo que admiraba.

—Va a quedar preciosa, Emmy.

—Lo sé. Si alguien puede hacerlo, eres tú. —Era verdad. Ni Gus ni yo podríamos hacer algo así. Ni siquiera lo intentaríamos. Wes me echó el brazo por encima de los hombros y volvimos al *side by side*.

—Hablando de sueños, ¿vas a correr en las regionales cuando vengan a Meadowlark el mes que viene? —Joder. ¿No había nada sagrado en este pueblo?

—¿Cómo lo sabes?

—Salió en el periódico. —Pues claro. En serio, Meadowlark era el único pueblo que quedaba que tenía un periódico local próspero. Estaba financiado con fondos públicos y todo el mundo recibía un periódico, donara o no, y daba la casualidad de que su mayor donante era Amos Ryder.

Bien por Meadowlark por apoyar el periodismo local, supongo.

—¿Quieres la respuesta real? —pregunté.

—Siempre —respondió.

—No lo sé. Si te soy sincera, Wes, ya no sé cuál es mi sueño. —Wes dejó de caminar. Di unos pasos más antes de detenerme y girarme hacia él.

—Ya lo descubrirás. Siempre lo haces. —Esa era la cuestión. Por lo general lo hacía, pero no sabía cómo hacer esto: cómo renunciar a una parte de mí, cómo empezar de nuevo.

—Esta vez no estoy tan segura.

—Yo sí —dijo. Me miró, y tenía escrito por toda la cara lo mucho que se preocupaba por mí—. Todo termina, Emmy. Tanto si decides seguir corriendo como si no, quiero que sepas que me encantaría verte correr por última vez en el pueblo que nos forjó.

Eso fue con lo que me dejó Wes mientras emprendíamos el camino de regreso. Me dejó en los establos de la familia y me puse a trabajar.

Intenté no pensar en las ganas que tenía de hablar con Brooks sobre lo que había dicho Wes ni en lo silenciosos que estaban los establos sin él.

# 12

## LUKE

Anoche no dormí nada. Después de dar vueltas en la cama durante horas, acepté la derrota y me levanté. Me puse unos pantalones cortos de correr, me calcé las deportivas y salí por la puerta. Necesitaba ponerle orden a mi cabeza.

Todavía estaba oscuro, así que serían las cuatro de la mañana. Todas las mañanas corría por el sendero que rodeaba mi casa y conducía hasta La Bota del Diablo. Me lo conocía como la palma de la mano, así que, aunque estaba oscuro, empecé a descender por el sendero.

No podía parar de pensar en Emmy. Hacía unos días que no la veía, pero parecían que habían pasado semanas. No sabía qué era esta sensación. Nunca había tenido una mujer que consumiera cada momento de mi vida como lo hacía Emmy.

Escuché cómo mis pies golpeaban el sendero mientras corría a un ritmo familiar para tratar de ralentizar mis pensamientos. No corría con auriculares, solo con las voces de mi cabeza.

En mis pensamientos había muchas cosas que quería ordenar, la mayoría tenían que ver con Emmy y, por asociación, con Gus.

Emmy siempre me había importado y llevaba en mi vida desde que tenía memoria. Sin embargo, antes de estas últimas semanas, Gus había sido una barrera entre nosotros. No una mala, pero seguía siendo una barrera. Aparte de algunos trayectos a casa desde la escuela, nunca había estado a solas con ella.

Hasta ahora.

Estar a solas con Emmy era como hacer un viaje rápido lejos de la realidad. Estábamos los dos solos, Luke y Emmy. No Brooks, el inútil de Meadowlark, y Emmy, la niña bonita de Meadowlark. Lo que sentía cuando estaba con ella se estaba convirtiendo a toda velocidad en lo mejor que había sentido nunca.

Me había pasado los últimos años intentando ser alguien, y Emmy tenía algo que me hacía creer que podía conseguirlo. Porque cuando no se estaba comportando como una listilla, era atenta, amable y cojonuda escuchando.

Esta Emmy era nueva para mí, y no podía evitar pensar que era porque, normalmente, yo sacaba lo peor de ella. Era un chico jodido. Eso solía llevarme a ser impulsivo y a buscar atención, cualquier tipo de atención. Incluido el ser cortado en pedazos por la lengua afilada de Emmy.

Todavía me gustaba esa versión de ella, la verdad.

No me gustaba cómo me burlaba de ella sin cesar por todo, pero me gustaba cómo se defendía. De pequeños, seguro que la gente hubiese descrito a Emmy como dulce y tímida.

Yo no. No me mostró ese lado suyo.

Yo habría usado frases como «peñazo» o «cabezota».

Cuando éramos más jóvenes, incluso cuando no estábamos en Rebel Blue, Emmy siempre aparecía cerca de mí. Si me llevaba a una chica a cenar, Emmy estaría en la cafetería estudiando con Teddy. Si alguien daba una fiesta en su casa, Teddy se las apañaba para que se colaran las dos, a pesar de que todo el mundo era al menos cinco años mayor que ellas.

Me molestaba a reventar, y me aseguraba de que Emmy lo supiera.

Hubo una fogata nocturna en la que vi a Emmy liándose con un tipo que vivía en un pueblo cercano y que era mayor que yo. Emmy tenía diecisiete años, así que estaba siendo un puto asqueroso.

Cuando se levantó para ir a buscarle algo de beber, me acerqué a él y le dije que, si volvía a mirarla, lo lamentaría. Cuando se marchó, me dirigí a Emmy y le solté cosas terribles: que se vestía así para llamar la atención equivocada de los demás, le llamé niña estúpida y, delante de todos, le dije que se fuera.

Pensé que había sido lo bastante gilipollas como para bajarle los humos y conseguir que se marchara a casa. Sabía que estaba pasando vergüenza. Si cualquier otra persona le hubiera dicho esas cosas, seguro que habría tenido el efecto deseado, pero como era yo, Emmy me devolvió la jugada y disparó contra mí.

Con una cantidad enorme de palabras, me dijo que era un desgraciado que no servía para nada y se fue enfadada.

No se equivocaba.

Cada vez que me provocaba así, quería que lo hiciera otra vez. No sabía qué era (su honestidad, su veneno o incluso el hecho de que alguien me viera como yo pensaba que era en realidad) lo que me hacía estar tan desesperado por enfadarla.

Ahora estaba conociendo una faceta diferente de Emmy, pero en la mujer de boca tentadora todavía veía partes de la chica de lengua afilada.

Era como si me hubiera pasado la vida obteniendo extractos de ella, y ahora por fin estuviera juntando las piezas.

¿Adivina qué? No había ningún extracto de Emmy que no me gustara.

Estaba bien jodido.

No tenía ni idea de qué hacer. Por un lado, Emmy era zona prohibida. Gus se volvería loco si se enteraba de que estaba pasando, o había pasado, algo entre nosotros. Dado mi historial con las mujeres, ni siquiera podía culparlo.

No es que tratara mal a las mujeres. Para ser honesto, nunca estuve con ellas el tiempo suficiente como para tratarlas de alguna manera. Vi cómo mi padrastro trataba a mi madre, y desde el principio decidí que nunca sería ese hombre, de esos que siempre necesitaba tener el control, que necesitaba tener todo el poder.

Odiaba a esos hombres.

En lugar de eso, me convertí en el hombre al que cualquiera podía llamar para pasar un buen rato.

¿Quién no querría que su hermana pequeña acabara con alguien así?

No es que Emmy y yo fuéramos a terminar juntos o algo así. No me refería a eso.

Gus era mi mejor amigo. Quién sabe qué habría sido de mí si no me hubiera dado la mitad de su sándwich de mantequilla de cacahuete en segundo de primaria cuando no tenía almuerzo.

No quería cargarme nuestra amistad, pero tampoco quería perderme lo que podía pasar con Emmy.

Había algo diferente en ella. Se sentía bien. Quería saber adónde podía llegar, adónde podíamos llegar.

Incluso si solo terminábamos siendo amigos. Quería que estuviera en mi vida más de lo que ya estaba. Así ya no era suficiente.

Los primeros signos del amanecer asomaban entre los árboles, y me detuve justo delante de La Bota del Diablo. El sendero terminaba aquí, así que tendría que dar la vuelta para volver a casa. A primera hora de la mañana, La Bota del Diablo parecía embrujada. Sinceramente, era probable que lo estuviera. Por lo menos, estaba embrujada por malas decisiones. Era como si se le aferraran retazos de la noche que se negaban a hacerle sitio a la luz.

Había una gran parte de mí que no se creía que fuera mío.

Me quedé mirando su pintura descolorida. Saqué este lugar del agujero que Jimmy había cavado para él. Hubo un tiempo en el que habría hecho el agujero más profundo aún, y créeme: era tentador de cojones llevarlo todo a la ruina, autodestruirme. Pero ya no lo hacía. Al menos, intentaba no hacerlo. No era mucho, pero era algo.

Esta parte de mí que quería construir una vida diferente a la de mi padre y que lo había hecho de puta madre, al menos hasta ahora, era otra parte de mí que Emmy no conocía. Quería que lo hiciera.

Yo también quería darle partes de mí.

Empecé a correr intentando averiguar cómo alejarme de Emmy. Terminé con la decisión de que no iba a hacerlo. Al menos, no todavía.

Hoy no.

Hoy iba a darle a Emmy una parte de mí a la que pudiera aferrarse.


## EMMY

A la mañana siguiente, volvieron a llamar a la puerta de mi cabaña. Me despertó, lo que significaba que tenía que ser bastante temprano, teniendo en cuenta que puse la alarma para las seis. ¿Por qué todo el mundo se empeñaba en despertarme?

Volvieron a llamar. Solté un gemido, me levanté de la cama y caminé hacia la puerta, con el suelo de madera frío bajo los pies.

Le abrí la puerta nada menos que a Luke Brooks. Abrió los ojos de par en par al verme. En ese momento, me di cuenta de que anoche me había metido en la cama con una camiseta blanca de tirantes y un par de bragas. «Mierda».

—Un segundo —dije, y le cerré la puerta en las narices. Mierda, mierda, mierda. Ahora ni siquiera podía darle los buenos días porque mis pezones se me habían adelantado.

Hurgué en la pila de ropa del suelo en busca de algo que me cubriera un poco. Encontré una camisa de franela vieja y grande y me la puse por encima del pijama que había elegido.

Volví a la puerta y respiré hondo antes de volver a abrirla. Brooks seguía allí. Ahora que estaba medio decente, tuve tiempo de fijarme en su aspecto. Otro par de vaqueros desgastados, una camiseta mutilada y una gorra hacia atrás. El uniforme que había elegido. Hoy en día era una gran fan del uniforme de Brooks.

«Traidora», pensé.

—¿Qué haces aquí? —pregunté.

—Son las ocho y media. Llevo una hora esperándote en los establos. —Mierda. ¿De verdad no había oído ninguna de las alarmas?—. Y llevo diez minutos llamando a la puerta. Estaba a punto de irrumpir solo para asegurarme de que no estuvieras muerta.

—Mierda, lo siento. Dame unos minutos y me preparo.

—Hoy no vamos a montar —dijo.

—¿Qué? —Entonces, ¿qué narices íbamos a hacer?

—Quiero llevarte a un sitio. Puede que un bañador sea una buena idea.

Crucé los brazos sobre el pecho.

—Tengo cosas que hacer, Brooks.

—Uno de los empleados del rancho está hoy aquí porque normalmente yo no estoy, y su horario no ha cambiado después de que volvieras a casa. No pasa nada. —Oh. Eso estaba bien. Supongo.

—Dime a dónde vamos.

—No. Ya te he dicho más de lo que debería con lo del bañador, pero supuse que no querrías nadar en ropa interior.

—¿Así que estabas pensando en mí en ropa interior? —Entrecerró los ojos, ya que seguro que no apreciaba que le soltara comentarios sarcásticos tan temprano. Bueno, pues yo no apreciaba que apareciera en la puerta de mi cabaña y me dijera lo que tenía que hacer.

—Vístete, Emmy —dijo con firmeza. Metió el brazo en la cabaña y cerró la puerta, mi señal para hacer lo que me había pedido.

Dios, a veces era muy exigente. Me preguntaba si sería así en la cama.

«Contrólate, Emmy».

Miré alrededor de la cabaña, sin saber dónde encontraría un bañador. Este lugar estaba hecho un puto desastre. No se me daba muy bien mantener las cosas ordenadas. A veces, me resultaba más fácil vivir bajo los montones que enfrentarme a lo que pudiera haber en ellos. No era lógico, pero mi cerebro no funcionaba con normalidad.

Tardé unos cuantos montones, pero encontré un bikini rojo. La parte de arriba era deportiva y tenía un escote cuadrado que hacía que mis clavículas se vieran bien.

Me puse unos pantalones cortos vaqueros y una camiseta de tirantes y me dirigí a la puerta. Cuando la abrí, Brooks estaba justo donde lo había dejado y parecía la viva imagen de Wyoming.

—¿Qué zapatos me pongo? —pregunté. Brooks aprovechó la oportunidad para echarme un vistazo. El calor me inundó el cuerpo cuando su mirada me recorrió desde los dedos de los pies hasta los ojos.

—Tus botas están bien —respondió.

Estaban junto a la puerta, así que le di la espalda a Brooks y me agaché para ponérmelas.

—Listo —dije mientras me daba la vuelta. Sus ojos seguían donde había estado mi culo cuando me estaba poniendo las botas.

Su mirada se encontró con la mía. Enarqué las cejas y Luke Brooks hizo algo que ni siquiera sabía que era capaz de hacer: se sonrojó.

—Vamos. —Se hizo a un lado y extendió el brazo para indicarme que fuera delante de él. Cerré la puerta de la cabaña y caminé hacia su camioneta, que estaba aparcada junto a la mía. Brooks me alcanzó.

—Has estado montando los últimos días, ¿verdad?

—Sí. ¿Cómo lo sabes?

—Lo he adivinado. Supuse que te vendría bien un día libre. —Llegamos al lado del copiloto y fui a abrir la puerta, pero Brooks se me adelantó.

No recordaba la última vez que un hombre me había abierto la puerta. Subí a la cabina y se aseguró de que estuviera del todo dentro antes de cerrar la puerta. Cuando se subió, cogió unas gafas de aviador del asiento y se las puso.

Como si no pudiera ser más atractivo.

—Ese café es tuyo. —Señaló con la cabeza el vaso que había en el portavasos que tenía más cerca. Era de la única cafetería de Meadowlark. Por lo visto, sí que podía ser más atractivo. Le di un sorbo. Estaba perfecto.

—No sabía si habías cambiado cómo pedías el café, así que he pedido lo que recordaba. De filtro, mucha crema y sin azúcar.

—Está perfecto —dije. Ni siquiera se me ocurría un momento en el que Brooks hubiera estado cerca para escuchar cómo me tomaba el café, pero aquí estaba, acordándose como si nada. Sujeté el café con las dos manos y dejé que, tanto el café como la consideración que lo acompañaba, me hicieran entrar en calor.

El Chevy K-20 de Brooks solo tenía un asiento corrido delantero, y había una bolsa en medio. Aunque no comía beicon, reconocí el olor.

—Y hay un burrito vegetariano de desayuno para ti.

—¿Y uno con extra de beicon para ti, supongo? —Brooks había comido lo suficiente en mi casa como para saber que le encantaba el beicon. Él y mis hermanos eran pozos sin fondo cuando se trataba de comida. Cuando pasábamos los platos por la mesa, mi padre siempre se aseguraba de que yo los cogiera primero, porque como los cogiera la última, lo más probable era que no quedase nada, incluso con las porciones gigantes que hacíamos.

—Obvio —respondió.

Saqué mi burrito de la bolsa y empecé a comer. Madre mía, sí que había mejorado sus desayunos la cafetería. Estaba delicioso.

—¿Cuándo te deshiciste de la C/K? —pregunté.

Brooks sonrió.

—Todavía la tengo, pero por desgracia, ya no está en condiciones de luchar. Esta se la compré a un cliente de La Bota del Diablo el año pasado.

—Me gusta. —Le pegaba. Era clásica y masculina.

—A mí también. Gus trató de convencerme de que comprara una camioneta nueva, pero no estoy dispuesto a renunciar a la transmisión manual o a las ventanas que se bajan con manivela —dijo—. Me alegra ver que todavía conservas tu camioneta.

Ahora me tocaba a mí sonreír. Me encantaba mi camioneta. Me esforcé mucho por conseguirla y fue la primera cosa grande que me compré.

—Pienso conducir esa cosa hasta que físicamente no pueda conducirla más, e incluso entonces, tendrás que arrancarme las llaves de mis frías y muertas manos.

—Sabes que esa cosa es fea de cojones, ¿verdad? —dijo con una sonrisa.

—Igual que tú —bromeé. No iba a tolerar que calumniara así al vehículo—. En fin, ¿a dónde me llevas?

—Ya lo verás —respondió con una sonrisa cada vez más grande—. Creo que te va a gustar.

—¿Cómo es que se te ha ocurrido hacer una excursión?

—Desde que estás en casa solo has estado en tres sitios: el rancho, La Bota del Diablo y la casa de Teddy. —Tenía razón.

—Todos lugares geniales —indiqué—. Excepto La Bota del Diablo. De ese dudo un poco. —Brooks me lanzó una mirada mordaz.

—En fin. Si vas a estar en Meadowlark, será mejor que encuentres algunos sitios que te gusten —explicó—. Sé que para ti no fue fácil volver a casa, y aunque amas a tu familia y amas el rancho, no pueden ser las únicas cosas que ames si vas a quedarte aquí y ser feliz.

Se me formó un pequeño nudo en la garganta. Eso era muy atento por su parte. En lugar de hablar, saqué el burrito de Brooks de la bolsa, lo desenvolví hasta la mitad para que pudiera comérselo mientras conducía y se lo entregué. Fue un pequeño gesto, pero esperaba que lo entendiera: «gracias».

Me dedicó una rápida sonrisa antes de volver la vista a la carretera, burrito en mano. No entendía cómo era capaz de conducir un coche de transmisión manual y comerse un burrito al mismo tiempo.

Pensé en algo que dijo mi padre el otro día: Luke Brooks tenía un corazón del tamaño de las Rocosas. Empezaba a pensar que era cierto, y me preguntaba por qué no me había dado cuenta antes.

Brooks y yo condujimos un rato, treinta minutos más o menos. Me tragué el burrito enseguida, pero me tomé un poco más de tiempo con el café, saboreando tanto la bebida como el gesto. Nos abrimos paso a través del pueblo, que era básicamente una carretera. Desde allí, se metió en la autopista.

Unos kilómetros más adelante, tomó una salida que llevaba a una carretera de montaña. Cuando salimos de la carretera de dos carriles, redujo la velocidad lo suficiente como para que pudiéramos bajar las ventanillas. Le agradecí que esperara a que fuéramos más despacio. Por lo general, llevar las ventanillas bajadas en la autopista me sobreestimulaba un poco. Había demasiado ruido incomprensible. Pero tener las ventanillas bajadas a este ritmo era el paraíso.

El aire del verano de Wyoming inundaba la camioneta y el sol brillaba contra el capó. En la radio sonaba Brooks & Dunn, uno de los grupos favoritos de Brooks.

Me pregunté si su nombre tendría algo que ver.

Condujo hasta que se acabó el asfalto y continuó por el camino de tierra que seguía cuesta arriba. Nos estábamos adentrando en las montañas. Después de unas cuantas curvas en la carretera, Brooks aparcó la camioneta a un lado.

—Tenemos que caminar un minuto. ¿Te parece bien?

—¿Me has traído para matarme? —pregunté.

—Sip —respondió con un tono neutro.

—Joder. Al menos podrías haberme dicho que me pusiera unas botas con algo de suela para poder morirme con algo de dignidad —dije—. Ahora voy a estar resbalándome y patinando por todas partes mientras intento huir.

—Tenía que asegurarme de que podía atraparte —dijo. ¿Por qué eso hizo que sintiera un… hormigueo?—. Pero no te preocupes, es un trayecto corto y casi todo es llano. La parte empinada la hemos subido en coche.

Brooks salió de la camioneta y le seguí de cerca. Había un sendero que se adentraba entre los árboles. Aquí arriba hacía más fresco, pero seguía haciendo calor.

Brooks y yo caminamos en un cómodo silencio durante unos minutos. Mientras andábamos, miré hacia arriba. No había nada que me pareciera más mágico que la forma en la que el sol se colaba entre los árboles.

Salimos de los árboles y entramos en un pequeño claro. Era frondoso y verde, con parches de flores silvestres por todas partes. Seguro que todo el claro estaría lleno de flores silvestres si venías en abril.

Oía cómo el agua corría sobre las rocas, así que busqué el origen. En el extremo más alejado del claro había una pequeña cascada que se abría paso entre los árboles. El agua fluía hasta un manantial.

Todo en ello era sereno. Parecía un cuadro.

—¿Cómo encontraste este sitio? —pregunté. Mi voz era de asombro.

—Suerte. Lo encontré poco después de sacarme el carné de conducir. —Estaba radiante, y las arrugas de alrededor de sus ojos aparecieron cuando empezó a caminar hacia el manantial. Le seguí, luchando contra el impulso de correr y saltar al agua cristalina.

—¿Con qué frecuencia subes aquí? —inquirí.

—Siempre que puedo. El verano es lo mejor porque te puedes bañar, pero en invierno la cascada se congela. Es increíble.

—¿Sueles venir aquí solo? —«Traducción: ¿traes a muchas mujeres?». Porque sería un lugar tremendo para traer mujeres.

Brooks me miró, serio.

—Este sitio es mío. Eres la primera persona que traigo.

—Oh —dije tontamente.

—Sí, oh —indicó con una sonrisa.

—¿Ni siquiera a Gus?

—Ni siquiera a Gus. —Tuve esa sensación en el estómago que se estaba convirtiendo en algo normal cuando estaba cerca de Brooks. No sabía qué pensar de ello ni de la forma en la que me estaba mirando. Después de un segundo, su expresión cambió a algo más travieso y me dio un vuelco en el estómago.

¿Qué me estaba pasando?

Se agarró el dobladillo de la camiseta y se la pasó por la cabeza. Eso hizo que se le cayera el sombrero. Me la tiró a la cara. Su camiseta olía a ropa limpia y a hierbabuena.

¿Por qué se estaba desnudando? No es que me opusiera.

Ni siquiera un poco. Dios, era tan débil.

Tardé un segundo, pero me acordé de que llevaba bañador. Por eso se estaba desnudando. Íbamos a nadar. Se quitó las botas y se bajó los vaqueros por las piernas. Intenté no quedarme mirando, pero madre mía.

Brooks tenía uno de esos cuerpos pulidos por el trabajo duro. No tenía los músculos hinchados, pero estaban bien definidos y tonificados y se le notaban las venas.

Mejor no hablar de las putas venas que le recorrían los antebrazos.

No se podía conseguir un cuerpo como el suyo en el gimnasio.

Lo absorbí. ¿Por qué no tenía marcas de bronceado? ¿Tomaba el sol desnudo? Se me pasó una imagen de Brooks por la mente. Ni siquiera pude reprenderme. No tenía vergüenza.

«Alguien debería esculpir a este hombre», pensé.

—Tu turno —dijo Brooks, lo que me sacó de mis pensamientos, los cuales estaban evolucionando con rapidez.

—¿Q-Qué? —balbuceé. Todavía estaba mirando su cuerpo, sin hacer contacto visual.

—No vas a nadar con toda la ropa puesta, ¿verdad? —inquirió.

«Ah. Claro».

Empecé a desabrocharme los pantalones, pero la forma en la que Brooks me estaba mirando, combinada con el hecho de que me había traído a «su sitio», hizo que toda esta situación me pareciera extrañamente… íntima.

Miré fijamente a Brooks mientras me bajaba los pantalones por las piernas y me los quitaba. Vi cómo inhalaba con brusquedad y clavó los ojos en mí mientras me pasaba la camiseta por la cabeza y la dejaba caer encima de los pantalones.

¿Me lo estaba imaginando o se le habían dilatado las fosas nasales?

—¿Lista? —me preguntó. No cabía duda de que la voz se le había vuelto más grave. Asentí con la cabeza, ya que temía chillar como un ratón si intentaba hablar. Brooks me tendió la mano. La cogí, entrelazando los dedos con los suyos e intentando no pensar en lo bien que se sentía—. Te advierto —dijo—. El agua va a estar fría de cojones.

Solté una carcajada.

Brooks no tardó en tirar de mí hacia la piscina y empezó a correr. Volví a reírme, esta vez más fuerte. Me deleité con la sensación de ser tan libre.

Cuando llegamos al borde de la piscina, ni siquiera lo pensé. Salté.

Y él también.

Golpear el agua fue intenso y maravilloso. Brooks tenía razón: estaba fría de cojones.

Cuando sumergí la cabeza en el agua, no oí nada. Lo único que sentía era el agua a mi alrededor y la mano de Brooks en la mía. Después de la guerra que había tenido conmigo misma desde que me caí del caballo, por fin mi cabeza estaba tranquila.

Salí a la superficie y, cuando atravesé el agua, respiré hondo. Brooks salió a la superficie poco después que yo y me cogió de la mano para tirar de mí hacia él. De manera instintiva, envolví las piernas alrededor de su cintura y noté cómo se me revolvía el estómago.

«Dios, qué suave era».

Le caía agua por la cara y estaba sonriendo como nunca le había visto hacer. Las arrugas que tenía alrededor de los ojos se volvieron más profundas y sentí que me mareaba.

—Gracias por traerme —dije con sinceridad. Llevaba aquí cinco minutos y ya me encantaba.

—Es agradable. Que alguien más esté aquí —contestó. No intentó moverme, así que me quedé en el agua con las piernas alrededor de su cintura. Estábamos al filo de una línea que estaba desesperada por cruzar. Intenté no pensar en cómo estaba reaccionando mi cuerpo al estar así con él—. ¿Qué tal te ha ido montando los últimos días?

—Bien. Quiero intentar practicar el patrón de las carreras de barriles, pero no sé cómo voy a sentirme, y sé que Maple está deseando montar, pero no siento que esté preparada todavía.

—¿Vas a correr cuando las regionales lleguen a Meadowlark?

—Dios, primero Wes, ahora Brooks. ¿Por qué todos los hombres de mi vida leían el periódico?

—No sabía que leías el periódico.

—Soy el propietario de un negocio local. Tengo que estar bien informado de lo que sucede en Meadowlark —bromeó.

—Creo que quiero hacerlo —dije—. Correr, quiero decir. —Se lo estaba admitiendo a él al mismo tiempo que me lo admitía a mí misma. No sabía cómo iba a hacerlo, pero correr en mi pueblo natal tenía algo que me llamaba de una manera que nunca pensé que haría.

—Entonces deberías hacerlo. Puedes hacerlo, Emmy. Volver a subirse al caballo es lo más difícil. —Parecía algo que un padre le diría a su hijo cuando se cae de la bicicleta. Me había caído de bicicletas y caballos muchas veces, pero esta vez era diferente.

Esta vez me había afectado de una manera que no creía posible.

—Pero no solo quiero hacerlo —dije, sabiendo que no me bastaría con correr por correr—. Si lo hago, quiero ganar. —Siempre quería ganar. Era un problema.

—Pues gana. —Brooks seguía sonriendo, pero esta sonrisa era más amable.

—Lo dices como si fuera una obviedad.

—Eres Clementine Ryder. El año pasado hiciste menos de quince segundos en una carrera. Es una obviedad. —¿Cómo sabía eso?

—Sí, y en la actualidad mi promedio son cinco minutos para hacer un círculo —repliqué—. Una leve diferencia.

—Hace dos semanas eras incapaz de subirte a un caballo, así que confío en ti —dijo—. Además de ganar, ¿por qué quieres montar?

Era una pregunta difícil. No porque no supiera la respuesta, sino porque la sabía. No tenía dudas al respecto. No estaba segura de qué tenía este hombre que me sacaba todas las palabras que, por lo general, solo existían en mi cabeza, pero quería contárselo.

—Quiero tener la oportunidad de despedirme —admití en voz baja. Ni siquiera sabía si Brooks podía oírme por encima del agua.

—Te lo mereces —dijo con sencillez. Su forma de mirarme hizo que quisiera quedarme aquí, con las piernas alrededor de su cintura y sus brazos sujetándome contra él, para siempre.

—¿No vas a darme la brasa sobre por qué voy a dejar mi carrera ni a decirme que estoy cometiendo un error?

—No —respondió—. Si te soy sincero, siento curiosidad, pero la única persona que tiene que sentirse bien con tu decisión eres tú, Emmy. —Por su expresión, creo que lo decía en serio.

—No sé cómo me siento al respecto, la verdad. Lo único que sé es que me encanta montar a caballo, pero ya no quiero que montar a caballo lo sea todo para mí —admití.

—Ya sabes que, si no te gusta el camino que estás recorriendo, siempre puedes crear uno nuevo.

—¿Quién dijo eso? ¿Robert Frost?

Brooks sonrió y sacudió la cabeza.

—Dolly Parton.

—Ah, la mismísima diosa —dije, riéndome—. Siento que he tardado mucho en tomar esa decisión. A mi psicóloga de Denver le preocupaba que me estuviera quemando.

—¿De verdad?

—Sí. Pero no como piensas —dije. Me hizo un pequeño gesto con la cabeza, dándome permiso para seguir hablando—. Hace unos años me diagnosticaron TDAH. Siempre me he sentido como si estuviera haciendo un millón de cosas a la vez, y sentía que tenía que prestarles toda mi atención a todas esas cosas. —Pensé en cómo el diagnóstico había supuesto un cambio para mí. De repente, sabía explicar por qué hacía las cosas como las hacía. Fue una revelación. Había supuesto un cambio, pero no como me esperaba. Tenía la esperanza de que el diagnóstico lo solucionara todo, de que ya no me sintiera tan desesperada por tener el control total en todo momento y de que dejara de tomar decisiones impulsivas por el hecho de que eso hacía que me sintiera dueña de mi vida durante un minuto.

No ocurrió. En vez de eso, sabía más o menos por qué estaba haciendo algo, pero no era capaz de dejar de hacerlo. Seguía haciendo demasiadas cosas y obsesionándome con las que me hacían sentir que tenía poder.

—Durante un tiempo, hacer todas esas cosas me hacían sentir increíble. Sentía que podía conseguir un millón de cosas sin fallar en ninguna. Lo hice en el instituto, lo hice en la universidad y lo hice en mi carrera como jinete. Lo di todo demasiado rápido. Es como un ciclo de hiperfijación. Montar a caballo ha sido más consistente que cualquier otra cosa, pero cuando hice menos de quince segundos en esa carrera y batí el récord, mi relación con la equitación cambió por completo.

Brooks no me había quitado los ojos de encima mientras escuchaba todo lo que tenía que decir.

—No me producía ninguna alegría, pero seguía haciéndolo porque no podía parar. Era casi impulsivo cómo entrenaba y montaba los meses anteriores al accidente. Una semana antes, me di contra la pared.

»Perdí la motivación. Estaba demasiado abrumada; estaba agotada. Me refugié en mi cabeza. No lo hacía con el corazón, y no estaba montando a mi nivel. De ser así, lo más probable es que hubiera sido capaz de hacer algo con respecto a la caída. Tal vez no detenerla por completo, pero al menos podría haber aminorado el golpe.

—La caída no fue culpa tuya, Emmy. Putadas como esas le pueden pasar a cualquiera —dijo Brooks. Su tono era serio.

—Lo sé, pero he saltado de un caballo un millón de veces. Sé cómo hacerlo de forma segura, y debería haberlo hecho en vez de dejar que el caballo me llevara de paseo. —Me estremecí al pensar en lo que sentí cuando me golpeé contra la valla, y noté el pulgar de Brooks debajo del agua trazándome pequeños círculos en las costillas. Sus caricias eran reconfortantes.

»Y los últimos meses he estado tan cansada. Me quedo dormida más que nunca porque no escucho la alarma. Dejé de tomarme los medicamentos para el TDAH. Me quedaba sentada en mi apartamento sin moverme y dejaba que mi vida se amontonara a mi alrededor, y ni siquiera me importaba.

—Entonces, ¿cómo es que volviste a casa? —preguntó Brooks.

Un mal control de los impulsos —respondí con sinceridad. Parecía confuso, y sentí que tenía que explicárselo—. Cuando tengo el impulso de hacer algo, me cuesta controlarme cuando todo es normal. Es especialmente difícil cuando me siento fuera de control.

—¿Pero hace que sientas que tienes más control? —inquirió con aire pensativo.

—Durante un momento, sí.

—Entonces, ¿te arrepientes de haber vuelto?

Era una buena pregunta. Me lo pensé. Para ser sincera, pensé que me arrepentiría de volver a casa, pero no fue así.

—No, no me arrepiento. Da igual cómo llegué a tomar esa decisión, fue la correcta. —Vi que se le relajaban un poco los hombros ante mi respuesta. Hasta ese momento no me había dado cuenta de que estaban tensos.

—Emmy, quiero que sepas que me alegro de que estés aquí. —Volvía a mirarme de esa manera. Como si fuera la única persona del planeta, como si fuera lo único que importaba.

Podría emborracharme con esa mirada.

Seguía rodeándole la cintura con las piernas, y me estaba sujetando contra él. Incluso bajo el agua, sentía el calor que desprendían sus manos contra mi piel. Me incliné y apoyé la cabeza en su hombro.

—¿Sabes? —dijo. Notaba sus labios contra el pelo. Quería que estuvieran en todas partes—. He aprendido más sobre ti en las últimas dos semanas que en veinte años.

—Igualmente —contesté. Quería saber más—. Cuéntame algo más.

—¿Qué quieres saber? —preguntó. Quería saber cuándo había cambiado, pero dudaba que pudiera preguntárselo directamente. Más que nada porque no sabía si había cambiado, si no lo había llegado a conocer de verdad nunca o si era una combinación de las dos.

En vez de eso, dije:

—Pareces diferente.

—¿Y?

—Supongo que tengo la duda de cuándo ocurrió. —Se quedó callado. Esperaba no haber dicho algo inapropiado.

—Hace cinco años —dijo por fin—. Me pasaron un montón de cosas a la vez. Nació Riley, Jimmy murió, heredé un montón de mierda que ni sabía que tenía mi padre y me metieron en la cárcel después de una pelea bastante mala en un bar.

»Tu padre vino a sacarme. Me dijo que o era yo o era Jimmy, pero que no podía ser ambos. No sé, es como si eso hiciera que algo conectara en mi cabeza. Creo que la mayoría de las cosas sobre mí son las mismas. Solo he dejado de actuar en mi contra de forma activa.

Mi padre me dijo que Brooks era su propio enemigo, así que veía cómo tener algo por lo que valía la pena trabajar podía cambiar su situación.

—¿Ganaste la pelea al menos? —pregunté para relajar un poco el ambiente.

—Obvio —respondió—. Pero el cabronazo me rompió la nariz.

—Ah, por eso está tan hecha mierda —dije. Noté cómo le vibraba el pecho mientras se reía. Apartó la mano de mi cintura y me quitó las piernas de su alrededor. «Maldita sea», pensé.

—Eres una listilla. ¿Lo sabías?

—¿Yo? Nunca. —Brooks me lanzó una mirada penetrante. Aproveché para salpicarle con toda el agua que fui capaz de reunir.

—Pequeña cab…

Antes de que Brooks terminara la frase, empecé a alejarme nadando, a sabiendas de que me seguiría.

Lo hizo.

Perdí la noción del tiempo, pero pasamos un tiempo indefinido nadando en los manantiales, turnándonos en el columpio que hizo con cuerdas y que montó hace años y hablando sin parar.

Estábamos sentados en la orilla del manantial, secándonos, cuando el estómago me rugió con fuerza, y Brooks dijo:

—Igual deberíamos irnos.

No quería irme, pero seguro que tendría un millón de llamadas perdidas de Teddy preguntándome dónde estaba. Brooks agarró mi camiseta y mis pantalones cortos del suelo y me los tendió. Nos vestimos en silencio e iniciamos el camino de vuelta a la camioneta.

Brooks entrelazó los dedos con los míos. En ese momento, tomé una decisión. Iba a besarle.

Hoy.

# 13

## LUKE

Mientras caminábamos de vuelta a la camioneta, no pude evitar deslizar los dedos entre los de Emmy. Ella entrelazó sus dedos con los míos y, madre mía, me sentí como si estuviera flotando. No estaba seguro de en qué momento habíamos cruzado la línea como para que esto estuviera bien, pero Dios, me alegro de que lo hiciéramos.

Era el mejor día que había tenido en una puta barbaridad de tiempo.

Le abrí la puerta, pero la detuve antes de que entrara enganchándole una de las trabillas del pantalón con los dedos. No estaba seguro de lo que iba a hacer, pero necesitaba hacer algo. Esta mujer ocupaba todo el espacio libre que había en mi cerebro, y no quería pasar más tiempo manteniéndome alejado de ella.

Sinceramente, no creía que fuera capaz de mantenerme alejado de ella, sin importar lo mucho que lo intentara.

Emmy Ryder era… más. Era más de lo que nadie era o de lo que nadie sería jamás.

Era amable y valiente. También era guapa de cojones. Se me estaba haciendo más difícil no pensar en cómo sería tocarla, reclamarla.

Cuando me rodeó la cintura con las piernas en el agua, noté cómo se me acumulaba el calor debajo de la piel. La atracción que sentía hacia ella era intensa, y no estaba seguro de cuánto tiempo más podría reprimirla.

—Emmy… —empecé, pero no llegué a terminar, porque me agarró la camiseta con ambas manos y me acercó la cara a la suya.

En cuanto nuestros labios se encontraron, fue como si estuviera en llamas. Estaba demasiado conmocionado como para hacer otra cosa que no fuera quedarme allí de pie, con un dedo en la trabilla de sus pantalones y sus manos aferradas a mi camiseta.

Emmy se apartó demasiado pronto, pero apretó la frente contra la mía.

—Te has rajado dos veces a la hora de besarme, así que lo he hecho yo —dijo. Su voz era aterciopelada y perfecta. Sonaba de una forma que me hizo pasar por alto el hecho de que acababa de insultarme.

Pero tenía razón. Y lo odiaba. ¿Desde cuándo era demasiado tímido como para besar a una mujer que me interesaba?

Iba a tener que compensarlo. De inmediato.

Necesitaba decirle algo. Cualquier cosa para mantenerla aquí, justo donde quería que estuviera.

Pero no pude. Emmy Ryder acababa de besarme por voluntad propia. Mi cerebro era un montón de heno. Me agarró la camiseta con menos fuerza y empezó a alejarse. Tenía las mejillas rojas. ¿Estaba… avergonzada? «Mierda. No». No era eso lo que quería. Quería su boca sobre la mía. «Muévete, Luke, muévete».

No podía dejar que se me escapara. El hecho de que estuviera a punto de hacerlo fue lo que me obligó a poner mi estúpido cuerpo en funcionamiento por fin.

Volví a tirar de su trabilla. Por instinto, le llevé la mano a la garganta y atraje su boca hacia la mía.

Esta vez, hice más que quedarme ahí de pie.

Le pasé la otra mano por el pelo todavía húmedo y me rodeó el cuello con los brazos. No me cansaba de ella. Esto lo era todo.

Ella lo era todo.

Le recorrí el borde de los labios con la lengua, suplicando acceso.

Aceptaría todo lo que me diera.

Me dejó entrar y dominé su boca. Nuestro beso era ardiente y frenético. Me estaba agarrando la camiseta otra vez, como si no pudiera acercarse lo suficiente a mí.

Yo iba muy por delante de ella. Bajé las dos manos para agarrarle su puto culo perfecto y la levanté del suelo. Me rodeó con las piernas de la misma forma que lo había hecho en el agua. En aquel momento me volvió loco, y me estaba volviendo loco ahora. Ya se me había puesto dura.

Emmy me mordió el labio inferior, y no pude resistirme más.

Nos giré para que le diera la espalda al interior de la camioneta. No interrumpí el beso mientras, con cuidado, nos metía dentro y la empujaba hacia el asiento hasta que quedó tumbada, con las piernas todavía rodeándome, y yo estuve encima suya.

Justo donde quería estar.

Abrió las piernas y me acomodé entre ellas. Mi boca seguía pegada a la suya. Estaba obteniendo todo lo que podía de ella. Parecía que su cuerpo estaba hecho para estar debajo del mío.

Entre esto y tener que haberme pasado todo el día viéndola con ese bañador, lo más probable era que estuviera a unos cuarenta y cinco segundos de correrme en los pantalones como un puto chaval de quince años.

Pero no me importaba.

Lo único que me importaba era Emmy, estar cerca de ella, el hecho de que por fin la tenía entre mis brazos.

Me recorrió la columna con las manos por encima de la camiseta, e interrumpí el beso solo para llevar los labios a su cuello. Sentía su pulso debajo de la lengua. El corazón le latía tan rápido como a mí.

Con los labios, tracé un sendero hasta su clavícula, y gimió. Quería memorizarlo todo de ella, con la boca, las manos, la lengua.

—Joder, Emmy —dije. Tenía la voz ronca—. Eres la puta perfección en persona.

Volvió a gemir, y no pude evitar mover las caderas contra las suyas. Llevó las manos a mi pelo y se desprendió de mi sombrero. Con los labios, hice el camino de vuelta a su cuello y a su boca.

—Dios mío —dijo contra mis labios—. Más, necesito más. —Volví a empujar las caderas y gimió. La besé con más fuerza, como si estuviera tratando de tragarme sus gemidos.

Descendí la mano hasta su pecho y presioné. Se le entrecortó la respiración cuando lo hice. Quería que esa respiración entrecortada se me grabara en el cerebro.

—Emmy —exhalé—. Como sigamos así, no voy a poder parar. —Interrumpió el beso y me sujetó la cara con las manos. Me estaba mirando fijamente a los ojos cuando dijo:

—No quiero que pares, Luke. —Tragué saliva. ¿Estaba…? ¿Quería esto tanto como yo?

—¿Qué quieres, Emmy? —pregunté. Se quedó callada un momento. Casi podía oír los latidos de nuestros corazones.

—Quiero que me folles en esta camioneta. Por favor. —«Joder». ¿Quién iba a decirme que Emmy Ryder tenía esa boca? Una cosa estaba clara. Quería que su boca estuviera por todo mi cuerpo. Fue como si en mi cerebro se activara un interruptor ante esas palabras. Desapareció cualquier reserva que tuviera acerca de hacerlo. No solo estaba cruzando la línea; quería hacerla saltar por los putos aires.

—¿Eso es lo que quieres, tesoro? ¿Que te folle aquí, al aire libre? —dije, ya que necesitaba que lo dijera otra vez. Necesitaba que me dijera que me deseaba.

—Sí, Luke. Lo deseo muchísimo. Por favor. —La forma en la que dijo mi nombre sonaba desesperada. Justo cuando pensaba que no podía ponerme más cachondo. La parte de mi cerebro que estaba decidida a reclamar a esta mujer se hizo cargo.

—¿Quieres sentirme dentro de ti? —Gimió ante mis palabras.

—Dios, sí. Por favor.

—Joder. —La volví a besar. Este beso fue todo dientes y lenguas. Ya tendríamos tiempo para ser dulces, pero ahora mismo lo único en lo que podía pensar era en lo mucho que la deseaba.

Llevó las manos al dobladillo de mi camiseta y empezó a arrastrarla por encima de mi cuerpo. Le subí la camiseta para ver la parte superior de sus perfectas tetas.

Estaba a punto de acercar la boca a ellas cuando sonó el móvil de Emmy.

«Ni de puta coña».

Le chupé el pezón por encima de la tela del puñetero bañador rojo.

—Ignóralo —gruñí. Aun así, lo cogió del suelo de la camioneta. «Maldita sea».

—Es Gus —susurró.

«Me cago en todo».

Dejé de hacer lo que estaba haciendo. La llamada de Gus era lo único capaz de distraerme de la misión que tenía ahora mismo entre manos, y esa era follarme a Emmy hasta dejarla sin sentido.

Su hermana pequeña.

«Me cago en la puta».

Me aparté de Emmy. La absorbí. Tenía el pelo húmedo todavía y más revuelto que de costumbre, pero por fin había sido yo el que se lo había despeinado. Tenía los labios hinchados por mis besos y marcas rojas en el cuello por mi boca.

Estaba irresistible, joder.

Su móvil dejó de sonar y lo tomé como una señal para continuar donde lo habíamos dejado. Estaba a punto de hacerlo, pero, en ese momento, sonó mi móvil.

Tuve el mal presentimiento de saber de quién se trataba.

Me saqué el móvil del bolsillo trasero y en la pantalla apareció el contacto de Gus.

—Tienes que contestar —dijo Emmy—. Si no lo haces, empezará a buscarnos a los dos.

Tenía razón. Respiré hondo y me acerqué el móvil a la oreja.

—Aquí Brooks. —Al parecer, esa era mi forma de saludar a Gus después de hacer algo que no debería hacer y que tenía que ver con su hermana pequeña.

—Dios, ¿otra vez el saludo de entrevista de trabajo?

—Me gusta —respondí. Emmy soltó una risita y se puso de rodillas frente a mí. Le lancé una mirada de advertencia, pero se limitó a dedicarme una sonrisa que hizo que se me sacudiera la polla.

—Te estás volviendo más raro con la edad —dijo Gus por teléfono—. ¿Has visto a Emmy?

«Pues déjame pensar, Gus. De hecho, tu hermanita acaba de chuparme el puto cuello».

«Dios Santo».

«Esta mujer».

—No —respondí con la voz ronca—. ¿Por? —Emmy me arrastró las uñas por el pecho y el torso con suavidad y se detuvo justo encima de la cintura de los pantalones. Estaba muy duro, y era imposible que no viera lo que me estaba provocando.

—No está en su cabaña ni en los establos. Te ha estado echando una mano ahí abajo, ¿no? —Emmy, que al parecer era un puto súcubo del infierno, eligió ese momento para tocarme a través de los vaqueros.

«Joder».

Me mordí el labio inferior, pero no pude controlar el pequeño gemido que emití. Le agarré la muñeca y la fulminé con la mirada.

—Sí, pero hoy no la he visto —dije. Todavía estaba sujetándole la muñeca a Emmy con la mano, pero eso no la disuadió. Volvió a besarme el cuello.

—Qué raro. No ha salido del rancho desde que llegó. —La voz de Gus sonaba preocupada y molesta a la vez.

—Igual está con Teddy —contesté, intentando no pensar demasiado en el hecho de que le estaba mintiendo a mi mejor amigo.

—Sí, tienes razón. Intentaré llamarla otra vez más tarde.

—¿Todo bien? —pregunté, y al momento dudé de por qué diría algo que prolongaría la llamada.

—Sí. Vamos a hacer una cena familiar el jueves. Puedes venirte si quieres.

—Me parece bien. Te aviso si la veo. —Noté la suave risa de Emmy contra el cuello.

—Vale. ¿Has salido a correr o algo?

—No, ¿por?

—Te noto sin aliento. —«No me jodas, Gus. Estaba a tres segundos de arrancarle la ropa a tu hermana pequeña cuando has llamado». Emmy volvió a pasarme las uñas por el pecho, y tuve que reprimir un gemido.

—No, solo haciendo recados en el bar. Hablamos luego, ¿vale?

—Claro, adiós.

Colgué sin decir nada y Emmy volvió a reírse. Esta vez a un volumen normal. Me encantaba ese sonido.

Le agarré el pelo con la mano y tiré, obligándola a echar la cabeza hacia atrás para que me mirara.

—Te pienso castigar por eso, tesoro — dije.

—¿Por qué? —preguntó con dulzura.

—Por ser una puta calientabraguetas mientras hablo por teléfono.

—Puedo soportarlo —respondió, y volvió a besarme. «Dios». Era increíble.

¿Así era mi mundo ahora? ¿Podía besar a Emmy Ryder?

—Tengo que llevarte a casa —indiqué de mala gana. Interrumpió el beso e hizo un mohín. «Madre mía». Un casi polvo en mi camioneta y ya me tenía a su merced.

¿A quién quería engañar? Llevaba a su merced desde que entró en mi bar.

—No me mires así —dije.

—Vale. Llévame a casa, pero tendrás que compensármelo —contestó, y luego me beso con firmeza en la boca.

—Trato hecho —accedí contra sus labios. Noté cómo sonreía.

Sabía a la perfección cómo iba a compensárselo y, cuando ocurriera, no habría ninguna prisa.

# 14

# EMMY

—Entonces, ¿la llamada de tu hermano fue antes o después de que le dijeras a Luke Brooks que «te follara en su camioneta»? —preguntó Teddy por teléfono.

—Ted. No ayudas nada —dije. Ojalá pudiera decir que me arrepentía de haberle contado a Teddy lo que pasó en la camioneta de Brooks, pero me era físicamente imposible guardármelo. Era mejor contárselo a Teddy que soltarlo sin querer durante la cena o algo.

Ya había mucho que no le estaba contando (por qué había venido a casa, los ataques de pánico) y necesitaba equilibrar un poco la balanza.

—Solo a modo de aclaración adicional —continuó Teddy—. Lo de «fóllame en esta camioneta» es una cita literal, ¿verdad?

—Dios, le estaba encantando la situación—. Necesito saberlo

para poder citarte cuando escriba sobre esto en mi diario más tarde.

—Me arrepiento de haberte llamado —dije.

—No, no te arrepientes. Además, es la semana de mi cumpleaños, lo que significa que estás obligada a nivel legal y contractual a contarme todo lo relacionado contigo y Luke Brooks.

—No recuerdo haber firmado ese contrato.

—Tu padre lo firmó en tu nombre cuando empezó con los pagos mensuales por amistad.

—Eres divertidísima, y ese chiste no está para nada trillado —contesté con mi mejor voz monótona.

—Nos estamos desviando del tema —dijo Teddy—. Necesito saber el orden exacto de los acontecimientos, si fue una cita literal y cómo es besar a Brooks.

Suspiré. Teddy era como un perro con un hueso. Una vez que tenía un objetivo en mente, no había quien la parara, así que más me valía decirle lo que quería saber.

—Fue antes de la llamada; sí, es una cita directa de una servidora; y besa muy bien. —Más que bien. Sin lugar a duda, la mejor persona a la que he besado en mi vida. Sinceramente, era irritante.

—Pues claro. Es imposible que no bese bien. —Sabía que Teddy no lo decía en el sentido con el que me lo tomé, pero, aun así, me dolió. Fue un recordatorio de quién era Luke Brooks y de quién había sido siempre.

Sí, últimamente había visto un lado diferente de él, y quería creer que no llevaba a otras mujeres a su lugar favorito, con burritos para desayunar y un café escogido a la perfección incluidos.

Pero Luke Brooks siempre había sido un conquistador.

Era el hombre que me hacía unos días me dijo que se había acostado con la madre de la chica con la que se dio su primer beso. Después de la confesión, indagué un poco en sus redes sociales y tenía que reconocerlo, la madre de Claudia estaba buena.

—Emmy —dijo Teddy por teléfono—. ¿Adónde has ido?

—A ningún sitio —mentí.

—Emmy, no lo decía en ese sentido. —Maldita sea. Olvidaba que Teddy leía la mente.

—No, lo sé, pero es la verdad. Claro que besa bien, porque la práctica hace al maestro. —Pensé en cómo me agarró la garganta antes de acercar mis labios a los suyos.

No solía ser la clase de chica que daba el primer paso, pero en este caso me alegré de haberlo hecho. Fue como si, en cuanto le besé, le diera el permiso que necesitaba para dejarse llevar.

Se había mostrado tan confiado, tan seguro. La manera en la que se manejó a sí mismo (la manera en la que me manejó *a mí*) en ese momento fue tan embriagadora como el beso en sí.

—¿Quieres saber lo que pienso de toda esta situación? —preguntó Teddy.

—Estoy segura de que vas a decírmelo.

—Creo que tienes que darle más crédito a Brooks. —Vaya, mierda. Eso no era lo que me esperaba. Para nada—. Es obvio que se siente atraído por ti y que le gusta pasar tiempo contigo. ¿Alguna vez has visto a Luke Brooks hacer algo que no quisiera hacer? —Tenía razón.

—No. —Suspiré.

—¿Te lo has pasado bien hoy? —preguntó.

—Sí —admití.

—¿Te gusta cómo te sientes cuando pasas tiempo con él?

—Eres muy frustrante —contesté. Me pasé la mano por la cara. Aunque Teddy no pudiera verme, tenía la esperanza de que percibiera el gesto.

—Responde a la pregunta, Clementine.

—Vale, de acuerdo. Sí, me gusta cómo me siento cuando estoy con él —admití de mala gana.

—Exacto. Así que a lo mejor es algo y a lo mejor no, pero nunca lo sabrás si sigues intentando meter a Brooks en la misma caja en la que lo has tenido desde que teníamos trece años. Puede que esta versión de él sea nueva, pero creo que merece la pena conocerla.

Siempre está en manos de Teddy el darle sentido a esta situación sin ningún tipo de sentido.

—¿Y Gus? —inquirí.

—¿Qué le pasa? —respondió Teddy con tono aburrido.

—Brooks es su mejor amigo. Es para Gus lo que tú eres para mí, y no quiero que mi hermano pierda eso —dije—. Tampoco quiero que lo pierda Brooks. Los mejores amigos son difíciles de conseguir.

—Escucha —empezó Teddy—, sé que Gus tiene ese rollo de protector silencioso pero mortal, pero no puedes dejar que lo que Gus pueda pensar te impida hacer algo que quieres hacer. Y estoy un noventa y nueve por ciento segura de que quieres hacerlo con Brooks. —Eso me sacó una sonrisa—. En serio, Emmy. No pasa nada si invitas un poco de caos positivo a tu mundo.

—Para ti, a lo mejor —repliqué. A Teddy le encantaba el caos, pero podía soportarlo. Teddy era la reina de aguantar los golpes o, cuando la situación lo requería, devolverlos.

—Para ti también. Mira, si Gus se entera y monta uno de sus puñeteros berrinches, me encargaré de él —dijo—. No creo que conocer a Luke Brooks un poco mejor provoque ningún daño.

—¿Y cuando toda esta situación me explote en la cara?

—Te protegeré del daño —respondió. Suspiré, pero era imposible disuadir a Teddy—. Que sepas que estás suspirando mucho para una mujer que acaba de liarse con uno de los tíos más buenos de Wyoming. —Teddy tenía razón, una vez más.

—Está bueno, ¿verdad?

—Sí. Y tú también. Os merecéis estar buenos juntos —dijo—. No lo pienses demasiado, Em. Si Luke Brooks resulta ser un cretino que estoy muy segura de que no será el caso, al menos habrás sacado unos buenos besos y un burrito.

—El burrito estaba bueno —contesté—. El Grano ha mejorado bastante.

—Lo sé. Literalmente voy casi todos los días a almorzar. —Teddy trabajaba en una pequeña *boutique* de ropa de la ciudad y vendía sus propios diseños en su página web—. Te habría llevado, pero al parecer solo sales de los confines del rancho con Brooks.

—Eso no es verdad.

—Lo es, pero te lo voy a pasar por alto porque llevas poco tiempo en casa. Siempre y cuando salgas con alguien.

—¿Por qué estás tan a favor de Brooks de repente? —pregunté.

—Tengo mis motivos —respondió.

—¿Te importaría compartirlos?

—Nop. —Enfatizó la «p» con un «pop»—. Me tengo que ir. Nos vemos el viernes para irnos a tomar algo por mi cumple. ¡Te quiero!

Unos minutos después de terminar la llamada con Teddy, Gus se pasó por mi cabaña con Riley. A Riley no se le daba muy bien lo de llamar a la puerta, pero no me importó. Tardó tres segundos en cruzar la puerta y tumbarse a mi lado en la cama.

—Tita, tu cabaña es muy pequeña —dijo—. La de papá es mucho más grande.

—Bueno, ambos tenéis que caber en la cabaña de papá. Esta es solo para mí —respondí.

—¿No tienes un amigo como mamá? Ahora vive con nosotros. Se van a casar. —Gus me había contado que Camille se iba a casar. Se alegraba por ella, y yo también. Gus y Cam nos trajeron a Riley, pero era obvio para todos, incluidos ellos, que no estaban destinados a tener un romance. Eran amigos íntimos y unos padres maravillosos.

—No tengo a ningún amigo así, pero es bueno que tu madre tenga uno.

—Papá tampoco tiene una amiga —comentó Riley con naturalidad. Gus se aclaró la garganta junto a la puerta.

—¿Dónde has estado esta mañana? —preguntó—. Te he estado llamando.

Como no podía contarle que me estaba liando con su mejor amigo, le dije:

—Fui a la ciudad. Me tomé un café, estuve un rato a solas.

—¿En serio necesitas más tiempo a solas? —inquirió Gus.

—Papá, dijiste que pasar tiempo a solas es importante —intervino Riley—. Por eso puedo decirte cuando siento que lo necesito.

—Sí, *papá*. Pasar tiempo a solas es importante —bromeé.

—Tienes razón, pequeña, pero la tita Emmy tiene tiempo a solas todo el día, todos los días.

Le fulminé con la mirada. Riley y yo seguíamos tumbadas en la cama. Se puso de lado para mirarme.

—Tita, ¿necesitas que te visite más? —preguntó. Su tono era tan serio. Era adorable.

—Pues mira —respondí—, sí que necesito que me visites más. —Riley se besó la mano y luego me tocó la cara. Era un gesto que aprendió de Gus. Decía que nuestra madre solía hacerlo, pero no había forma de que lo supiera.

—Vale, vendré más —dijo—. Pero no traeré a papá —susurró. Me reí.

—¿Qué tiene tanta gracia? —preguntó Gus.

—Nada —respondimos Riley y yo al unísono. En ese momento, Gus miró al techo como si estuviera pidiendo fuerzas. Me encantaba meterme con él.

—En fin —dijo—, solo he bajado para decirte que mañana vamos a cenar juntos. Parece ser que Wes va a conseguir su rancho de huéspedes, pero ya sabes que papá no dará el visto bueno hasta que lo votemos.

—Allí estaré —afirmé.

—Bien. Riley, vamos. Tengo que llevarte a casa de mamá. —Le di un abrazo rápido.

—Adiós, cielo. Te quiero.

—¡Te quiero! —Atravesó la cabaña dando brincos y volvió a la puerta. Gus le puso una mano en el hombro y empezó a guiarla al exterior.

—Ah, y Brooks viene mañana, así que, por favor, intenta comportarte.

# 15

# LUKE

¿Qué coño se suponía que había que ponerse cuando ibas a cenar con la familia de la chica que te gusta, pero esa familia era también la de tu mejor amigo y su padre era lo más parecido que tenías a uno?

Nunca me había preocupado por lo que llevaba en casa de los Ryder ni en general. Pero esto era diferente.

Todo parecía diferente después de besar a Emmy.

Todavía me costaba creer que lo que había pasado en mi camioneta fuera real, o incluso que todo el día hubiera sido real. Me seguía resultando imposible sacarme de la cabeza la imagen de ella riéndose en el agua o el aspecto que tenía debajo de mí.

Jodido. Así estaba: jodido.

Me sentía como si, al entrar en la Casa Grande, todos los hombres Ryder fueran a saber que había besado a Emmy, como si alguien me hubiera escrito «BESÉ A TU HERMANA» en la frente con rotulador permanente sin que lo supiera.

Acabé poniéndome los vaqueros menos desgastados que tenía y una camiseta negra lisa. Me había pasado treinta minutos agonizando, ¿y esto fue lo que se me ocurrió? Estupendo.

Decidí renunciar a cualquier clase de sombrero, lo cual era una decisión más importante de lo que se podría pensar.

Le eché un vistazo rápido al móvil. Ya eran las seis y cincuenta y cuatro. Mierda. Era imposible que llegara a tiempo. Puede que hubiera madurado un poco, pero ser puntual nunca iba a ser mi fuerte.

Me puse las botas y salí por la puerta.

Tardé unos quince minutos en llegar desde el camino de grava hasta la puerta principal de la Casa Grande de Rebel Blue. Conduje con las ventanillas bajadas y la música alta para ahogar mis pensamientos.

Había cenado en casa de los Ryder un millón de veces.

Todo iba a salir bien.

Cuando aparqué, vi que la camioneta de Teddy también estaba aquí. Seguro que Gus estaba saltando de la alegría. Wes estaba afuera con su perro, Waylon, un gran pirineo blanco. Era una nube de algodón, por dentro y por fuera. Sentía una lealtad plena hacia Wes y era un perro de granja increíble.

—Hola, colega —dijo Wes.

—Hola —contesté. Waylon trotó hacia mí y soltó la pelota de tenis junto a mis pies. La recogí y la lancé con fuerza hacia los árboles. Salió disparado.

—Solo diez minutos tarde —comentó Wes—. Impresionante. —Esbocé una pequeña sonrisa y me encogí de hombros. Por suerte, siempre había sido un hombre de pocas palabras, así que no sería raro que no hablara hasta por los codos.

—¿Por qué no estás dentro?

—La cena no estará lista hasta las siete y media y Waylon no paraba de lloriquear junto a la puerta.

—La hora de la cena fue a propósito, ¿verdad? —pregunté. Wes se limitó a sonreír. Los Ryder conocían bien la Hora Estándar de Brooks.

Gus era mi mejor amigo, pero también estaba muy unido a Wes. Yo caía justo en medio de sus edades, por lo que los tres pasábamos mucho tiempo juntos. Pero eran tan diferentes. A veces costaba creer que estuvieran emparentados, pero uno de sus denominadores comunes era lo mucho que querían a su hermana pequeña. Solo que lo demostraban de distintas maneras.

—¡Waylon! —gritó Wes—. Vamos dentro. —Una bola de pelo blanco salió de entre los árboles a toda velocidad, y seguí a Wes al interior de la casa.

Cuando entré, me abrumó el olor a comida casera al instante. Ya se me estaba haciendo la boca agua y todavía no había visto a Emmy.

Un conjunto de pasos diminutos se lanzó hacia la puerta principal.

—¡Tito Brooks! —exclamó Riley mientras saltaba a mis brazos. La levanté por encima de los hombros y la lancé levemente. Chilló de emoción.

—Oye, ¿y yo qué, enana? —preguntó Wes. Había pasado junto a él corriendo. Adoraba a esta niña.

—A ti ya te he visto —respondió Riley. Caminamos hacia la parte trasera de la casa. Gus estaba poniendo la mesa y Amos estaba ocupado en la cocina. Rebel Blue tenía una cocinera, Ruby, que preparaba el desayuno y el almuerzo para todos los del rancho. Había una nevera y una despensa a disposición de los empleados del rancho, quienes recibían un estipendio semanal para la compra, ya que tenían cocinas en sus cabañas. Ruby le dejaba la cena o sobras a Amos, pero casi siempre prefería preparársela él mismo. Le gustaba cocinar.

—Hola, Luke —dijo Amos desde la cocina—. Me alegro de que hayas venido.

—No me lo perdería —contesté—. Huele a gloria.

—Pollo asado, puré de patatas y verduras.

—Yo sugerí un asado de ternera —comentó Gus.

—Emmy no come carne roja, ¿verdad? —dije sin pensar. «Mierda». ¿Tenía que saberlo? ¿Siempre lo había sabido? ¿Era raro que lo supiera?

—No, no come carne roja, y Gus debería saberlo —respondió Amos—. E igual debería dejar de comer ternera en cada comida. —Le lanzó una mirada mordaz a Gus—. Te estás haciendo mayor y tu colesterol ya no es lo que era. —Ahogué una carcajada.

—¡Tengo treinta y cuatro años! —exclamó Gus.

—Papá, ¿tan viejo eres? —dijo Riley. Todos nos reímos salvo Gus.

En ese momento, la puerta trasera se abrió y entró Emmy. Menos mal que seguía llevando a Riley en brazos, porque si no creo que me habría caído de rodillas.

Era preciosa. Me pregunté si llegaría el momento en el que no provocara que mi corazón pasara de cero a cien en un segundo.

Se había apartado el pelo de la cara. Llevaba una sudadera vieja y descolorida de los Broncos y unos pantalones cortos vaqueros. Creo que era la primera vez desde que había vuelto que no llevaba las botas, sino unas sandalias que se quitó al entrar por la puerta.

—¡Hola, peque! —exclamó Amos desde la cocina. Emmy imitó un saludo militar. Tardó un segundo en fijarse en Riley y en mí, pero cuando lo hizo, sus ojos se detuvieron en nosotros durante un instante más de la cuenta.

Noté una sensación extraña en el pecho cuando me miró.

Igual necesitaba unos putos antiácidos o algo.

Por el rabillo del ojo vi a Teddy entrar por la puerta corredera, pero yo seguía mirando a Emmy mientras esta le daba un abrazo a Wes. Cuando aparté los ojos de ella, me di cuenta de que Teddy me estaba mirando con una expresión de suficiencia.

Era la segunda vez que me pillaba mirando donde no debía: justo a Emmy.

—Hola, Brooks —dijo Teddy. Su tono era divertido.

—Teddy. —Incliné la cabeza.

—Estás muy guapo —comentó—. ¿Alguna razón en particular por la que hayas decidido renunciar a la camiseta raída y al sombrero que tanto te gustan?

Despiadada. Teddy era despiadada.

—¿Alguna razón en particular por la que sigas rompiendo tu prohibición de entrar de por vida en Rebel Blue? —intervino Gus antes de que Teddy pudiera lanzarme otro misil.

—Sí, la de llevar a cabo tu asesinato mientras duermes. —Teddy había cambiado su tono a meloso, ese que reservaba únicamente para los insultos.

—Me gustaría recordaros a todos que hay unas orejitas presentes. —Era Emmy. La miré. Estaba de pie junto a Wes y tenía los brazos cruzados. Tenía los ojos puestos en Teddy y parecía que estaba tratando de gritarle con el cerebro.

Teniendo en cuenta lo unidas que estaban, no me sorprendería que Teddy pudiera oírla.

—Papá —empezó Riley—, ¿qué es un asesinato?

—Es un grupo de cuervos, cariño. Como un rebaño de ganado, pero es un asesinato de cuervos —respondió Gus sin detenerse. Madre mía, era rápido.

—¿Por qué te va a dar cuervos Teddy? —preguntó Riley.

—Porque Teddy se piensa que es graciosa.

—Teddy es graciosa —dijo Riley con un tono bastante serio para una niña de cuatro años. Todos los presentes volvieron a reírse a costa de Gus. Parecía que acababa de sufrir la traición más profunda.

Amos dio una palmada desde la cocina, lo que llamó la atención de todos.

—Dicho eso, vamos a comer. Que cada uno venga a coger un plato y lo lleve a la mesa.

Solté a Riley y corrió hacia Amos. Le dio la ensalada. Empecé a caminar, pero Emmy se chocó contra mi hombro. Su contacto me detuvo en seco. La miré. Me dedicó una pequeña sonrisa.

—Hola —dijo.

—Hola. —Unió nuestros dedos meñiques durante medio segundo antes de seguir hacia la cocina, donde se detuvo junto a su padre, puso las palmas hacia arriba y dijo: «Dame un plato, papá». Amos le tendió un enorme cuenco de puré de patatas. Su favorito.

Al parecer, a lo largo de los años había almacenado mucha más información sobre Emmy de la que me pensaba.

Todos nos sentamos a la mesa. Yo estaba junto a Wes, que estaba al lado de Riley. Emmy estaba frente a mí y Teddy ocupaba el lugar a su derecha. Amos y Gus ocupaban cada uno la cabecera de la mesa. Me resultaba físicamente imposible no mirar a Emmy. Esperaba que nadie se diera cuenta de las sonrisas bobaliconas que nos dedicábamos cada dos por tres.

Hablamos todos durante un rato. Gus puso al día a Amos sobre algunas operaciones del rancho: estimaciones para la temporada de empacado, qué empleados se iban a quedar durante el invierno y la temporada de partos. Wes nos puso al día sobre el riego y las cercas.

—Emmy —empezó Amos—, ¿qué tal por los establos? ¿Maple se ha instalado bien?

—Sí, está bien. La veterinaria vendrá en las próximas semanas para el chequeo de fin de verano de todos. También va a mirar a los caballos huéspedes.

—¿Algo de lo que debamos preocuparnos?

—*Whisky* tiene la piel muy seca, así que le he dado un pienso rico en proteínas de manera preventiva. —*Whisky* pertenecía a la madre de Emmy. Era vieja, pero todavía estaba sana.

—Bien. ¿Algo más?

—Nop. Brooks hace un buen trabajo ahí abajo. Todos están bien cuidados. —Era un cumplido bastante básico, pero viniendo de Emmy, me sentí como si acabara de ganar un Premio Nobel.

Amos se centró en mí.

—¿Alguna otra actualización, Luke?

—No, señor. La última clase de equitación del verano es el sábado, y en noviembre las trasladaremos a la pista cubierta —respondí, trabándome con las primeras palabras.

—Bien. Teddy, ¿confío en que no tengas novedades para mí? —preguntó Amos, asegurándose de que nadie quedara fuera de la conversación. Gus gimió.

—Ninguna que esté directamente relacionada con el rancho, señor —dijo Teddy con una sonrisa. Vi cómo Emmy le golpeaba la pierna a Teddy por debajo de la mesa. Amos las miró a las dos durante un momento, sin duda confundido, pero no le dio importancia.

—Está bien. Todos sabéis que estamos aquí porque estamos considerando seriamente añadir un rancho de huéspedes en Rebel Bluc. ¿Alguicn vota que no? —Los tres Ryder negaron con la cabeza.

Wes estaba radiante.

—Weston —dijo Amos con su mejor voz de propietario de rancho—, este es tu proyecto. Nos debes un presupuesto y una propuesta a August, Clementine y a mí para finales de la semana que viene. ¿Trato hecho?

—Trato hecho —respondió Wes. Casi podía verse la emoción que emanaba de él. Amos asintió con firmeza.

—Si los números no cuadran, no lo hacemos. Si cuadran, tendrás que llevar a cabo el proyecto de principio a fin. ¿Estás preparado?

—Sí, papá. Estoy preparado. —No dudaba ni un segundo de que Wes lo lograría con creces.

—Muy bien. —Amos cogió su cerveza—. Un brindis por el rancho de huéspedes de Rebel Blue.

—Salud —dijeron todos mientras alzaban sus vasos, incluida Riley con su zumo de uva.

—Oye, Teddy —empezó Wes—. ¿Crees que podrías ayudarme a encontrar a alguien que se encargue del diseño de la Casa Grande antigua?

—Sabes que diseño ropa, ¿verdad? No casas.

—No jodas. Pero eres, no sé, creativa y tienes contactos y todo eso. Encuentres a quien encuentres va a ser mejor que quien se me ocurra a mí. Quiero que esto sea único.

Teddy se lo pensó un segundo.

—Sí, de hecho, conozco a alguien que creo que podría ser bastante genial para algo así. Déjame hablar con ella para ver si está dispuesta. ¿Cuándo quieres empezar?

—Salvo que haya algún contratiempo con mi propuesta… —Wes le lanzó una mirada mordaz a Gus—. Después de la temporada de partos.

—Me parece bien. Te mantendré informado.

—Gracias, Teddy.

El resto de la cena fue agradable. Una vez finalizada toda la charla de negocios, la conversación fluyó. Después del postre, la famosa tarta de melocotón de Amos, nos trasladamos al salón. Emmy y yo acabamos en el mismo sofá, algo que sin duda no se le escapó a la atenta mirada de Teddy, y tuve que hacer acopio de toda mi concentración para no tocarla.

Cuando el reloj de la entrada marcó las nueve y media, Gus se levantó de la silla. Riley ya estaba dormida en sus brazos, con los suyos alrededor de su cuello.

—Será mejor que nos vayamos para que pueda meterla en su cama. Gracias por la cena, papá. —Amos le dio un apretón de manos a Gus cuando este pasó junto a su silla y se dirigía hacia la puerta principal.

Unos minutos más tarde, Teddy se levantó para irse.

—Teddy, te he guardado unos platos para tu padre. Están en la nevera. Hay suficientes para él y para la enfermera que le está ayudando esta noche —indicó Amos.

—Gracias, señor Ryder. Sé que lo apreciará. —No sabía mucho sobre el padre de Teddy, pero sabía que Amos y él llevaban siendo amigos durante mucho tiempo. Ambos eran padres solteros que trataban de sacar adelante a sus familias.

—Dile que iré a verlo el sábado, ¿vale?

—Sí, señor.

—Wes, ayuda a Teddy a llevar toda la comida a su coche. —Wes, que estaba tumbado en el suelo con su sombrero de vaquero sobre la cara, dejó escapar un suspiro y se incorporó.

—Para nada dramático —dijo Emmy, riéndose.

—Casi me quedo dormido ahí debajo. —Bostezó. Emmy se levantó y le dio un abrazo a Teddy antes de que Wes y ella fueran a la cocina y luego salieran por la puerta principal. Teddy le estaba diciendo algo sobre una diseñadora de interiores que conocía.

—Creo que yo también debería irme a mi cabaña. —Emmy le dio un beso en la mejilla a su padre.

—Luke, asegúrate de que Emmy llegue a su cabaña, ¿vale? —Miré a Emmy. Parecía que no sabía cómo responder a eso. Yo tampoco.

—Papá, son menos de quinientos metros. —Eso fue lo que decidió contestar.

—Está oscuro como la boca del lobo y todavía no he puesto luces solares en el sendero. Dale un poco de tranquilidad a tu viejo, ¿eh? A Luke no le importa, ¿verdad?

—En absoluto, señor.

—Bien —respondió Amos. Emmy tenía una expresión que no fui capaz de ubicar. Parecía… ¿nerviosa, tal vez?—. Buenas noches, Luke. Buenas noches, peque.

—Buenas noches, papá.

Emmy y yo nos dirigimos hacia la puerta corredera. La abrí y ella salió primero. Caminamos en silencio durante un minuto antes de entrelazar mis dedos con los suyos y darle un apretón en la mano.

Me devolvió el apretón.

—¿Te lo has pasado bien esta noche? —pregunté.

—Sí. Mi primera cena familiar. Lo echaba de menos.

—Tu padre ha estado radiante esta noche. Creo que también te echaba de menos. —Se quedó callada un segundo. ¿A lo mejor no había sido apropiado decir eso?

—¿Puedo preguntarte algo? —dijo por fin.

—Adelante.

—Siento que tengo que empezar advirtiéndote de que no te estoy pidiendo nada, pero ¿para ti qué es esto? ¿Estás jugando con la hermana pequeña de tu mejor amigo y ya está? —Tuve que esforzarme para que su comentario no me escociera. La verdad era que no sabía cómo hacerlo. No sabía cómo darle a Emmy lo que necesitaba ni cómo estar en cualquier clase de relación. Nunca lo había hecho.

Nunca había querido intentarlo, pero con Emmy todo era diferente.

Y eso me acojonaba muchísimo.

—Dios, no. Emmy, jamás te haría eso ni pensaría en ti como alguien con quien solo jugar. Quiero pasar tiempo contigo. ¿De acuerdo? —Volví a toparme con el silencio.

Nos estábamos acercando a su cabaña. Veía la luz del porche.

No habló hasta que llegamos a la puerta.

—Vale —dijo en voz baja—. Yo también quiero pasar tiempo contigo.

Me giré para mirarla.

—Lo digo en serio, Emmy. No sé en qué momento ocurrió, pero me gustas. Me gustas mucho más de lo que deberías, joder, y sé que no deberíamos hacerlo porque podrían salir mal un millón de cosas, pero me siento tan bien contigo.

Me miró.

—Vale.

—Bien. —Le coloqué los nudillos debajo de la barbilla para inclinarle la cabeza hacia mí y darle un beso en la frente. Emmy se echó a mis brazos y la abracé durante un minuto. Encajaba en mis brazos como si estuviera hecha para ellos. Me gustaría pensar que así era.

Quería decirle lo mucho que significaba para mí, lo mucho que las últimas semanas habían significado para mí, pero no podía. Todavía no.

No cuando sentía que todo esto podía desaparecer en cualquier momento. Podía despertarse mañana y decidir que no era más que el chico inútil que conocía y que no merecía su tiempo.

Ni siquiera sabía si pensaba quedarse en Meadowlark. Podría volver a Denver antes de que supiera que se había ido.

Y Gus podría matarme si se enteraba de lo nuestro. Eso podía pasar.

—Debería irme a la cama —dijo—. Necesito descansar antes del gran espectáculo que va a ser el cumpleaños de Teddy Andersen mañana. —Me reí entre dientes, pero no quería dejarla ir.

—Para Teddy no existen los puntos intermedios, ¿verdad? —Emmy negó con la cabeza.

—¿Nos vemos el sábado? Iré a la clase de Riley.

—Vale —dije. No estaba preparado para que el momento se terminara. La deseaba muchísimo. Me había vuelto loco el no poder estar cerca de ella en toda la noche. Estaba tan perfecta con sus pequeños vaqueros cortos. Era como si todo en ella estuviera diseñado para volverme loco.

Emmy se apartó, abrió la puerta y se giró hacia mí.

—Tú también me gustas, Luke. —Esas palabras me golpearon tan fuerte que me dejaron sin aliento—. Buenas noches.

No fui capaz de desenredar la lengua lo bastante rápido.

—Buenas noches —respondí, pero no hasta unos segundos después de que cerrara la puerta. Genial.

Me di la vuelta y, aturdido, empecé a caminar hacia la Casa Grande. Me detuve y miré el gran cielo nocturno de Wyoming. Era increíble la cantidad de estrellas que había allí arriba.

No podía creerme que el universo fuera tan grande y que me hubiese colocado en este mundo al mismo tiempo que a Clementine Ryder.

Antes de darme cuenta de lo que estaba haciendo, me di la vuelta y regresé a la cabaña de Emmy lo más rápido que pude.

Quería estar con ella, y ni de coña iba a dejar que se me escapara.

# 16

# EMMY

Despedirme de Brooks había sido una buena decisión. Una decisión inteligente. Después de haberme pasado toda la noche mirándole, era todo un milagro que no hubiera intentado arrancarle la ropa en cuanto salimos por la puerta de atrás.

Literalmente, lo primero que vi cuando entré en la Casa Grande fue a él sujetando en sus brazos gigantes a mi perfecta sobrina. Mis ovarios llevaban todas las de perder.

Por no hablar de su pelo. Para alguien a quien le gustaban tanto los sombreros, cualquiera pensaría que estaba ocultando unas entradas o algo así, pero no. Tenía la cabeza llena de pelo y estaba igual de guapo sin sombrero que con él.

No era ningún secreto que mi criptonita era Brooks con una gorra hacia atrás, pero ver su cabeza llena de pelo oscuro tenía algo que me afectó esta noche.

¿Yo salivando por el aspecto de Brooks? Era de esperar. Lo había hecho siempre, incluso cuando no me caía bien. ¿Que Brooks me dijera que le gustaba? Inesperado. ¿Que le creyera? También inesperado, pero no indeseado.

Su expresión cuando me lo dijo había sido tan intensa y sincera. Era imposible que no le creyera.

¿Era estúpida por dejar que se marchara esta noche? Podría haber sido uno de esos momentos. Los que parecen pequeños, pero resultan ser grandes. Los que cambian el rumbo y alteran tu camino.

Deseaba eso. Un camino nuevo.

Lo deseaba a él.

No me lo pensé antes de volver a abrir la puerta principal, dispuesta a perseguirle.

No obstante, me encontré a Brooks justo donde lo había dejado. Pero ahora, tenía el pecho agitado, como si se hubiera ido y vuelto corriendo, y el brazo levantado como si hubiese estado a punto de llamar a la puerta.

Nos miramos fijamente, y decidí que ese era el momento. No el momento que podría haber sido si no le hubiera cerrado la puerta, sino uno mejor, un momento por el que ambos decidimos volver.

Ese era el pensamiento al que le estaba dando vueltas en la cabeza cuando Brooks dijo:

—No puedo seguir manteniéndome alejado de ti.

Dio un paso adelante, me agarró ambos lados de la cara y me besó con todo lo que tenía. Cuando sus labios estaban sobre los míos, me era imposible pensar.

Le agarré la camiseta con las manos y traté de acercarme a él lo máximo posible. Empezó a conducirme a través de la puerta y le dejé. Estaba desesperada por saber adónde nos llevaría esto.

Una vez que estuvimos ambos dentro, cerró la puerta con el pie. Me apartó las manos de la cara y las arrastró por mi cuerpo; por el cuello, sobre los pechos y alrededor de la cintura hasta que me agarró el culo y me levantó del suelo. Le rodeé la cintura con las piernas, aferrándome a él.

Nos dio la vuelta, de manera que mi espalda estaba contra la puerta. Su lengua estaba en mi boca, tomando y poseyéndome. Quería que lo tomara todo. Moví una de las manos desde la parte delantera de la camiseta hasta su espeso pelo.

Dios, cómo le deseaba.

Me costó un poco, pero me aparté de su boca. No se inmutó. Movió la boca hasta mi cuello y empezó a besarme allí. No pude evitar soltar un pequeño gemido. Era como si supiera dónde tocarme a la perfección.

—Luke —susurré. No contestó, solo me apretó con más fuerza el culo. Había cambiado la posición de las manos. Ya no estaban sobre mis pantalones, sino debajo. Era su piel sobre la mía, y la sensación era embriagadora—. Luke —repetí. Esta vez se apartó. Sus ojos echaban fuego.

—¿Quieres que pare? —preguntó.

—No, no… —Tartamudeé un poco—. No quiero que pares. Lo quiero todo. Sus ojos ardieron más.

—¿Estás segura? —preguntó.

—Estoy segura. —Y lo estaba. No sabía cuándo había sido la última vez que me había sentido tan segura con respecto a algo.

—No tengo ningún condón. —¿Luke Brooks no llevaba una caja industrial de preservativos? Menuda decepción para todos.

—Tengo un DIU —dije—. Y tuve una cita con el médico unos días antes de salir de Denver. Estoy limpia.

—Yo también.

«Menos mal».

—¿Estás segura? —volvió a preguntar—. No quiero presionarte para que lo hagas.

—No me estás presionando —le prometí—. Deseo esto. Te deseo a ti. —Le sujeté la cara con las manos al decirlo, y su barba incipiente me arañó las palmas de la forma más maravillosa.

—Si cambias de opinión en algún momento, me lo dices enseguida, ¿vale? —Giró la cabeza para darme un beso suave en una de las palmas.

—No voy a hacerlo —dije.

—Di que me lo dirás si cambias de opinión. —Su voz era firme. Me encantó.

—Te lo diré.

Respiró hondo, como si oír eso fuera lo que rompería la atadura que tenía sobre sí mismo.

—Dios, Emmy, te deseo tanto, joder.

—Entonces hazme tuya —contesté. No se lo pensó dos veces. Volvió a estrellar su boca contra la mía y empezó a llevarme a la cama.

Era una mujer alta, y la mayoría de los hombres con los que me había acostado no eran mucho más altos que yo. No supe que me importaba hasta que estuve con Luke. La forma en la que era capaz de levantarme y moverme era extremadamente sexi.

Antes de llegar a la cama, me puso de pie en el suelo.

—Desnúdate —dijo. Su voz era baja y grave, y me atravesó como si fuera una bala—. Quiero verte. —Retrocedió unos pasos y vi cómo se le tensaba el pene contra los vaqueros.

Ver que me deseaba me llenó de una confianza que normalmente no tenía.

Empecé con la sudadera. Llevaba una camiseta de tirantes debajo, pero no sujetador.

—Quítate la camiseta —le dije a Brooks. Tenía la voz entrecortada y casi irreconocible. Brooks hizo lo que le pedí de inmediato y se quitó la camiseta negra. Los músculos duros de su estómago y su pecho estaban ligeramente cubiertos de vello oscuro. Era un tópico, pero hasta ahora había estado con chicos. Luke era un puto hombre.

—Sigue, Emmy. Déjame verte.

Me desabroché los pantalones y me los bajé por las piernas. Pensé en los manantiales y en lo nerviosa que me puse al tener que quitarme la ropa y quedarme en bañador. Ahora, estaba deseando que Brooks me viera entera.

Me quité la camiseta de tirantes y oí a Brooks gruñir por lo bajo. Nunca había entendido la frase «se le oscurecieron los ojos» que aparecía en todos los libros románticos que Teddy me prestaba, hasta ahora.

La forma en la que me miraba era irresistible. Brooks empezó a acercarse a mí, pero extendí el brazo para detenerlo. Se detuvo de inmediato.

—Los pantalones. Quiero que te los quites.

Se llevó sus manos grandes al cinturón y se le tensó la mandíbula.

—Es la última orden que me das —dijo. «Joder, sabía que sería así en la cama»—. Esta noche mando yo. ¿Entiendes? —Todo en él era irresistible, y no confiaba en mi voz para responderle.

Asentí con la cabeza. Quería que tuviera el control. Confiaba en que me cuidaría.

—Te he hecho una pregunta, tesoro. —No iba a dejar que me escapara con un simple movimiento de cabeza.

—S-Sí. Entiendo.

—Bien. —Se desabrochó el cinturón, se bajó los vaqueros y se los quitó. Tenía el pene tenso contra los calzoncillos negros.

—Deja de mirarme la polla así, cielo.

Volví a mirar a Brooks.

—¿Así cómo?

—Como si quisieras que te pusiera de rodillas y te la metiera por la garganta. —«Madre mía». Me lamí los labios mientras le miraba fijamente—. ¿Te gustaría eso, tesoro? ¿Mi polla en tu boquita caliente? —Me gustaría. Sin duda, me gustaría.

Asentí con la cabeza.

Se me echó encima en un instante, agarrándome la garganta y devorándome con sus besos. Me levantó de nuevo antes de sentarse en mi cama, de manera que estaba a horcajadas sobre él. Sentía su dureza contra mis bragas azules, las cuales estaban tan empapadas que casi me daba vergüenza.

Me froté contra él y gimió.

—Joder. Eres perfecta —dijo contra mis labios. No pude evitar seguir frotándome contra él, deseando que no hubiera nada entre nosotros, pero no quería parar. Me sentía tan bien. Lo más probable era que pudiera correrme solo con esta fricción. Me acarició la espalda con las manos—. ¿Sienta bien, tesoro? —preguntó, con la respiración entrecortada—. ¿Frotar tu coño contra mi polla?

—Sí —gemí. Se apartó de mi boca y me mordió el cuello. Solté un gemido y pasó la lengua por el mordisco.

—Sigue, Emmy. Córrete así. —No iba a decirle que no. Empecé a moverme más rápido. La fricción era fascinante. Le puse las manos sobre los hombros para mantener el equilibrio. Dios, estaba sintiendo tantas cosas a la vez. No recordaba la última vez que me había excitado tanto.

Ni la última vez que me sentí tan deseada.

—Así es, cariño. Sigue montándome. —Las palabras de ánimo de Brooks me alentaban. También su mano en mi culo y la otra en mi pecho—. Perfecto, joder. Noto lo mojada que estás. —Estaba tan cerca. Me moví más rápido, persiguiendo lo que me estaba ofreciendo. Cuando me dio una ligera palmada en el culo, perdí el sentido del ritmo y lo cabalgué con un desenfreno temerario—. Sé que estás cerca. Vamos, tesoro, déjame sentir cómo te corres.

Unos segundos más y me estaba desmoronando. Mi cuerpo se estremecía al tiempo que me recorría el placer. Nunca me había corrido tan fuerte, y ninguno de los dos nos habíamos quitado la ropa interior.

Miré a Brooks y sus ojos estaban clavados en mí. Enredó los dedos en mi pelo y me besó. Fue apasionado y áspero.

—Eres preciosa cuando te corres. —Se levantó y me tiró sobre la cama. Literalmente me tiró—. Estoy deseando verlo otra vez —dijo.

Se quedó a los pies de la cama y, por fin, se quitó los calzoncillos. La polla le sobresalía del cuerpo. Había notado que era grande, pero verla era diferente. Estaba deseando que estuviera dentro de mí.

Se subió a la cama y trepó por mi cuerpo. La forma en la que se le flexionaban los músculos mientras se mantenía suspendido sobre mí casi me llevó al límite. Detuvo su recorrido en mi vientre para poder lamerme desde las costillas hasta los pechos.

Me rodeó el pezón izquierdo con la lengua y arqueé la espalda sobre la cama. Lo mordió con suavidad antes de pasar al otro lado. Siguió cambiando de uno a otro mientras una de sus manos bajaba hasta mi ropa interior.

Me rozó el clítoris con el pulgar por encima de las bragas y me estremecí. Sentí su sonrisa contra el pecho.

—¿Estás sensible, tesoro? —preguntó.

—Un poco —susurró. Me contestó apartándome las bragas y metiéndome un dedo. Ambos gemimos.

—Joder, estás muy mojada. ¿Todo esto es por mí? —Solté un sonido que debió de interpretar como un «sí», porque me metió otro dedo. Los sonidos que hacían sus dedos al moverse dentro y fuera de mí eran obscenos.

Entre sus dedos y su boca en mis pechos, estaba a punto de correrme otra vez. Nunca me había pasado algo así. No sabía cómo gestionarlo.

Me lamió todo el cuello antes de volver a besarme. Cuando se apartó, también quitó los dedos, y me dolió el cuerpo ante la pérdida. Estaba suspendido sobre mí, mirándome directamente a los ojos mientras se los llevaba a la boca y los chupaba.

Cerró los ojos como si estuviera disfrutando del sabor. Luego, se los sacó de la boca con un sonido lascivo.

—¿Quieres probar? —preguntó. Estar con Luke era erótico y liberador. Nunca había hecho nada parecido.

Para mi sorpresa, asentí.

Me introdujo los dedos y los sacó y metió varias veces. Arqueé la espalda sobre la cama y mi cuerpo empezó a moverse con voluntad propia, pero volvió a retirar los dedos. Dios, era tan frustrante.

Me los pasó por los labios antes de metérmelos en la boca.

—Chupa —dijo. Y eso hice. Me chupé a mí misma en su piel como una mujer demente—. Buena chica. —El calor que me inundó el cuerpo ante su elogio fue inesperado, pero no indeseado.

»Sabes de maravilla —continuó—. Necesito más. —Empezó a bajar por mi cuerpo de nuevo, se situó entre mis piernas y se colocó una sobre cada hombro. Extendiéndome como si fuera su propio festín.

—Luke… —empecé.

—¿Sí, cielo?

—No tienes por qué hacer eso —dije, sintiendo cómo la inseguridad que a veces me invadía durante el sexo empezaba a asomar su fea cabeza.

—¿Comerme tu coño perfecto? —inquirió. Alzó la mirada de entre mis piernas y deseé poder hacerle una foto. Me ruboricé. Me había desnudado para él, me había frotado contra su polla hasta llegar el orgasmo y me había chupado a mí misma en sus dedos, pero ¿esto me hacía sonrojar?

—S-Sí, eso.

—Quiero hacerlo. Muchísimo. Pero no lo haré si no te sientes cómoda.

—No es eso. —Estudió mi cara mientras esperaba a que siguiera hablando, pero no lo hice.

—Háblame, tesoro.

—N-Nunca m-me corro así, así que no vale la pena que pierdas el tiempo. —Los hombres con los que había estado antes lo habían hecho como si fuera la última parada técnica antes de meterse del todo en mis pantalones, y eso siempre me cortaba el rollo.

—¿No vale la pena que pierda el tiempo? —Sonaba… ¿enfadado?—. No sé con qué tipo de hombres te has estado acostando, cielo, pero devorar tu coño perfecto siempre va a merecer mi tiempo. —Tragué saliva y sentí que el calor me volvía a inundar.

»Vamos a hacer una cosa. Si te parece bien, deja que te folle con la lengua un rato, y si no te provoca nada, pasamos a otra cosa. ¿Vale? —Eso sonaba… razonable.

—Vale —acepté. Aunque sabía que no iba a provocarme nada. Nunca lo había hecho.

—Pásame una almohada y luego levanta las caderas. —Hice lo que me dijo. Me deslizó la almohada por debajo de las caderas. Luke mantuvo los ojos en mí mientras bajaba la boca a mi sexo, y dio una larga lamida a lo largo de mi abertura. Luego, empezó a hacer justo lo que dijo que iba a hacer: me devoró.

Volvió a meterme los dedos mientras su lengua me acariciaba el clítoris y giraba sobre él. Utilizó la punta de la lengua para reproducir la presión que había sentido cuando me estaba frotando contra él. Entre eso y sus dedos, la presión estaba empezando a recorrerme la columna.

Esto no me había pasado nunca.

Hostia puta.

Por lo general, me corría si me ponía encima, de modo que sentía presión contra el clítoris, o simplemente no me corría y terminaba yo sola más tarde.

Luke siguió. Era un hombre con una misión, y nada iba a detenerlo. Yo tenía las manos en su pelo (uno de sus lugares favoritos, al parecer) y mis caderas empezaron a sacudirse, y todo lo que sentía era demasiado. Sabía que estaba gimiendo fuerte y de forma incoherente, pero no me importaba.

—Oh… Luke…voy a… —Miré hacia abajo y me percaté de que Luke estaba moviéndose contra el colchón.

¿Esto lo estaba excitando? ¿Eso pasaba?

Fue ese pensamiento, que Luke estuviera excitado por el hecho de que me estaba dando placer, lo que me llevó al límite. Por primera vez, me corrí recibiendo sexo oral. No de cualquiera, sino de Luke Brooks.

Estaba convencida de que este hombre tenía poderes mágicos.

Me miró y se lamió los labios antes de arrastrarse de nuevo por mi cuerpo y besarme con fuerza en la boca. Se estaba cerniendo sobre mí, y eso no era suficiente. Quería todo su peso sobre mí. Bajé las manos, se las puse en las caderas y tiré de ellas hacia abajo para que se encontraran con las mías.

Ambos jadeamos cuando su polla entró en contacto conmigo.

—Te necesito dentro de mí —dije.

Utilizó una mano para trazarme la mandíbula.

—Mi chica avariciosa se me ha corrido en la boca, ¿y ahora quiere correrse en mi polla?

—Sí, por favor, Luke. Por favor —supliqué.

—Joder, nena. Tus suplicas van a hacer que me corra.

—Entonces será mejor que me la metas.

Luke volvió a besarme.

—Mi chica necesitada —dijo. Lo era. Me daba igual. Luke bajó la mano y colocó su pene en mi entrada. Me miró mientras empezaba a introducirlo. Joder. Era grande. Solo la punta me llenaba más de lo que estaba acostumbrada.

—Es muy grande.

—Puedes soportarlo, tesoro. Iré despacio. —Asentí. La sacó y volvió a meterla, yendo un poco más allá, llenándome un poco más. Lo hizo una y otra y otra vez.

Por fin, sentí que se acomodaba por completo en mi interior. Todavía tenía la almohada debajo de las caderas, lo que le permitía penetrarme más de lo que lo habría hecho en caso contrario. Gimió contra mi cuello. Dios, adaptarme a su tamaño iba a llevarme unos segundos.

—Sienta tan bien tenerte alrededor de mi polla. —Era la primera vez que un hombre me hablaba así. Por lo general, cuando alguien intentaba hablarme sucio, sonaba raro. Pero todas las palabras obscenas de Luke no hacían más que ponerme más cachonda, algo que, llegados a este punto, ni siquiera sabía que era posible.

—Me siento muy llena —susurré. Cuando estaba dentro de mí, podía sentirlo todo. Cada sensación se amplificaba: el aire frío sobre mi piel caliente, el ligero ardor que dejaba su barba, el cabello que le caía sobre la frente y que me rozaba las mejillas.

—Dios, eres perfecta.

Empecé a mover las caderas en un intento por que se moviera.

—Dame un segundo, nena —murmuró—. Tengo que hacer que dure. —Atraje su boca hacia la mía y lo besé, enredando mi lengua con la suya. Después de lo que pareció una eternidad, Luke se retiró un poco y luego volvió a penetrarme despacio. Lo hizo otra vez. Y otra, más rápido cada vez.

—Joder, Luke. Sí. Sí.

—Emmy, estás hecha para mí. —Encontró su ritmo y me penetró sin descanso. La presión comenzó a crecer en mi columna otra vez, abriéndose paso hacia abajo mientras Luke me follaba. Iba a ocurrir. Este hombre iba a lograr que me corriera tres veces, cosa que no me había pasado nunca.

—Quiero que te corras otra vez, cielo. Quiero sentir cómo te corres alrededor de mi polla. ¿Puedes hacerlo por mí?

—Sí —gemí. Como si supiera lo que necesitaba a la perfección, Luke mantuvo el mismo ritmo, pero aumentó la intensidad de las embestidas, y con cada una de ellas casi me desplazaba hacia arriba por la cama. La presión de la columna alcanzó su punto álgido y me corrí con un grito.

Después de correrme, Luke aumentó la velocidad y me penetró con fuerza. Me agarré a sus hombros, abrumada por todo lo que estaba sintiendo. Cada nervio de mi cuerpo estaba vivo.

—Dios, estoy deseando llenarte —dijo con la voz ronca.

Yo también lo estaba deseando. Quería sentirlo. Quería sentirlo a él.

—Por favor —supliqué—. Lo necesito. —En ese momento, las embestidas se volvieron esporádicas y desiguales. Estaba cerca—. Córrete dentro de mí, Luke. —Gimió, y su cuerpo tembló mientras se vaciaba.

Se desplomó sobre mí y enterró la cara en mi cuello.

—Joder —dijo antes de deslizar los brazos por debajo de mí y girarse para que estuviera encima de él.

Apoyé la cabeza en su pecho y escuché sus latidos, como un bombo, que empezaban a ralentizarse.

—Ha sido increíble.

—Tú eres increíble —contestó—. Podría enterrarme dentro de ti cada segundo de cada día y no cansarme nunca.

—¿Eso es una promesa? —pregunté mientras levantaba la cabeza para mirarle. El Luke de después del sexo debería estar en un museo. Tenía el pelo oscuro despeinado y los ojos marrones brillantes e intensos. La sonrisa le llegaba a los ojos, por lo que aparecieron las arrugas que le salían en los bordes. Me volvían loca.

—¿Quieres que lo sea?

—No me importaría. —Y era verdad. Nunca había tenido sexo así. Antes, no consideraba que mis relaciones sexuales habían sido malas, pero después de tenerlas con Luke, no estaba convencida.

Estaba arrastrando los dedos arriba y abajo por mi espalda con suavidad.

—No puedo creer lo que acaba de pasar —dije—. Mi yo de trece años estaría levitando ahora mismo.

Debajo de mí, el pecho de Luke vibró con una risa.

—¿Sí? ¿Era tu crush?

—Solo me atraías físicamente, pero sí.

—Ay.

—No te preocupes, mi yo de veintisiete años piensa que eres moderadamente menos molesto. —Me apoyé en los codos para besarle. Me rodeó la nuca con una mano, acunándola. El beso fue lento y exploratorio. Era nuestro primer beso así. Sabía que no iba a ser el último.

• • •

Una hora después, tras una pausa para ir al baño, superar el número de personas que cabían en mi ducha y otro orgasmo para cada uno, me quedé dormida en los brazos de Luke Brooks.

Por primera vez en mucho tiempo, me sentí segura.

# 17

# EMMY

Me desperté con el sol colándose por la ventana. Tardé un minuto en darme cuenta de que el peso que tenía encima de la cintura era un brazo humano. Tardé otro minuto en recordar a quién pertenecía.

Me había acostado con Luke Brooks.

Y fue una puta pasada.

Debió de notar que me agitaba, porque me rodeó con el brazo antes de darme un beso en la nuca.

—Buenos días, tesoro —dijo. Dios, su voz por la mañana era, sin duda, la más sexi de todas sus voces.

—Buenos días —contesté mientras giraba el cuello lo suficiente para que me diera un beso dulce de buenos días—. ¿Has dormido bien?

—Como un bebé. ¿Y tú?

—He dormido bien, pero tenía a un vaquero enorme envolviéndome.

—Ah, ¿sí? —Siguió besándome el cuello, y la mano que tenía en mi cintura empezó a acariciarme trazando círculos hasta mis costillas.

—Sí —respondí—. Ha sido como dormir en la misma cama que una boa constrictor. —Noté cómo se le movía el pecho contra mi espalda al soltar una pequeña risita.

—Debe de ser un vaquero necesitado. —Siguió haciéndome círculos por debajo de la camiseta de tirantes que me había puesto antes de acostarme. Ahora eran más grandes y pasaban por encima de mis costillas, justo por debajo de mis pechos y finalizaban justo por encima de la parte delantera de mis bragas antes de volver a mi cintura y empezar de nuevo.

¿Y me había llamado a mí provocadora?

Me besó desde la nuca hasta la oreja y noté cómo se endurecía detrás de mí.

—Sí que eres un vaquero necesitado —murmuré, excitándome cada vez más.

—Lo dice la mujer que empuja su culo contra mi polla a las siete de la mañana.

—Has empezado tú —repliqué.

—También tengo intención de terminar. —Dios, su voz. Debería pedirle que leyera en voz alta una escena de uno de los libros que leímos Teddy y yo el mes pasado. Continuó con sus lentos y frustrantes círculos, acercándose cada vez más a donde quería que estuviera.

Después de lo que me pareció una eternidad, por fin hundió el meñique por debajo de la cintura de las bragas, pero siguió moviendo la mano.

Ojo por ojo.

Arqueé la espalda y empujé el trasero contra su dureza. Gimió. Bien.

Esta vez, cuando su círculo regresó a mis bragas, introdujo la mano y la dejó allí.

—Ya estás muy mojada. —Empezó a juguetear con el clítoris—. Chorreando. —Me metió dos dedos, pero mantuvo la palma contra el clítoris para que sintiera la fricción a medida que sus dedos entraban y salían.

Mis caderas comenzaron a moverse por voluntad propia y él empezó a mover las suyas contra mi culo con más fuerza. Joder. Ya estaba deseando liberarme.

—Eso es, tesoro. Cabálgame la puta mano.

Gemí.

—Luke, te necesito dentro de mí.

—Suplícame otra vez, tesoro.

El efecto que tenía en mí era casi vergonzoso. Le suplicaría todo lo que quisiera.

—Dentro de mí, por favor.

—Joder, tus súplicas son preciosas. Podría correrme solo con eso.

Sacó la mano de mis bragas, y odié la pérdida. Puso algo de espacio entre nosotros, pero solo el tiempo suficiente para quitarse los calzoncillos. Me quité las bragas al mismo tiempo. Un segundo después, presionó la frente contra mi espalda, me pasó el brazo por debajo y me agarró un pecho. Sentía su polla dura contra mí. Me acarició la columna con los dedos, dejando fuego y piel de gallina a su paso, y luego el culo y entre las piernas. Me levantó la pierna y me pasó el brazo por debajo de la rodilla doblada.

—¿Puedo follarte así, nena?

—Puedes follarme como quieras. —Lo decía muy en serio.

Me penetró por detrás, despacio. Habían pasado menos de cinco horas desde la última vez que lo habíamos hecho, y parecía demasiado tiempo.

—Dios, no puedo creerme que me dejes follarte a pelo.

—Este hombre y su sucia boca. Empezó a moverse detrás de

mí, y el brazo que me sujetaba la pierna pasó a acariciarme el clítoris.

Me folló y me acarició a la vez, sus dedos y su polla trabajando en sincronía para llevarme al olvido. No sabía dónde estaba arriba y dónde abajo. Lo único que sabía era que no quería que se acabara nunca.

—Sí, Luke. Dios. Sí —gemí.

—¿Te gusta cómo te lleno?

—Sí. Sí. —Cuando estaba dentro de mí, las palabras monosilábicas eran mi única opción. Todo mi cuerpo empezó a contraerse mientras Luke me penetraba. Dejé escapar un grito.

—Eso es, Emmy. Toma mi polla. Tómala siempre. Es tuya todo el tiempo que quieras. —Estaba tan cerca. Tan cerca, joder, y él lo sabía—. Dime lo que necesitas, cariño. Dime lo que necesitas y será tuyo.

Moví una mano para ponerla sobre la suya, la que me estaba acariciando el clítoris. Empujé hacia abajo para aplicar más presión y empecé a mover las caderas contra él para conseguir más fricción.

—Joder, Emmy.

Nuestros movimientos eran cada vez más frenéticos. Las palabras de Luke se convirtieron en gemidos, y me corrí. Sentí cómo se ponía rígido detrás de mí, pero mantuvo los dedos en mi clítoris y me acarició durante mi orgasmo, oleada tras oleada.

Al cabo de unos minutos, ambos salimos de nuestro éxtasis. Luke se aferró a mí. Nuestros cuerpos estaban pegajosos por el sudor. Me giré hacia él. Tenía una sonrisa perezosa en la cara que hizo que quisiera abalanzarme sobre él… otra vez.

Luke llevó una mano a mi cara y me puso el pelo detrás de las orejas.

—Eres increíble, Emmy Ryder. —Su mirada era suave, contenta. Como si pudiera quedarse todo el día aquí conmigo. La forma en la que me miraba hizo que me diera un vuelco el corazón.

Si no tenía cuidado, podría enamorarme perdidamente de este hombre antes de saber lo que estaba pasando.

Un golpe en la puerta de la cabaña nos sacó de nuestra burbuja. ¿Por qué siempre llamaban a la puta puerta?

—¿Emmy? ¿Estás despierta? —Era la voz de Wes. Mierda. Mierda. *Mierda.* Luke y yo nos miramos como ciervos ante los faros de un coche—. ¿Emmy? —llamó Wes de nuevo.

Me puse en acción, me quité el edredón de encima y me bajé de la cama de un salto. Luke me seguía de cerca. Encontré una camiseta en el suelo y me la puse junto con unos pantalones cortos de pijama.

—Escóndete en el baño. Ya —le dije a Luke, quien estaba dando saltitos para ponerse los vaqueros.

Todo lo que hacía era sexi.

Me dirigí hacia la puerta.

—Oye —susurró Luke. Me giré hacia él, se acercó a mí y me dio un rápido beso en los labios antes de esbozar una sonrisa que hizo que mi corazón se transformara en un charco a mis pies—. Vale, ya puedes abrir la puerta.

Tardé un segundo en recordar de lo que estaba hablando. Ah, sí, mi hermano estaba en la puerta.

—¡Un segundo! —grité. Esperé a oír el clic de la puerta del baño antes de abrir la puerta principal.

—Buenos días, cielo —dijo Wes con un deje de sarcasmo mientras observaba mi aspecto. Mierda. Ni siquiera me había mirado en el espejo. Seguro que parecía una pagana adicta al sexo—. ¿Una noche larga?

—¿Por qué lo preguntas? —Esperaba que mi voz sonara uniforme.

—Porque parece que acabas de salir de la cama y estás despeinada. Más despeinada de lo normal.

—Ah, sí. No dormí mucho anoche. —El eufemismo del siglo.

—Lo parece. He estado intentando llamarte.

Ups.

—Se me olvidó poner a cargar el móvil anoche. ¿Qué pasa?

—Tres de nuestros rancheros se han contagiado de un virus estomacal y hay un montón de vallas rotas en el lado sur del rancho. ¿Te importaría echarle una mano a tu hermano favorito?

No había estado por allí desde que volví.

—Claro. Pero es el cumpleaños de Teddy, así que no me vas a liar para nada más.

Wes se puso la mano sobre el corazón.

—Te lo juro. Nunca me interpondría entre Teddy y su cumpleaños. —Wes conocía a Teddy lo suficiente como para saber que su cumpleaños era como una fiesta nacional.

—Vale. Déjame que me vista y te veo en los establos. —«Traducción: por favor, vete para que pueda sacar a escondidas de mi cabaña a uno de tus amigos sin que nadie lo vea».

—Vale. Voy a bajar a ver si Brooks puede ayudar también.

Me dio un vuelco el corazón.

—Oh, ¿está ahí abajo? —pregunté. Con un tono neutral, esperaba.

—Bueno, su camioneta está en la Casa Grande, así que debe de haber llegado temprano. Normalmente no viene los viernes, así que tengo que aprovechar mientras pueda.

«Mierda». La camioneta de Luke. Dejamos su camioneta allí para que mi familia, que literalmente se levanta a las cuatro de la mañana porque son rancheros, la viera.

—Perfecto. ¿Te veo abajo?

—Sí. Gracias, Em.

Imité un saludo militar antes de cerrar la puerta y apoyar la espalda contra ella.

Menuda puta mañana.

Luke asomó la cabeza por la puerta del baño.

—¿Todo despejado? —preguntó.

—Todo despejado.

Caminó hacia mí y me rodeó la cintura con los brazos. ¿Cómo era posible que oliera tan bien por la mañana? Como a hierbabuena y… hombre. Quería embotellarlo.

—Deberíamos hablar de eso —comentó.

—¿Hablar de qué? —inquirí, a pesar de que sabía lo que iba a decir.

—De tu hermano. De tus «hermanos».

—¿Qué les pasa?

—Si vamos a hacer esto, no quiero esconderme de ellos, Emmy. —El sentimiento que desprendía su voz me dio una patada en la parte posterior de las rodillas y me hizo sentir inestable—. He sido el secretito sucio de la gente antes, y me daba igual porque no me importaban, pero tú me importas. —Su voz era firme, pero suave y amable aun así. No quería que fuera mi secreto, pero todavía no sabía qué era esto.

Necesitaba un momento.

—Lo entiendo. Dame un poco más de tiempo, ¿vale? —Se le cambió la expresión ligeramente, y seguro que pasarme un cuchillo por la mano habría dolido menos que ver eso. Nos miramos en silencio durante un rato. Vi cómo su mente determinaba lo que quería decir.

Al final, dijo:

—Vale, pero vamos a volver a hablar de esto.

Esa fue la mejor respuesta que pude haber recibido.

—Vale. —Me puse de puntillas y le besé—. Deberías ir yéndote. Tienes que averiguar por qué tu camioneta está aquí, pero tú no estás en los establos, y yo tengo vallas que arreglar.

—Gracias por el recordatorio. ¿Hablamos luego?

—Sí.

Me besó de nuevo. Era tan fácil dejarse llevar por él.

Luke se apartó y apoyó la frente sobre la mía.

—Antes de irme, necesito algo de ti.

—¿El qué? —pregunté, con la esperanza secreta de que fuera algo indecente.

—Mi camiseta.

# 18

# EMMY

Llegué con mi camioneta a la entrada de Teddy sobre las cuatro de la tarde. Tenía instrucciones estrictas de no llevar ropa «para salir» más tarde, lo que significaba que Teddy ya tenía algo en mente y no iba a ser disuadida.

A Teddy le encantaba hacer ropa y se le daba bien. Empezó a bordar flores en los bolsillos traseros de nuestros vaqueros en el instituto.

Más tarde, empezó a vender chaquetas vaqueras *vintage* reconstruidas desde la caja de su camioneta en el mercado de agricultores de Meadowlark.

En la universidad, se licenció en Empresariales, pero hizo una doble especialización en Comercialización de Moda.

Tenía un talento increíble y era tenaz. Si alguien podía lograrlo, esa era Teddy.

Llamé a la puerta antes de entrar. La entrada de la casa de los Andersen conducía directamente al salón, donde Hank, el padre de Teddy, estaba sentado en su silla viendo capítulos repetidos de *Aquellos maravillosos 70*. Hoy en día, su pelo largo y negro estaba casi blanco, pero sus ojos azules seguían brillando como siempre.

Hank fue una estrella del rock, literalmente. Estaba de gira como batería cuando conoció a la madre de Teddy. Pasaron una noche mágica antes de irse por caminos separados. Once meses después, ella se presentó en un concierto con un bebé de un mes al que ni siquiera se había molestado en ponerle nombre.

Según Hank, amó a Teddy desde el momento en el que la vio. Le puso el nombre de una famosa cantante de jazz: Theodora King. Dejó la banda y se llevó a su hija a un pequeño pueblo por el que, unos años antes, había pasado con la furgoneta de la gira. Consiguió un trabajo y empezaron su vida como una familia de dos.

El pueblo era Meadowlark, Wyoming, y el trabajo era en el rancho Rebel Blue.

Ninguno de los dos volvió a ver a la madre de Teddy.

Me preguntaba cómo habría sido mi vida si mi padre hubiera decidido no apostar por el batería ingenuo que tenía un bebé y cero experiencia como empleado de rancho.

—Hola, Emmy. ¿Cómo diablos estás? —La voz ronca de Hank era alegre.

—Estoy bien, Hank. ¿Y tú?

—Sobreviviendo. —Lo dijo de manera literal. Hank no decía cosas que no pensaba. De ahí lo sacó Teddy.

Antes de Teddy, Hank vivía la vida de «sexo, drogas y *rock n' roll*». En este punto de su vida, había dado lugar a un montón de problemas de salud. Actualmente recibía cuidados en casa y utilizaba un tanque de oxígeno.

Por eso Teddy decidió vivir en casa después de la universidad. No quería abandonarlo.

—Y te ves de lujo haciéndolo. —Teddy apareció en el pasillo. Cuando hizo contacto visual conmigo, sus ojos me miraron con intensidad—. Hoy estás especialmente radiante, Clementine. —Mierda. No había nada que se le pasara por alto a Teddy—. ¿Qué hiciste anoche? —Por su tono de voz, supe que ya lo sabía.

—Teddy, acaba de llegar —dijo Hank. Dios le bendiga.

—Sí, Teddy, acabo de llegar —indiqué con inocencia.

Teddy siguió mirándome fijamente.

—Lo hablaremos cuando ya no estemos en compañía de mi padre.

—Te lo agradezco —contestó Hank—. No necesito saber nada acerca de ningún flirteo que tenga que ver con Emmy y Luke Brooks.

Abrí la boca de par en par y la atravesé con la mirada.

—¡¿En serio, Teddy?!

—No se lo he contado, te lo juro. —Teddy abrió los ojos como platos y levantó las manos en señal de rendición y a modo de énfasis.

—No me lo ha contado —admitió Hank antes de volverse hacia Teddy—. Pero deberías considerar cerrar la puerta cuando hablas por teléfono.

Me llevé las manos a la cara, deseando meterme en un agujero y desaparecer. Teddy soltó un silencioso «ups».

Hank se limitó a reírse. Estaba disfrutando de su habilidad para avergonzarnos a Teddy y a mí.

—Tu secreto está a salvo conmigo, Emmy. Pero no lo mantengas en secreto mucho tiempo.

«Madre mía». ¿Hank había oído mi conversación con Luke esta mañana?

—No lo haré —respondí. Esperaba decirlo en serio.

—Bueno, dicho eso —intervino Teddy—, se me ocurrió que podríamos hacer la cena y el postre juntos antes de la parte nocturna de la fiesta de cumpleaños.

—Me parece genial, Ted. —Teddy y yo preparábamos la cena de su cumpleaños todos los años. Empezó cuando íbamos a la universidad. Era nuestro primer año y nos habíamos mudado el día anterior.

Hicimos toda la comida de su decimoctavo cumpleaños con un microondas y una cafetera de filtro. Era la peor pasta que habíamos comido en nuestra vida, pero nos lo pasamos tan bien que no importó.

Teddy se acercó a su padre y le ayudó a levantarse de la silla. Le costó, pero trató de no mostrarlo. Una vez de pie, Teddy le dio un beso en la mejilla. Entrelazó el brazo con el de él y empezaron a caminar hacia la cocina. Les seguí.

Cuando Hank se acomodó en una silla junto a la encimera, Teddy se giró hacia mí y me dio un fuerte abrazo.

—Siento haberte delatado sin querer al mayor cotilla de Meadowlark —dijo contra mi hombro.

—Perdonada. —Me separé del abrazo—. ¿Qué se siente al tener veintisiete años? —pregunté.

—Como si acabara de empezar. —Esbozó una sonrisa característica de Teddy.

Teddy tenía todo lo necesario para preparar chuletas de pollo y pasta con una salsa de vodka picante, siguiendo con la tradición de la pasta, salvo que ahora preparábamos cenas que eran comestibles.

Yo me encargaba de la salsa, Hank mezclaba con maestría un kit de ensalada César del supermercado y nada podía interponerse entre Teddy y su concentración con el pollo. A mí me parecía bien. Si bien es cierto que comía pollo, no soportaba tocar carne cruda.

Tocarla hacía que notara las encías raras. No tenía sentido para nadie más que para mí, pero Teddy jamás insistió en ello. Ser una adulta con problemas sensoriales era algo extraño. ¿Cómo podía decirle a alguien que, si tocaba un trozo de pollo mientras la música estaba muy alta y oía a alguien respirar, me sumía en una espiral?

Hank había puesto a los Eagles. *Peaceful Easy Feeling* flotaba a través del altavoz *bluetooth* de la cocina, y el olor a ajo y cebolla me tenía contando los minutos que faltaban para que la cena estuviera lista.

Había algo en la comida y en la forma que tenía de unir a la gente. Por eso a mi padre le encantaba cocinar, incluso después de pasarse todo el día trabajando en el rancho. De pequeña, la cena familiar no era algo negociable. Tanto Hank como Teddy solían unirse a nosotros al menos una vez a la semana después de que Hank terminara su jornada en el rancho.

—¿Cómo va el empacado en el rancho, Emmy? —preguntó Hank mientras nos sentábamos a comer. Hank trabajó en Rebel Blue como mano derecha de mi padre hasta que su cuerpo se lo impidió, por lo que conocía el calendario tan bien como el mismísimo Amos Ryder.

—La verdad es que vamos un poco atrasados, y eso está sacando de quicio a Gus, pero tiene un plan para que nos pongamos al día la semana que viene.

—Es muy eficiente —comentó Hank.

Teddy gimió.

—Papá, por favor, no empieces con tu discurso de «Gus Ryder es un buen muchacho» en mi cumpleaños, por favor. El día de hoy es sagrado.

—Oye, he visto a Amos administrar el rancho durante años. Solía ser la mano derecha, así que sé lo que hace falta para ser bueno, y Gus va a hacer un buen trabajo. Eso es lo único que iba a decir.

—Lo hace bien —dije—. Aunque a mi padre le gustaría que se relajara un poco.

Hank soltó una carcajada.

—Es un poco inflexible, ¿eh?

—El eufemismo del siglo —murmuró Teddy—. Ah, por cierto, le mandé un correo a Wes con una diseñadora que creo que estaría bien —continuó, cambiando de tema—. Estuvo conmigo en algunas de las clases de moda antes de que se trasladara. Tiene talento y un montón de seguidores en las redes sociales. Tenerla en el proyecto también podría ser una buena forma de dar a conocer vuestro nombre como rancho de huéspedes.

—Wes no me ha mencionado nada hoy, así que le daré un toque. Ni siquiera sé si usa el correo electrónico. —Lo cual era cierto. Todos teníamos un correo de Rebel Blue, pero creo que Gus era el único que lo usaba con regularidad. Fue quien insistió en tenerlos.

»¿Cómo se llama? —pregunté.

—Se llama Ada. Es estupenda. Recuérdame que te enseñe sus redes sociales después. —Hank, al igual que Amos, tenía una estricta política de «nada de móviles durante la cena».

Los tres charlamos un rato más antes de que Hank juntara sus manos tatuadas. Tenía «Theo» en un nudillo y «dora» en el otro. Estaba lleno de tatuajes, pero sabía que esos eran los favoritos de Teddy, a pesar de que nunca se refería a sí misma como Theodora.

—Emmy, ¿puedes ayudarme a levantarme? —preguntó Hank—. Tengo una sorpresa para la cumpleañera.

Teddy empezó a levantarse.

—Papá, puedo ayudart…

—Siéntate, Theodora. Es tu cumpleaños. —Fui a ayudar a Hank a levantarse de la silla.

—¿Adónde vamos? —pregunté.

—A la despensa. —Caminamos en esa dirección y Hank abrió la puerta de la despensa. Movió una caja de cereales para revelar un plato de lo que supuse que eran galletas de avena con pepitas de chocolate, las favoritas de Teddy. Cogí el plato y se lo pasé para que fuera él quien las colocara delante de Teddy—. Gracias, Emmy —dijo.

Volvimos a la mesa, donde Teddy esperaba impaciente. Hank dejó el plato de galletas delante de una Teddy sonriente.

—¿Cuándo has tenido tiempo para hacerlas?

—Ayer, mientras estabas en el trabajo. Tuve que abrir todas las ventanas para asegurarme de que no las olieras cuando llegaras a casa.

—Gracias, papá.

—Ha pasado tiempo, así que es posible que sepan a mierda.

Teddy cogió una galleta y le dio un bocado enorme.

—Están perfectas —dijo. Su voz estaba tensa, como si estuviera conteniendo las lágrimas—. Joder, Hank. —Se quitó una lágrima del rabillo del ojo—. Te quiero, viejo.

—Yo también te quiero, coco. Bien, señoritas, coged una galleta e id a prepararos. Las bebidas de cumpleaños de La Bota del Diablo no se van a beber solas. —Hank se inclinó y le dio a Teddy un beso en la sien antes de agarrar su bastón, el cual había estado colgado en el respaldo de la silla. Tanto Teddy como yo nos levantamos y vimos cómo llegaba hasta su silla del salón antes de recorrer el pasillo hacia su habitación.

La habitación de Teddy era una extensión suya. Era el sueño de cualquier maximalista de la decoración. Una de las paredes estaba inspirada en una galería, pero no tenía marcos ni obras de arte colgadas. Solo eran pinturas de marcos llenas de cosas pintadas por ella misma.

Tenía una alfombra de cuadros blancos y negros sobre el suelo de roble, una colcha de color esmeralda intenso, cojines multicolores en exceso y más pilas de libros que la biblioteca de Meadowlark.

—Dios, solo mi padre podía hacerme llorar por una tanda de galletas —dijo mientras intentaba secarse las lágrimas.

—Voy a llorar por las puñeteras galletas y ni siquiera eran para mí —contesté.

—No vayas a creerte que las lágrimas te librarán de contarme lo que pasó anoche entre Brooks y tú.

Solté un gemido. Tenía la esperanza de que se le hubiera olvidado.

Inocente de mí.

Me dejé caer en la cama de Teddy y me tapé la cara con el brazo. No se vio disuadida.

—Escupe —exigió.

—¿Por qué tengo que contártelo si ya lo sabes? —me quejé.

—Porque es divertido hacer que admitas cosas. Además, es más real cuando lo dices en voz alta. —Hizo una pausa, esperando a que hiciera justo eso.

—Bien. Me acosté con él. —Tenía razón. Se volvió más real después de decirlo en voz alta.

—¿Te acostaste con quién?

—Eres insoportable. ¿Lo sabías?

—Solo intento asegurarme de que no me pillas por sorpresa. —Rodé sobre mi espalda y miré a mi mejor amiga a los ojos.

—Me acosté con Luke. —Ya había salido a la luz, y no podía evitarlo. No es que quisiera hacerlo, pero todo esto era muy nuevo para mí. Me esperaba que, al contarle a Teddy lo que pasó entre Luke y yo, alguna clase de arrepentimiento o malestar burbujeara bajo mi piel, pero no fue así.

Lo único que sentí fue… felicidad. Satisfacción, incluso.

—Lo sabía, joder. Casi me dejas ciega con tanto resplandor. —Teddy se puso las manos sobre los ojos, como si estuviera tapándose del sol.

—Eso no pasa —argumenté mientras le apartaba las manos de la cara.

—Claro que pasa —replicó, y me agarró la mano para que tuviera un brazo menos con el que taparme los ojos. Teddy no iba a dejar que me escondiera—. Y a ti te está pasando. ¿Cuántos orgasmos han hecho falta para conseguirlo? ¿Tres? ¿Cuatro?

—Cinco —murmuré.

—¡¿Cinco?! —Teddy sacudió la cabeza con incredulidad, y no pude evitar exhalar una carcajada.

—Podrían haber sido más —empecé—, pero las cosas llegaron a un abrupto final cuando, esta mañana, Wes llamó a la puerta de mi cabaña. —Teddy abrió mucho los ojos y se quedó boquiabierta.

—Por favor, dime que tu hermano no pilló a Brooks en tu cama. Asumo que no lo hizo, ya que no he oído nada sobre un asesinato hoy. No es que Wes fuera a asesinar a nadie, pero se lo diría a Gus y ahí sí.

—No, escondí a Luke en el baño, pero sin darme cuenta abrí la puerta con su camiseta puesta.

Teddy seguía boquiabierta.

—Tienes suerte de que ayer se decantara por la camiseta negra lisa, o habrías estado jodida. En el mal sentido. No en el buen sentido en el que es obvio que estuviste anoche. —Noté cómo el rubor me subía por el cuello. No se equivocaba en ninguna de las dos cosas—. ¿Qué vais a hacer ahora? ¿Sois… pareja?

Había estado temiendo esa pregunta, pero sabía que iba a llegar.

—No lo sé —respondí. Me acordé de cómo Luke había dicho que le importaba y que no quería ser mi secreto—. Dijo que quería ver adónde iba.

—¿Qué más dijo? Te estás guardando algo. —La adoraba, pero Dios Santo, a veces su detector de mentiras humano era irritante de narices.

—¿Cómo lo sabes? —pregunté.

—Porque parece que estás estreñida.

Vale, tiene sentido.

—Dijo… —Dudé un segundo—. Dijo que no quería ser mi «sucio secretito».

Teddy se dejó caer en la cama a mi lado.

—¿Eso es lo que quieres que sea?

—¿Qué? No, claro que no. —Y lo decía en serio. No sabía muy bien lo que quería que fuera Luke, pero, sin duda, no era eso—. Es que toda esta situación es demasiado. Hace tres semanas, Luke Brooks era la única persona a la que habría golpeado en la cara si me lo hubieran pedido. Pero ahora me dice que le importo, y la forma en la que me besa me hace sentir como si estuviera flotando, y no sé cómo lidiar con eso.

Las palabras salieron de mi boca sin darme tiempo a respirar. Una vez que empezaron, no pude detenerlas. Volví a taparme los ojos.

—No quiero que sienta que es un secreto, pero tampoco quiero anunciárselo al mundo y ver cómo su amistad con mis hermanos implosiona mientras yo sigo intentando averiguar qué narices está pasando. Porque la situación es que, en realidad, no lo conozco tan bien y no sé si todo esto es tan real como parece cuando estoy con él.

Teddy soltó un silbido bajo.

—Mucho que desentrañar, ¿eh?

—Sí. —Suspiré.

—No te pidió que corrieras a contárselo a tus hermanos de inmediato, ¿no?

—No.

—Bien, porque es razonable que quieras algo de tiempo y es razonable que él te cuente lo que le preocupa. ¿Verdad?

Me destapé los ojos y miré al techo de Teddy.

—Verdad.

—Vale, bien. Esto es lo que vamos a hacer. Esta noche no vamos a preocuparnos por eso. Sé que crees que tienes que tomar una decisión ya, pero no es así. Todo se ve diferente después de unos días, así que dale un poco de tiempo para que se solucione dentro de tu cerebro. ¿Vale?

—Vale. —Giré el cuello para mirar a Teddy, tumbada a mi lado en la cama—. Perdón por ponerme un poco de los nervios.

—Creo que deberías hacerlo más a menudo. Es saludable. Me alegra que me hables de esto, Em. No tienes que pasar por esta época tú sola. Volver a casa, averiguar cuál va a ser tu próximo paso y sentir algo inesperado por el mejor amigo de tu hermano es mucho que gestionar a la vez para cualquiera

Y Teddy ni siquiera sabía la mitad. Me invadió la culpa por todo lo que no le había contado a mi mejor amiga.

Solo necesitaba algo de tiempo.

—¿Quieres ir a otro sitio esta noche? ¿Distanciarte un poco? —El plan era ir a La Bota del Diablo con Teddy y algunas de sus amigas de la *boutique*.

Igual debería haber querido distanciarme un poco de Luke, pero no era así. Quería verle, vislumbrarle a través de la oscuridad del interior de La Bota del Diablo. Quería ir allí. Incluso sin Luke de por medio, era el único lugar con el que se podía contar para pasar un buen rato, y sabía que a Teddy le encantaba.

La dualidad de Teddy consistía en que podía ser el centro de atención al mismo tiempo que se centraba constantemente en las necesidades y la comodidad de los demás. Yo tenía que mejorar en lo de prestar más atención a las suyas. Renunciaría sin ningún tipo de problema a La Bota del Diablo y a todos sus planes de cumpleaños si pensara por un segundo que yo no quería ir, pero sí que quería.

Negué con la cabeza para decirle que no quería ir a ningún otro sitio.

Su boca se estiró en una sonrisa.

—Bien. Espera a que Brooks te vea con el vestido que te he hecho.

—¿No te parece raro que me hayas hecho un vestido para tu cumpleaños? —Teddy me miró como si eso fuera lo más estúpido que hubiera salido de mi boca—. Vale, da igual.

Teddy se dirigió al armario y sacó un portatrajes negro. Lo acercó a la cama y lo colocó en el sitio en el que estaba hace un momento.

—Ábrelo antes de que explote —dijo.

Me incorporé y bajé la cremallera del portatrajes. Al instante me topé con un color carmesí precioso e intenso.

Saqué el vestido entero y me encontré con un vestido de verano sencillo, pero muy bien confeccionado. Parecía que me llegaría un poco por debajo de la mitad de los muslos. El corpiño era ajustado, con un escote cuadrado y unos tirantes gruesos. Teddy sabía que me gustaba cómo estos escotes y tirantes me realzaban las clavículas, igual que el bikini que me puse para ir con Luke a los manantiales. Teddy fue quien me ayudó a elegirlo.

—Teddy, es precioso. Me encanta.

—Sabía que te gustaría. El rojo es tu color, pero no lo usas lo suficiente. —Ni siquiera era capaz de pensar en otra cosa roja que tuviera además del bikini. ¿Puede que una de las camisetas viejas de Budweiser de Gus? Sin duda, nada como esto—. Y sé que no soportas la textura del lino, así que la parte de arriba está forrada con tejido de punto. Pero es ligero, así que no deberías pasar calor ni nada.

—En serio, me encanta. Gracias. —Le di un abrazo—. Estoy deseando ponérmelo.

—Todavía no. Antes de que puedas ponértelo, tenemos que completar todo un montaje de cumpleaños barra momento en el que la prota de una comedia romántica se prepara. Es el último capítulo de la serie.

—¿Sí?

—Sí. Tenemos que asegurarnos de que recibo el regalo que quería.

—¿Y cuál es?

—Ver cómo Luke Brooks se cae de rodillas en cuanto te vea.

# 19

---

# LUKE

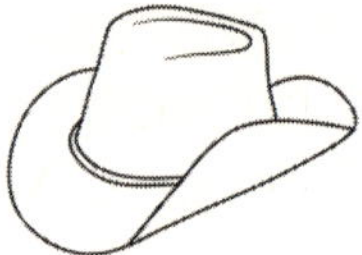

Me pasé el día en La Bota del Diablo aturdido. Se me cayó más de una silla mientras Joe y yo las quitábamos de las mesas, conté mal parte del inventario de licores y faltó poco para que se me cayera un estante de vasos de cerveza limpios. No me creía lo que había pasado anoche. Y esta mañana.

Cuando se trataba de Emmy Ryder, estaba perdido.

Antes de ayer, podría haberlo negado, pero ya no. Era algo más que el sexo, que obviamente era una puta pasada; era cómo me sentí cuando me desperté esta mañana con ella contra mí y cómo podría haberme quedado allí todo el día.

Yo no me despertaba con mujeres. Me iba antes de que saliera el sol, y jamás me arrepentía de haberme ido. Con Emmy no. Quería despertarme a su lado todos los días.

Por no hablar de cómo le quedaba mi camiseta.

Me habría pasado todo el día en su cama si no fuera porque Wes llamó a la puerta.

Por los putos pelos.

Pero prefería que nos pillara Wes antes que Gus. Quería llegar vivo a los cuarenta.

—¿Dónde tienes la cabeza hoy? —La voz de Joe irrumpió en mis pensamientos.

—¿Q-Qué? —pregunté. Estaba reponiendo la cristalería debajo de la barra y Joe estaba dando un último repaso a las mesas antes de abrir.

—Llevas todo el día distraído. ¿Qué te pasa?

—Nada. Es que no dormí mucho anoche.

Joe esbozó una sonrisa de suficiencia.

—¿Es una chica? ¿Eso es lo que te preocupa?

Dejé escapar un suspiro.

—Sí. Es una chica.

—Creo que nunca te había visto tan alterado por una chica. Debe de ser especial.

—Lo es —afirmé sin vacilar. Emmy lo era todo.

—¿Ella también cree que eres especial? —lo preguntó con sarcasmo, pero yo seguía con la duda. No lo sabía. Joe volvió a hablar antes de que tuviera la oportunidad de responder—: Ah. Conque eso es lo que te tiene trastornado. No sabes lo que siente por ti.

—Algo así. —Joe enarcó las cejas, esperando a que siguiera—. Creo que la presioné demasiado.

—No me estás diciendo mucho, chico.

No sabía cómo explicarle a Joe que me estaba enamorando de la única mujer en el mundo de la que no tenía permitido enamorarme.

—Todo esto es muy, muy nuevo. Para ambos. Pero creo que estoy preparado para algo más de lo que lo está ella, y no quiero meterle prisa.

—Vaya, que me aspen —dijo Joe mientras sacudía la cabeza.

—¿Qué?

—Te gusta de verdad. —La mirada de Joe era una mezcla de felicidad e incredulidad. «Créeme, Joe. Yo me siento igual».

—Me gusta —admití. Me gustaba Emmy. Mucho.

—¿Quieres mi consejo? —preguntó—. Te aviso que es posible que no valga mucho.

—Aceptaré lo que sea. —Teniendo en cuenta que la persona con la que normalmente hablaría de cosas así (si es que me pasaban cosas así en algún momento) sería Gus.

—Puede que no esté preparada, y no pasa nada. Tú sigue presente. En vez de decirle lo que sientes, sigue demostrándoselo. Los hechos valen más que las palabras y toda esa mierda.

Podía hacer eso. Iba a hacerlo. De todas formas, no se me daban muy bien las palabras.

—La verdad es que es un buen consejo. Gracias, Joe.

—De nada. Ahora, sácate la cabeza del culo. Abrimos en veinte minutos.

• • •

La Bota del Diablo era una puta casa de locos. Los viernes siempre se llenaba, pero esto era diferente. La banda había llegado tarde, pero por fin estaban preparados, y dijeron que iban a empezar a tocar en los próximos cinco minutos.

Como mis clientes no escucharan algo de Waylon Jennings pronto, iban a armarme una revuelta.

Esa noche tenía un camarero más, algo que agradecí. Eso me permitía ocuparme de las mesas y correr de un lado a otro con las diferentes cosas que necesitaba la barra. Mientras corría, noté un destello rojo en una de las mesas.

Era Emmy.

Hostia puta.

Llevaba un vestido del mismo color que el bikini que me volvió loco en los manantiales. Se le ceñía al pecho y al torso antes de ensancharse ligeramente a la altura de la cintura. Llevaba la mitad del pelo apartado de la cara, pero, al más puro estilo Emmy, le caían mechones alrededor del rostro.

Llevaba un par de botas vaqueras marrones diferentes de las negras que llevaba la primera noche que la vi en mi bar.

El vestido que llevaba parecía hecho a su medida, pero lo que más me llamó la atención fueron los labios rojos como la sangre. No le había visto con ese pintalabios antes.

Quería echar a perder esos labios rojos, con mi boca o con mi polla. No era quisquilloso. Me empezaron a apretar los vaqueros. Ya me había costado bastante controlar cómo reaccionaba mi cuerpo ante Emmy antes de acostarnos, pero ahora que lo habíamos hecho, joder, la deseaba con todas mis fuerzas.

Sacudí la cabeza. Emmy estaba en una mesa con otras chicas. Las reconocí del pueblo, pero no sabía cómo se llamaban. No vi a Teddy, pero eso significaba que lo más probable era que estuviera estafando a hombres en mi bar.

Aparté los ojos de Emmy. No se había fijado en mí y quería que esta noche se lo pasara bien con sus amigas. Después de todo, era el cumpleaños de Teddy.

Volví a la barra, donde, en efecto, Teddy estaba flirteando con mis clientes habituales, quienes se lo estaban tragando incluso más que de costumbre, puede que por la diadema y la banda de CUMPLEAÑERA que llevaba. Acabó con cuatro copas que no pagó y se las llevó a la mesa donde esperaban Emmy y las demás chicas.

Quería hablar con Emmy una vez solo, así que me puse detrás de la barra y empecé a preparar algo que no hago nunca: unos putos chupitos de *lemon drop*. Parecía algo que un puñado de chicas bebería en un bar por un cumpleaños, ¿no?

Da igual, lo estaba haciendo.

Terminé los chupitos, los puse en una bandeja y me dirigí a la mesa de Emmy. Ya está. Esto era lo único que iba a hacer. Llevarle chupitos a ella y a sus amigas, y luego la dejaría en paz el resto de la noche.

Emmy me vio cuando estaba a unos pasos de la mesa. Me sonrió y faltó poco para que se me cayera la puñetera bandeja.

—Señoritas —dije a modo de saludo. Me sentí como un maldito idiota—. He oído que es el cumpleaños de alguien.

—Sí, por eso nos traes bebidas gratis —contestó Teddy con sarcasmo, pero mis ojos estaban puestos en Emmy.

Mis ojos siempre estaban puestos en Emmy.

—Puedo llevármelas de vuelta —indiqué mientras le lanzaba una mirada rápida a Teddy.

—Ignórala —intervino Emmy—. Nos las beberemos.

Dejé la bandeja en el centro de la mesa y cada una cogió un vaso de chupito.

—Brooks —empezó Teddy—, ¿esto es un puto *lemon drop*? —La sonrisa de Emmy aumentó.

—Sí —respondí avergonzado.

—¡¿Me lo has estado ocultando todos estos años?! Ni siquiera sabía que se hacían aquí. —Las dos mujeres que había al otro lado de la mesa soltaron una risita.

—Esto es un caso aislado. No te acostumbres.

—Gracias —dijo Emmy. Miró a Teddy—. Da las gracias, cumpleañera.

—Gracias, Brooksy. Se agradece mucho.

Las chicas gritaron, golpearon los vasos de chupito contra la mesa y se los bebieron. Observé la garganta de Emmy mientras tragaba.

Dios Santo. Todo lo que hacía me ponía cachondo.

Volvieron a dejar los vasos en la bandeja y la cogí.

—Feliz cumpleaños, Teddy —dije, y le guiñé un ojo a Emmy mientras me alejaba.

Se sonrojó, y eso me produjo más placer del que debería.

No perdí de vista a Emmy en toda la noche. No en plan espeluznante, sino en plan «me gustas de verdad y creo que eres la mujer más hermosa del mundo».

Después del chupito que le llevé, no bebió mucho, solo un cóctel que se tomó despacio hasta que ella y el vestido rojo se abrieron paso hasta la barra. Ni en broma iba a dejar que nadie más le atendiera. Estuve a punto de llevarme a Joe por delante tratando de llegar a ella.

Me paré delante ella al otro lado de la barra.

—¿Qué te pongo, tesoro?

—Tómate un chupito conmigo.

Su respuesta me pilló por sorpresa. Me estaba mirando con fuego en los ojos, y no pude decirle que no. Saqué dos vasos de chupito de debajo de la barra.

—Elige el veneno.

—Tequila, por favor.

Me di la vuelta, cogí la botella buena de la barra de atrás y nos serví un chupito a cada uno antes de deslizar el suyo por la barra.

—¿Por qué brindamos? —pregunté.

—Por los nuevos comienzos.

Intenté no leer entre líneas. Chocamos los vasos y nos bebimos los chupitos del tirón, sin dejar de mirarnos el uno al otro en ningún momento.

«Joder».

Fue un milagro que no intentara hacérselo contra la barra en ese momento. Joe podría agradecérmelo más tarde.

Emmy se llevó una mano a la boca para limpiarse una gota de licor que tenía en la comisura de los labios. Ojalá lo hubiera hecho yo.

Necesitaba tocarla.

—¿Cuánto te debo? —preguntó.

—Invita la casa.

—¿Seguro?

Me incliné sobre la barra y le hice un gesto con dos dedos para que se acercara. Lo hizo, y por fin estaba en una posición en la que podía hablarle sin que nadie me oyera.

—Puedes agradecérmelo dejándome que te arranque ese puto vestido más tarde. —Incluso con la banda tocando y los clientes cantando, oí la aguda inhalación de Emmy.

Me aparté y volví a mi posición erguida al otro lado de la barra.

—Trato hecho —susurró antes de darse la vuelta y volver junto a sus amigas. Se chocó con algunas personas como si estuviera aturdida y no mirara por dónde iba.

Tenía un efecto tremendo en mí, y me gustaba ver que yo también tenía un efecto en ella. Pero entonces se chocó con un hombre que no reconocí, lo cual era raro, y él le puso la mano en la cintura para estabilizarla. La última vez fue Kenny Wyatt y ahora era este cabronazo.

En mi cabeza, le di dos segundos para quitarle la mano de encima antes de quitársela yo. Lo hizo.

Bien.

Moví los hombros hacia atrás y hacia abajo, intentando contener los celos, pero la forma en que le sonreía me alteró, y no en el buen sentido en el que me había alterado el vestido rojo de Emmy. Vi cómo Emmy se disculpaba por haberse chocado con él y volvía a su mesa.

La miró.

Iba a tener que echarle un ojo a eso.

La siguiente hora o así fue un torbellino. Sí que era una noche desenfrenada. La banda se estaba centrado en el *country* de los noventa, y no había nada que pudiera animar un bar como Alan Jackson.

Todo el mundo estaba muy borracho y agitado. Al parecer, todos habían venido a celebrar el cumpleaños de Teddy.

A mitad de la canción *Good Time*, me di cuenta de que el hombre que le había puesto la mano encima a Emmy se había acercado a su mesa con algunos amigos. Llevaba unos pantalones vaqueros y una camisa vaquera. Doble vaquero.

Menudo gilipollas.

«Solo están hablando, Luke. Cálmate».

Teddy y las otras chicas estaban coqueteando. Yo había estado al otro lado y había trabajado aquí el tiempo suficiente como para saber lo que parecía. Doble Vaquero estaba hablando con Emmy, pero ella no paraba de mirar a Teddy y de apartarse.

No estaba interesada. Bien.

Me dirigí al extremo de la barra más cercano a su mesa, diciéndome que era allí donde tenía que estar para limpiar los vasos, lo cual era una gilipollez, pero no me importaba. Fue entonces cuando Doble Vaquero movió ficha. Puso una mano en la rodilla de Emmy que tenía cruzada sobre la otra pierna. Ella se movió para apartarlo, pero él volvió a poner la mano.

Ni de putísima broma.

Me acerqué a su mesa en tres segundos.

—Quítale la puta mano de encima. —La mirada de Doble Vaquero salió disparada hacia mí. Parecía sorprendido, pero no se movió—. Ya. —Mi voz era irreconocible.

—Tranquilo, colega. Solo estábamos hablando.

—No parece que quiera hablar contigo, «colega». —Doble Vaquero miró a Emmy, quien me estaba mirando de una forma poco amistosa.

No me importó.

—Estamos bien, ¿verdad, cariño?

Ya está. Di un paso hacia él para agarrarle por el cuello de su estúpida camisa vaquera y poner su cara a la altura de la mía. Era unos centímetros más bajo que yo, así que lo puse de puntillas.

—Coge a tus amigos y vete cagando hostias de mi bar.

—No puedes estar hablando en serio, tronco.

—En serio se queda corto. —Le empujé, y Joe, que había aparecido de la barra, lo atrapó antes de que se cayera al suelo. Supongo que lo había empujado más fuerte de lo que pensaba. Empezó a arremeter contra mí, pero Joe le sujetó.

—No montemos una escena, chicos. Idos ahora, y a vuestra última ronda invita la casa —dijo Joe.

Doble Vaquero se quitó a Joe de encima.

—Vámonos. Este sitio es una gilipollez, y una puta no merece esto.

Antes de que pudiera empezar a alejarse, le agarré por el hombro y le golpeé. Con fuerza. Mi puño impactó en su cara con un crujido desagradable, y Doble Vaquero quedó tendido en el suelo durante unos segundos.

Volvió a levantarse y se abalanzó sobre mí. Le agarré el puño con la mano (había lanzado un puñetazo muy flojo) y le retorcí el brazo contra la espalda. Estaba cara a cara con Emmy, pero me aseguré de que no estuviera tan cerca como para que pudiera tocarla.

—Discúlpate —espeté.

—¿Qué dices, tío? ¿Qué cojones te pasa?

—Discúlpate —repetí. Doble Vaquero intentó darse la vuelta y mirarme, pero le apreté el brazo con fuerza y se lo retorcí. Volvió a mirar a Emmy, que tenía la mandíbula desencajada.

—Lo siento —exclamó Doble Vaquero.

—Ahora pírate de mi bar de una puta vez. —Lo empujé hasta sus amigos, quienes parecía que se habían cagado encima.

—Lo siento, tío. Nos vamos. —Era uno de los amigos de Doble Vaquero. Mierda. Teniendo en cuenta lo asustados que parecían estar sus amigos, casi me sentí mal por pegarle, pero nadie le hablaba así a Emmy y se salía con la suya.

Los cuatro cruzaron la puerta y, cuando esta se cerró tras ellos, todo el bar prorrumpió en vítores. Supongo que cuando el dueño del bar pegaba a alguien, la gente pensaba que se lo merecía.

Volví a mirar a Emmy, que tenía los brazos cruzados y me seguía mirando de una forma poco amigable. En vez de darle la oportunidad de gritarme delante de todos, quienes más o menos habían vuelto a lo que estaban haciendo antes del puñetazo, la levanté de la silla y me la eché al hombro como si fuera un saco de patatas, teniendo mucho cuidado de sujetarle el vestido para que nadie se llevara un espectáculo gratuito. Ahora era Teddy la que estaba vitoreando.

La cumpleañera tenía una sonrisa gigante en la cara. Conociéndola, lo más probable era que, de alguna manera, hubiera orquestado todo esto.

Emmy Ryder era mía, y se lo iba a demostrar ahora mismo.

—¡Brooks! Bájame ya, neandertal. ¿De qué vas?

—No puedo, cielo —respondí mientras atravesaba el bar con ella sobre el hombro. Me golpeó la espalda con los puños. Qué mona.

—Estás como una puta cabra, ¿lo sabías?

—Solo por ti.

—Madre mía, ¡bájame! —Siguió protestando, pero la ignoré. No la bajé hasta que llegamos a mi despacho y la puerta estuvo cerrada con llave a nuestras espaldas. Con cuidado, bajé a Emmy al suelo y, en cuanto sus pies lo tocaron, me empujó.

—¿Qué cojones te pasa? No puedes ir por ahí pegando a la gente cuando me hablan.

—Te puso las manos encima, tesoro. Nadie te pone las manos encima.

—Esto es el mundo real, Brooks, no una puta novela romántica. No necesito que me rescates de un baboso en un bar. Puedo apañármelas sola. —Emmy me miró fijamente. Sus ojos ardían, tal y como a mí me gustaban.

—Obvio que puedes apañártelas sola.

—Entonces, ¿por qué te has abalanzado sobre uno de tus clientes y le has agredido físicamente como si fueras una especie de vaquero justiciero?

Agarré a Emmy por la cintura y la empujé contra la puerta del despacho. Le recorrí la garganta con la boca y sustituí la boca por la mano cuando llegué a sus labios. Le di un beso rápido apoyando la frente contra la suya.

—Porque sí, tesoro. Ver cómo te tocaba otra persona me ha hecho perder la puta cabeza —susurré.

Emmy tenía el pecho agitado. La ira de sus ojos se había transformado en otra cosa.

—N-No puedes ha-hacer eso —tartamudeó.

Llevé la mano que no estaba en su garganta al dobladillo de su vestido antes de colarla por debajo y tocarle la suave piel del muslo.

—¿Por qué no?

—P-Porque no. G-Golpear a la gente está mal.

Me reí entre dientes y seguí subiendo la mano por el vestido hasta llegar a las bragas. O, al menos, donde deberían haber estado.

«Joder».

—¿Quieres saber lo que está mal? Que traigas este coño desnudo a mi bar como una pequeña zorra perfecta.

Emmy gimió. «Joder». Me volvía loco.

La provoqué con los dedos.

—Estás goteando, cariño. ¿Cuánto tiempo llevas así? ¿Necesitada y desesperada? —El sonido de la banda ahogaba todo lo que estaba sucediendo fuera del despacho. Ahora solo estábamos nosotros.

—Desde que te vi detrás de la barra.

—¿Sí? ¿Por eso viniste a tomarte un chupito conmigo? ¿Para intentar que le prestara atención a tu necesitado coño?

—Tenía sed.

Al oír eso, agarré la botella de *whisky* que estaba sobre la mesa que había junto a la puerta del despacho y quité el tapón con los dientes.

—¿Sed? ¿Todavía tienes sed, tesoro? —Asintió—. Abre la boca —le ordené.

La abrió al momento, y mi polla, ya dura, se sacudió al ver su boca abierta y dispuesta a tomar cualquier cosa que le diera.

Le di un trago al *whisky* antes de dejar la botella sobre el escritorio, pero no tragué. Me incliné hacia Emmy, con la mano todavía sujetándole la garganta y manteniéndola contra la puerta del despacho, y le escupí el *whisky* en la boca.

Tragó.

Sentí cómo su garganta trabajaba bajo mi mano. «Joder». Emmy lo era todo.

Le metí la mano debajo del vestido y se le pusieron los ojos en blanco cuando deslicé la punta del dedo entre sus pliegues. Empezó a mover las caderas, pero aparté los dedos enseguida. Abrió los ojos de golpe.

—¿Qué coño? —exclamó.

—Tú eras la que estaba enfadada conmigo, tesoro. No quiero que hagas nada de lo que te puedas arrepentir —dije, sonriendo. Me encantaba provocarla. La chupé de mis dedos, mezclando su sabor con el ardor del *whisky* antes de soltarle la garganta y retroceder. Tenía la polla dolorosamente dura dentro de los vaqueros.

—¿Me tomas el pelo? —jadeó Emmy.

—No.

—¿Por favor?

Dios, me encantaba oírla suplicar por mí. Me recordaba que me deseaba tanto como yo a ella.

—También has estado bebiendo —añadí, aunque sabía que no estaba borracha; lo más probable era que no se le hubiera subido nada.

—Me he tomado dos chupitos y medio vodka con soda, y no te ofendas, pero tus chupitos de *lemon drop* son flojos.

Le sonreí.

—¿Crees que insultando mis habilidades cocteleras vas a hacer que cambie de opinión?

—Depende de lo que te guste —dijo, coqueta.

—Solo tú.

Emmy acortó la distancia que nos separaba y apretó los pechos contra los míos.

—Si no vas a tocarme, déjame tocarte yo.

«Joder». Emmy arrastró la mano por mi pecho hasta llegar al bulto que se me había formado en los vaqueros.

Me sobresalté. Soltó una risita.

—Deberías dejar que me encargue de esto —dijo con un tono dulce. Mierda. ¿Cómo había pasado esto? «Auxilio, auxilio». Había perdido el control de la situación.

—E-Estoy bien. —Ahora era yo el que tartamudeaba. Emmy me frotó por encima de los pantalones con la mano, aplicando algo de presión. Empezó a empujarme hacia el escritorio. Dejé que lo hiciera hasta que la parte trasera de mis piernas chocó contra el borde. Se puso de puntillas y me dio un beso rápido antes de ponerse de rodillas. Podía ver hasta el fondo de ese vestido rojo que llevaba. Empezó a desabrocharme el cinturón.

—¿Puedo?

¿De verdad creía que iba a negarme? Toda palabra había abandonado temporalmente mi cerebro mientras miraba a la hermosa mujer que estaba de rodillas.

Lo único que fui capaz de hacer fue asentir con la cabeza.

—Dime que sí, Luke —dijo. Sí que se habían cambiado las putas tornas esta noche, ¿eh?

—Sí, tesoro. Veamos qué aspecto tienes con mi polla en la boca.

Emmy consiguió desabrocharme el cinturón y los pantalones en segundos. Se inclinó hacia mí y me pasó la lengua por encima de la tela de los calzoncillos antes de bajármelos. Mi polla se liberó. La cabrona básicamente intentó meterse en su garganta, pero ella no se la introdujo en la boca todavía.

En vez de eso, me agarró la polla con una mano, se inclinó hacia mí y, despacio, me lamió el líquido preseminal de la punta. No pude evitar soltar un gemido cuando su lengua entró en contacto. Me dio unos cuantos lametones más y movió la mano hacia arriba y hacia abajo a lo largo de la base de mi polla. Virgen Santa. Iba a correrme antes de que llegara a más.

«Relájate, Luke. Piensa en otra cosa, cualquier otra cosa que no sea la chica que está a punto de meterse tu polla en la boca». Recité una lista de cosas poco sexis en mi cabeza. «Conexión perdida en el aeropuerto, nevera rota, vacas pariendo».

Vale. Vale. Podía hacerlo. Estaba seguro… hasta que Emmy se metió mi polla en la boca tan hondo como pudo.

—Jodeeer, Emmy. Eres preciosa. —Nunca me había considerado un tipo expresivo, pero con Emmy eso se iba a pique. Encontré resistencia en la parte posterior de su garganta, y dejó escapar lo que pareció un sonido de frustración.

Ajustó la altura y sentí que movía la lengua. Me introduje más, y empezó a mover la mano y la boca sobre mí.

—Te encanta ahogarte con mi polla, ¿verdad? —dije. Tenía la voz ronca y se me había cerrado la garganta. Emmy me miró a través de las espesas pestañas y asintió como pudo.

Quería que en mi puta lápida se proyectara la imagen de ella de rodillas y con los labios rojos alrededor de mi polla.

Le agarré el pelo, intentando recordar que tenía que ser gentil, pero cuando le metí la polla hasta el fondo de la garganta, gimió. Se había metido la mano que no estaba encargándose de mi longitud debajo del vestido. Se estaba tocando.

—¿Chuparme la polla te pone cachonda, nena? ¿Quieres que te folle esta boca que tienes? —Emmy quitó la mano de mi polla y me la puso en el culo, tirando de mí para que entrara más.

No pude soportarlo. Entrelacé ambas manos en su pelo y empujé dentro de su boca. «Dios mío», era perfecta. Ambos estábamos gimiendo. Joder, se sentía tan bien, pero no quería correrme en su boca. Esta noche no.

—Necesito correrme dentro de ti, cielo. Déjame que te llene otra vez. —Estaba obsesionado con marcar a Emmy como mía. Ella siguió, pero yo bajé la mano, la levanté hacia mí y acerqué sus labios a los míos con brusquedad. Nuestro beso fue violento, como si estuviéramos viendo cuánto era capaz de aguantar el otro.

Emmy se apartó primero.

—No había terminado —dijo con la voz entrecortada.

La moví de modo que quedara aprisionada entre el escritorio y yo, con la espalda pegada a mi torso.

—Lo único que ahora mismo quiero más que correrme en tu boca es llenarte tu coño perfecto. —Necesitaba que me dijera que le parecía bien antes de que nos dejáramos llevar—. ¿Quieres que te folle en este escritorio, tesoro? ¿Puedo?

—Sí, Luke. Por favor.

«Menos mal, joder». Empujé a Emmy hacia abajo para que quedara inclinada sobre el escritorio y levanté el vestido que llevaba provocándome toda la noche.

—Este vestido me ha estado torturando toda la noche.

—Me lo he puesto solo para ti.

—Bien. Si te lo pusieras para otro hombre, tendría que matarlo. —Se rio, pero no estaba de broma. Le acaricié el culo y le abrí el coño con los pulgares. Estaba mojada y reluciente. Todo para mí. Empecé a meter la polla en su calor húmedo.

Vi las estrellas.

Le agarré las caderas y me abrí paso despacio, consciente de que esta posición sería intensa para ella. Sabía que la tenía grande. Una vez que me hube acomodado por completo en su interior, me detuve. Mierda, me iba a correr. «No». No antes de que lo hiciera ella.

«Nevera rota. Nevera rota. Nevera rota».

Emmy empujó el culo contra mí.

—No te muevas —dije con la voz ronca—. Dame un minuto. —Apreté los ojos.

—¿Todo bien por ahí atrás? —Oí la sonrisa en su voz. Me encantaba, joder. Me encantaba cuando estaba así de feliz.

—Sí —murmuré—. Todo bien. —El peligro había pasado.

—Entonces, por favor, empieza a moverte antes de que pierda la puñetera cabeza.

No tuvo que pedírmelo dos veces. Me retiré un poco y volví a penetrarla. Con fuerza.

Lo hice una y otra vez.

Emmy gritó.

—Sí, Luke, así. Fóllame, por favor. —Siempre lo pedía con tanta educación. Pensé en aquel tipo poniéndole la mano encima. Mi siguiente embestida fue más fuerte. Notaba cómo el escritorio se movía por el suelo, pero me la sudaba. Lo único que importaba éramos Emmy y yo y el lugar en el que estábamos conectados.

Volví a acercarla a mí para que estuviera erguida. Llevé los dedos a su clítoris y empecé a acariciarlo mientras me la follaba. Su coño empezó a apretarse alrededor de mi polla como un tornillo de banco. Me agarró la mano que tenía en la cadera y se la subió por los pechos hasta la garganta.

«Joder».

Le agarré la garganta con suavidad y apliqué una ligera presión en los laterales. La cabeza de Emmy cayó contra mi hombro.

—Sí, sí, sí —jadeó—. Así te noto muy profundo, Luke.

—Estás hecha para mí —dije. La penetré con más fuerza—. Dime que eres mía, Emmy. —Necesitaba oírlo.

—Soy tuya.

—Así es, tesoro. Soy el único que puede tenerte así.

—V-Voy a… —No llegó a terminar, porque los dos estallamos al mismo tiempo. Me derramé en su interior y mis embestidas se volvieron cada vez más cortas y superficiales.

Ambos respirábamos con dificultad, y uno de los tirantes del vestido de Emmy se le había caído del hombro. Despacio, salí de ella y vi cómo ambos nos escurríamos por sus muslos.

—No te muevas —dije. Me metí la polla medio empalmada en los vaqueros y cogí unos pañuelos antes de volver junto a Emmy. Le limpié los muslos con delicadeza y le volví a bajar el vestido.

Se dio la vuelta y la rodeé con los brazos. La abracé y la besé en el pelo y en la sien. Suspiró. Sonaba… contenta. Me dio un vuelco el corazón.

Le acaricié los brazos y me llevé una de sus manos a la boca para darle un beso en la palma, tras lo que entrelacé nuestros dedos. La conduje al sofá que había al lado del escritorio. Me senté y la traje conmigo. La coloqué sobre mi regazo, le metí la cabeza debajo de mi barbilla y seguí acariciándole los brazos y la espalda con movimientos circulares.

—¿Luke? —dijo en voz baja.

—¿Sí, cielo?

—Me gustas.

—¿Estás segura de que no es más que la dopamina que acabamos de generar llegándote al cerebro? —pregunté con tono de broma mientras procuraba no darle demasiadas vueltas a su confesión.

Alzó la cabeza y me miró a los ojos.

—No. Quiero que sepas que me gustas. No sé cuándo estaré preparada para contárselo a mi familia, pero se lo contaré. Solo necesito un poco de tiempo, ¿vale?

Esta mujer me tenía a su merced y ni siquiera era consciente de ello. Levanté la mano para acariciarle la cara.

—Tómate todo el tiempo que necesites. No pretendía presionarte esta mañana —contesté, y lo decía en serio. La espera había merecido la pena. Llevaba treinta y dos años esperándola sin ni siquiera saberlo, y todo el tiempo había estado delante de mí.

—No lo hiciste. Mi tiempo de procesamiento es más largo que el de un ser humano normal. —Acomodó la cabeza bajo mi barbilla.

Puede que le gustara a Emmy Ryder, pero fue ahí cuando supe que me estaba enamorando de ella.

# 20

# EMMY

Al día siguiente, tenía que hacer unos recados en la ciudad con mi padre. Cuando entré por la puerta trasera de la Casa Grande, me estaba esperando en la cocina.

Al parecer, una de las empacadoras de heno seguía dando problemas. Ya íbamos retrasados en el empacado y ese era el motivo por el que la vena de la frente de Gus estaba a treinta segundos de estallarle. A Amos no, sin embargo. Seguía tan firme como siempre.

Me saludó con un abrazo. Me encantaban los abrazos de mi padre. No los daba a medias. Cada vez que nos abrazaba, lo hacía como si fuera la última vez.

—Hola, peque. ¿Estás lista?

—Buenos días. Sí, manos a la obra. —Caminamos hacia su camioneta. Mi padre era un hombre de Ford. Personalmente, tenía mis problemas con el tipo que creó la semana laboral de cuarenta horas, pero eso no venía al caso.

Esta mañana hacía más fresco, señal inequívoca de que el otoño estaba en camino. Willie Nelson sonaba bajito por los altavoces de la camioneta. Miré por el parabrisas delantero. Todo eran árboles verdes y un cielo pintado de azul. Dentro de un mes o dos, las hojas de los árboles cambiarían y este paisaje verde y azul se convertiría en fuego.

—¿Qué tal va todo? ¿Te estás instalando bien? —preguntó mi padre.

—Sí, todo bien.

—¿Cuánto tiempo ha pasado? ¿Un poco más de un mes? —Con esa simple pregunta, ya sabía por qué estábamos yendo al pueblo los dos solos. Sí, mi padre quería pasar tiempo conmigo, pero también quería saber cuáles eran mis planes.

—Más o menos, sí.

—Supongo que ya sabes lo que voy a preguntar a continuación, peque.

Dejé escapar un suspiro.

—No lo sé, papá.

— Eso es raro en ti. —Lo era. Siempre estaba pensando en lo que vendría después—. ¿Qué pasa?—. Sinceramente, me sorprendía que hubiera tardado tanto en preguntar, pero para ser justos, no le había dado la oportunidad—. Cuando llegué a casa y estabas aquí, me puso muy feliz verte, y sabía que te alegrabas de estar en casa, pero en cuanto te vi, supe que mi pequeña estaba triste.

Mi padre se frotó la barbilla con la mano que no estaba sobre el volante. Tenía los ojos puestos en la carretera, y yo en él. Me fijé en su pelo, que era mucho más gris de lo que lo recordaba, y se le marcaban más las arrugas. Tenía la preocupación grabada en ellas.

Cuando miré a mi padre, que no era tan joven como lo era en mi cabeza, el hecho de que el tiempo había seguido avanzando en Rebel Blue incluso cuando yo no estaba me golpeó como un tren de carga.

Me pregunté qué era peor para él: preocuparse por mí cuando no estaba o preocuparse por mí cuando estaba justo delante de él, pero fuera de su alcance.

Pues claro que sabía que me pasaba algo. Era mi padre. En lo que a padres respectaba, era el único que había conocido. Y en vez de volver a casa y abrirme a él, dejarle que hiciera lo que mejor sabía hacer (ser padre), me había encerrado en mi cabaña y me había puesto una máscara delante de mi familia.

—Me rompió el corazón, pero dejé que lo superaras sola porque sé que así es como te gusta hacer las cosas. Durante las últimas semanas no has parecido estar tan triste, así que supuse que habías resuelto algunas cosas en esa cabeza desordenada que tienes. ¿Lo has hecho?

—La verdad es que no —respondí con sinceridad. En todo caso, tenía un desorden aún mayor en la cabeza ahora que estaba enredada con Luke Brooks, pero estaba claro que mi padre no necesitaba saber eso—. Creo que no quiero volver a Denver, pero tampoco sé lo que haría aquí a largo plazo. No sé dirigir cosas como Gus y no tengo un proyecto como Wes.

Mi padre mantenía una mano sobre el volante mientras que con la otra seguía frotándose su corta barba.

—Entonces, ¿no más carreras? —preguntó.

—No más carreras. Voy a correr en las regionales —dije, sin saber cuándo lo había decidido. Ahora, al parecer—. Y luego ya está. Ya soy una de las jinetes más veteranas del circuito.

Mi padre se quedó callado. Dudo que le sorprendiera. Era un incordio, pero mi padre y mis hermanos me conocían bien. Seguro que intuyeron que había dejado de correr en cuanto volví a casa. Hasta ahora, Gus era el único que había intentado que lo admitiera, pero ni siquiera él tenía la capacidad de seguir presionándome.

—¿Todavía quieres seguir con esta vida? —preguntó al final. Con «esta vida» se refería al rancho—. ¿O te ves haciendo otra cosa?

Era una buena pregunta, y ni siquiera tuve que pensar la respuesta.

—Quiero estar cerca del rancho. —Vi cómo parpadeaba una luz en los ojos esmeralda de mi padre.

Había estado pensando en ello durante las últimas semanas, y era incapaz de verme en otro lugar que no fuera Meadowlark o Rebel Blue. Para alguien que se esforzó tanto para salir de aquí, era raro sentir que era donde debía estar.

—Me vendría bien alguien que enseñe equitación —dijo mi padre. Su voz sonaba algo tensa. En plan emocional.

—Papá, ¿estás bien?

—Sí, peque. Más que bien. Me alegraría por ti dondequiera que fueras, pero me alegro de que quieras estar aquí. —Mi padre nunca había intentado retenerme en Meadowlark. Cuando le conté mis planes, los aceptó y me apoyó siempre que pudo.

Me pregunté cómo de difícil fue para él verme partir.

—Bueno, ¿qué te parece ser instructora de equitación durante la temporada de invierno? Me vendría bien algo de ayuda con el adiestramiento de caballos. Entonces veremos en qué punto estamos.

—Luke da clases.

—Luke, ¿eh? —Mi padre enarcó una ceja mientras me miraba. *Mierda*. Nunca llamaba a Luke por su nombre de pila. Seguro que no se le había pasado por alto—. Sí, y lo hace bien. Pero ese chico no da abasto. No sé cómo lo hace todo.

—Yo tampoco —dije con sinceridad. Daba clases los sábados, trabajaba en el rancho casi todos los días y, literalmente, tenía su propio negocio. No sabía si superaría alguna vez lo diferente que era en la realidad de cómo era en mi cabeza.

—Además, Ronald y su esposa quieren irse a Yuma. Vivir sus años dorados en un clima cálido. Así que, en todo caso, podrías quedarte a los adolescentes y a los adultos. Luke podría quedarse con los niños si quisiera, pero algo me dice que te los cedería.

Se me aceleró el corazón.

—¿Por qué dices eso? —Intenté mostrarme indiferente. Mi padre tardó unos segundos en contestar y, cuando lo hizo, no supe muy bien qué pensar.

—En Rebel Blue no pasa nada que yo no sepa, peque.

• • •

Quince minutos más tarde, mi padre y yo llegamos al centro de Meadowlark. Después de su comentario sobre ser el ojo que todo lo ve en Rebel Blue, empezó a sonar *Mama's Don't Let Your Babies Grow Up to Be Cowboys*, y, cuando se trataba de Waylon y Willie, era imposible que Amos y yo no cantáramos.

Después de eso, mi padre sacó un cable auxiliar. Nunca dejaría de hacerme gracia que tuviera la camioneta más bonita y moderna de todos nosotros. Me lo pasó y enseguida encontré mi lista de reproducción de Highwaymen. Cantamos a todo volumen el resto del camino.

Llegamos a la tienda de tractores justo cuando *Big River* llegaba a su fin. Solo había estado en el centro de Meadowlark unas pocas veces desde que llegué a casa, todas ellas para ver a Teddy en la *boutique*, que estaba a unos cinco minutos a pie de la tienda de tractores.

Dentro de la tienda, mi padre se dirigió al mostrador. Iba a recoger una pieza, pero también a darle palique a Don Wyatt, el dueño, durante al menos veinte minutos, así que empecé a echar un vistazo.

Cuando algo se denominaba tienda de suministros para tractores, la gente asumía que solo vendía suministros para tractores. Esa gente estaba equivocada.

La tienda de suministros para tractores vendía casi de todo, y tanto Teddy como yo habíamos comprado un montón de vaqueros Wranglers aquí porque eran más baratos que en cualquier otro sitio.

Mientras ojeaba, vi una camiseta sin mangas y me acordé de Luke. Esta estaba hecha así, no como las suyas, a las que les metía un tijeretazo y esperaba que quedaran bien.

Le hice una foto y se la mandé.



Me metí el móvil en el bolsillo de atrás y seguí curioseando hasta que cogí uno de esos dinosaurios pinza para entretenerme. Pasados unos minutos, el móvil vibró al recibir la respuesta de Luke.







Le sonreí al móvil. Teniendo en cuenta que era la mayor odiadora de las camisetas sin mangas, era impactante que hubieran empezado a ser de mi agrado. Aunque, en el fondo de mi mente, sabía que no era la camiseta sin mangas lo que era de mi agrado, sino el hombre que la llevaba.

Y sus brazos. Madre mía, esos brazos.

—Emmy, hola. —Oí cómo un hombre decía mi nombre. Miré a mi alrededor hasta que vi a Kenny. Pues claro que estaba aquí. Se me había olvidado que su padre era el dueño de la puñetera tienda de suministros para tractores.

—Hola —dije—. Me alegro de verte.

Me sonrió. Eso era bueno. Igual no estaba molesto porque no le había contestado los mensajes.

—¿Todo bien? No he sabido nada de ti desde que te vi en el bar el mes pasado. —Pobre Kenny. Había perdido una carrera contra un hombre que ni siquiera sabía que estaba corriendo.

—Sí, estoy bien. ¡Ocupada solo!

—No lo dudo. No sabía que ibas a quedarte tanto tiempo en el pueblo —dijo. Sonaba esperanzado, lo que hizo que me sintiera como una tonta.

—Sí, estoy disfrutando de estar en casa.

—Eso está bien. —Se detuvo un segundo y se pasó una mano por el pelo, un hábito nervioso que tenía desde que lo conocía—. Bueno, ¿crees que te gustaría ir a cenar algún día?

Dios, era tan agradable, pero no podía aceptar cenar con él. Kenny era un buen tipo, pero no quería ser solo mi amigo, y yo solo quería estar con Luke.

—Lo siento, no puedo. Estoy saliendo con alguien —respondí, incrédula de que acabara de decirle eso a otra persona.

—Oh. Mierda, lo siento. No lo sabía.

—No te disculpes. Gracias por la oferta. —Le ofrecí la sonrisa más amistosa que pude.

—Peque —llamó mi padre desde el otro extremo de la tienda—. ¿Lista para irnos?

Mi salvador.

—¡Sí! —contesté. Dejé el dinosaurio en su sitio y encontré a mi padre cerca del mostrador—. Nos vemos —le grité a Kenny. Asintió con la cabeza.

Por el escaparate de la tienda vi a los chicos de Don cargando la pieza que mi padre necesitaba en la parte trasera de la camioneta.

—Hola, Emmy. Bienvenida a casa. —Don inclinó la cabeza—. Kenny me dijo que te había visto por aquí.

—Gracias, Don. Me alegro de verte —dije con educación y con la esperanza de que no me presionara con lo de Kenny. Antes de que tuviera la oportunidad, mi padre intervino.

—Gracias, Don. Cuídate. —Le dio un pequeño manotazo al mostrador antes de girarse y hacerme un gesto para que lo siguiera. Una vez que estuvimos fuera de la tienda, me preguntó—: ¿Quieres que vayamos a tomarnos un café antes de volver a casa?

Asentí con la cabeza.

Recorrimos la calle hasta El Grano. El interior era tal y como lo recordaba. Era muy acogedor. Nada hacía juego. Las mesas, las sillas, los sofás… todos eran desiguales. No en el sentido chic de Teddy, sino en el de un mercadillo caótico. No sabía si eso mejoraba o empeoraba mi TDAH.

Teddy y yo solíamos hacer los deberes aquí, pero yo nunca terminaba nada. Ahora sabía por qué.

Mi padre se acercó al mostrador y pidió dos cafés, el suyo solo y el mío con mucha crema, sin azúcar. Que yo supiera, era el único otro hombre de mi vida que sabía cómo pedía el café.

Elegimos una mesa junto a la ventana para sentarnos un rato.

—Acepto tu oferta, papá —dije de repente.

—¿Vas a dar clases?

—Sí, lo haré. No quiero las clases de Luke a menos que él no las quiera, pero aceptaré las de Ronald.

—Me parece bien. Ganarás el salario inicial durante la primera temporada y reevaluaremos a partir de ahí.

—Hecho.

Mi padre extendió la mano sobre la mesa para estrecharla. Estuvimos sentados un rato, mirando por la ventana y simplemente existiendo. Era agradable.

Después de un rato, me miró y dijo:

—Te pareces tanto a tu madre, Emmy. —Sabía que mi padre quería a mi madre y que la echaba de menos todos los días, pero no la sacaba a relucir de la nada. Siempre tenía que preguntarle—. ¿Sabes que fue ella la que quiso ponerte Clementine?

Asentí. Ya me lo había contado antes.

—Solía cantarles esa canción a los chicos cuando estaban inquietos o no podían dormir. Siempre funcionaba. Creíamos que íbamos a tener otro niño, pero cuando saliste tú, ni siquiera pude pronunciar una palabra antes de que te pusiera nombre. Rara vez llorabas de bebé. Me gusta pensar que era porque tu nombre albergaba parte de tu madre, aunque no estuviera.

Eso no lo sabía.

—Cuanto más mayor eres, más de ella veo en ti. Era callada, como tú. Prefería resolver las cosas por su cuenta y no mostraba sus intenciones.

—¿Eso son cosas malas? —pregunté en voz baja.

—No. La hacían ferozmente independiente y decidida. Eso me encantaba. Cuando la conocí, nunca había conocido a nadie como ella. También me encantan esas cosas de ti.

Mi padre nunca hablaba así.

—¿Por qué no hablas más de ella?

Tardó un segundo en contestar.

—Cuando está en mi cabeza, puedo mantenerla a salvo.

Los ojos de mi padre estaban cargados de tristeza. «Mantenerla a salvo». Oírle decir eso me rompió el corazón. Mi padre estuvo con ella cuando murió. Se cayó de un caballo y se golpeó la cabeza contra una roca. Fue un accidente inusual.

No pasó desapercibido el paralelismo entre mi madre y yo. Creo que eso era parte del motivo por el que no le conté lo que me había pasado.

—Siento no haberte hablado más de ella —dijo mi padre.

—No pasa nada —contesté. Y era verdad. Quería a mi madre y deseaba haberla conocido, pero no la echaba de menos, no como Gus o Wes. Era difícil echar de menos a alguien a quien no conociste nunca, pero, aun así, echaba de menos la idea de ella.

A veces sentía como si tuviera un agujero en el corazón en el que debería estar ella.

—¿Por qué estás hablando de ella ahora? —inquirí, ya que de verdad sentía curiosidad por lo que había desencadenado esta conversación.

—Este sitio es el primer sitio en el que la vi. Por aquel entonces no era una cafetería, solo un restaurante. Ha sido verte ahora mismo y acordarme de aquel día. Se le averió el coche a las afueras del pueblo. Caminó unos kilómetros para llegar aquí. Su intención era quedarse una noche, pero nunca se fue. —Mi padre era como un río, firme y fuerte. Veía por qué mi madre se vio arrastrada por él.

—¿Es difícil? ¿Amar a alguien a pesar de que ya no esté? —Sentí que necesitaba aprovecharme de este momento con mi padre en el que hablaba de mi madre con total libertad.

—No, amar a Stella es lo más fácil que haré, esté aquí o no. —¿Quién diría que Amos Ryder era tan romántico? El corazón se me volvió pesado en el pecho. Temí que se me cayera.

—¿Alguna vez se arrepintió de quedarse aquí? —pregunté, expresándole a mi padre mi mayor miedo: que me arrepintiera de quedarme aquí. Mi padre me miró pensativo, como si supiera lo que estaba pensando a la perfección.

—Pues no creo. Cuando dejó su pueblo natal, buscaba algo. Creo que lo encontró aquí.

—¿Qué estaba buscando?

—Lo que todos buscamos: amor, apoyo, un propósito.

—¿Y lo encontró en ti?

—Y en las montañas. Y en August. Y en Weston. Y en ti. —Sentí que los ojos se me llenaban de lágrimas. ¿Quién estaba cortando cebollas en esta puta cafetería? Nunca había llorado por mi madre, pero hoy lloraba por el hombre que la había perdido. Típico de mi padre que me pusiera los ojos llorosos en un lugar público.

Me miró, y tenía el amor reflejado por todo el rostro cuando dijo:

—Espero que tú también lo encuentres, Clementine. Ya sea en Meadowlark o en algún otro lugar en el futuro.

Comprendía la decisión de mi madre de dejar su pueblo natal, pero también comprendía su decisión de quedarse en este pueblecito más de lo que lo habría hecho hace unos meses.

Cuando era más joven, solo pensaba en irme. De una manera u otra, todos mis objetivos estaban relacionados con irme de Meadowlark: la universidad, las carreras, todo.

Pero ahora, quería quedarme.

Aquí me sentía segura.

Tal vez solo necesitaba irme un tiempo para darme cuenta de que este lugar era especial, que estaba orgullosa de ser de aquí y que, *por* ser de aquí, tenía una experiencia diferente a la de cualquier otra persona.

Solía pensar que Meadowlark me hacía sentir pequeña, pero en realidad, creo que yo misma me hacía sentir así al perseguir siempre lo siguiente para tacharlo de mi lista. Era difícil sentirse lo suficientemente bien cuando nunca celebrabas lo que habías conseguido.

Sin embargo, ahora estaba orgullosa de mí misma y de mis logros. También estaba contenta. Y no, no tenía nada que ver con Brooks. Él solo era un extra.

Meadowlark tenía algo.

—¿Sabes qué, papá? Creo que ya lo he hecho.

# 21

# EMMY

Había pasado más de una semana desde el cumpleaños de Teddy, el cual terminó conmigo acostándome con el mejor amigo de mi hermano en un bar donde medio pueblo estaba al otro lado de la pared.

Por suerte, aquella noche la clientela de La Bota del Diablo estuvo más agitada y escandalosa de lo habitual, por lo que nadie se dio cuenta de que Luke y yo estuvimos un rato ausentes después de que me echara al hombro y me llevara a su despacho; excepto Teddy, claro.

Cuando me reuní con ella en nuestra mesa, sus amigas de la *boutique*, Madi y Emily, estaban empezando a arrastrar las palabras, así que no me preocupé demasiado por ellas. Teddy, en cambio, sí que me preocupaba. Me sentía mal por haberme ido de la celebración de su cumpleaños, si bien es cierto que me habían sacado de allí.

Sin embargo, Teddy no estaba para nada enfadada.

Estaba radiante.

Lo primero que me preguntó fue: «¿Dónde está tu pintalabios?». Seguido de: «No puedo creerme que hayas follado en un sitio público. Yo ni siquiera he hecho eso».

Luke salió de su despacho unos minutos después y me rozó la mano mientras volvía a la barra. Su barman (creo que se llamaba Joe) le dedicó una expresión severa.

Luke, en cambio, intentó alisarse el pelo oscuro con aspecto de estar conteniendo una sonrisa.

Dios, era tan guapo.

Ese fue el pensamiento que tuve en aquel momento, y el pensamiento que tuve ahora cuando lo vi. Me estaba dirigiendo a los establos para llevar a Maple a dar una vuelta.

La semana pasada me sentí mucho más cómoda en la silla de montar. El otro día fui capaz de llevar a Maple al galope, y le encantó.

Cada vez que me subía a un caballo, el estómago seguía dándome un vuelco. No sabía si el accidente llegaría a abandonarme por completo, pero hacía unos meses pensaba que no volvería a montar nunca.

Esto era mucho mejor que eso.

Montar lo era todo para mí, y ahora que era capaz de hacerlo otra vez, podía admitir lo mucho que me había dolido cuando pensaba que lo había perdido para siempre.

Nunca había sentido un dolor así, y no quería volver a sentirlo.

Era difícil no pensar en cómo había mejorado a la hora de montar a caballo respecto a Brooks. Desde que había vuelto, el tiempo que pasaba con él era mi favorito, sobre todo durante la última semana. Pasé algunas noches en su casa porque, si alguien preguntaba, podía declarar sin problemas que estaba con Teddy y porque así no teníamos que preocuparnos de que mi familia se preguntara por qué estaba su camioneta por allí.

Su casa era un bungaló pequeño de dos dormitorios situado en la hondonada de detrás de La Bota del Diablo. Me dijo que había pasado los últimos años arreglándola, y se notaba que le había dedicado su esfuerzo. No me imaginaba a Luke Brooks como un hombre que tuviera más de una almohada, una buena ropa de cama y un somier. Se lo dije, y me dijo que tenía que subir el listón.

Era una caja de sorpresas.

Como el baile lento en la cocina con el que me sorprendió hace unos días.

Los dos habíamos tenido un día muy largo, así que cuando fui allí, no me esperaba nada. Solo quería estar con él.

No obstante, cuando entré, ya había preparado la cena, y Luke Brooks sabía manejarse en la cocina.

Cuando estábamos limpiando, el pequeño altavoz que tenía en el salón empezó a reproducir una canción lenta de Randy Travis. Se echó al hombro el trapo que estaba utilizando para secar los platos, me tendió la mano y me atrajo hacia él. Me puso una mano en la cintura y con la otra entrelazó nuestros dedos.

Nos balanceamos juntos en la cocina, y podría haberme quedado en ese momento para siempre.

Más tarde, esa misma noche, nos quedamos dormidos en el sofá viendo mi película favorita, *Sweet Home Alabama*.

Eran los pequeños momentos como esos en los que le veía con claridad. Sí, era todo un mutilador de camisetas, pero no era arrogante, irresponsable ni descuidado. Era considerado y protector.

Para alguien que se había pasado la vida mendigando la atención de los demás, sabía cómo hacer que me sintiera como si fuera la única persona del planeta.

El Luke que había llegado a conocer desde que volví era la clase de hombre de la que podía enamorarme. Empezaba a pensar que era el único hombre del que podía enamorarme.

Y eso me acojonaba.

Observé cómo pasaba un rastrillo por el corral, lo que significaba que ya lo había limpiado. Se le estaba empezado a pegar su camiseta gris y la piel le brillaba bajo el sol de finales de verano. Se detuvo un segundo para agarrarse la parte inferior de la camiseta y levantó la tela para secarse la cara.

«Dios Santo».

Me acerqué a la valla del corral y pasé los brazos por encima de ella.

—Buenos días —saludé, anunciando mi presencia. Luke me miró y empezó a caminar hacia mí.

—Buenos días —respondió después de darme un beso rápido en la sien.

—Anoche te eché de menos —dije con sinceridad. Esbozó una sonrisa de satisfacción y le empujé el hombro—. Cállate.

—Lo siento. Tenía que levantarme antes de lo habitual, y supuse que ya habías perdido suficiente sueño esta semana. —Su sonrisa se volvió juguetona.

Era verdad.

Estar con él era… raro. Era como si nunca me cansara. Me gustaba el sexo, pero nunca había tenido un apetito sexual especialmente alto hasta Luke. Estaba acostumbrada a pasar períodos largos de tiempo sin acostarme con nadie. Nunca me importó.

Obviamente, el sexo era increíble, pero creo que lo que de verdad me convenció era que Luke hacía que me sintiera deseada, y no lo mantenía en secreto. Hacía que me sintiera anhelada e incluso sensual, una palabra que jamás habría utilizado para describirme. Utilizaría esa palabra para describir a Teddy, pero no a mí.

Me encantaba esa sensación.

—¿Por qué has tenido que levantarte tan temprano?

—Ya lo verás. ¿Te apetece dar una vuelta? —Me acomodó un mechón de pelo detrás de la oreja.

—Sí, pero primero tengo que hacer los compartimentos, y hoy tengo los establos de alquiler en mi lista de pendientes.

—Todo hecho.

—Eso es físicamente imposible a esta hora de la mañana.

Luke se inclinó sobre la barandilla y me besó con dulzura.

—Está todo hecho. —No quería ni saber a qué hora tuvo que llegar para que eso ocurriera. ¿Había dormido siquiera?—. Por la tarde tendremos que encargarnos de los establos de alquiler, pero todo lo que se podía hacer por la mañana está hecho.

—¿En serio?

—En serio. Así que… —me besó de nuevo entre palabras—. ¿Preparada para dar esa vuelta?

Asentí con impaciencia y empecé a caminar hacia el establo. Luke me imitó al otro lado de la valla hasta que salió del corral. Caminamos juntos hacia la puerta principal del establo.

Cuando llegamos, vi que tanto Friday como Maple estaban en las amarraderas, acicalados, ensillados y listos para salir.

—Vaya, sí que has estado ocupado.

—Solo llevan aquí unos minutos. Creía que había calculado a la perfección la hora a la que bajarías, pero no tuve en cuenta la frecuencia con la que no escuchas el despertador.

Le di otro empujón juguetón.

—Cállate.

—¿Cómo es posible que hayas crecido en un rancho y que sigas sin ser capaz de despertarte con un despertador?

—Me quedo despierta hasta tarde. Me gusta la tranquilidad.

—Recuerdo mis noches tranquilas, pero ahora tengo a una mujer que me deja seco y que luego se pone a roncar.

—¡Yo no ronco!

—Sí que roncas. —Me dio un golpecito en la nariz—. Pero es adorable. Eres la persona con el sueño más profundo que he conocido.

Ojalá hubiera podido negarlo, pero era verdad. Tenía un sueño profundo. Tardaba un rato en dormirme de verdad, pero una vez lo conseguía, era inamovible. Podría llegar el apocalipsis que yo ni siquiera tendría la oportunidad de escapar de los zombis porque me atraparían mientras dormía.

—Lo que tú digas —murmuré. Me acerqué a Maple y me acarició el hombro con el hocico. Le rodeé el cuello con los brazos. Maple era una yegua muy cariñosa, y la quería mucho. Solo había sido mía el tiempo que duró mi carrera profesional, pero me parecía toda una vida. Entre ella y Moonshine, estaba convencida de que tenía los mejores caballos de Rebel Blue.

Brooks y yo salimos con nuestros caballos de los establos y montamos.

—¿Te encuentras bien? —preguntó.

—Sí. —Y lo estaba. Mi respiración era uniforme y notaba la cabeza tranquila—. ¿Adónde vamos?

—A la pista pequeña. —La pista pequeña estaba cerca de los establos de alquiler. Era más grande que un corral, pero más pequeña que la pista grande que se encontraba cerca de la Casa Grande antigua. De pequeña había usado mucho la pista pequeña, pero desde que volví no había estado allí, ya que estaba en el programa de mantenimiento de los empleados del rancho.

Brooks y yo les pedimos a nuestros caballos que se movieran hacia delante y empezamos a recorrer el rancho. Menos mal que el lugar era enorme, porque no necesitaba que nadie me preguntara qué hacía montando a caballo con Brooks.

Después de unos minutos, Luke puso a Friday al trote y yo le seguí con Maple.

Cabalgar por el rancho Rebel Blue era una de las mejores sensaciones del mundo. El paisaje montañoso estaba hecho de tonos verdes, marrones y amarillos. Con el cielo azul como telón de fondo, creaba algo que parecía sobrenatural. No había otra forma de describirlo.

Cuando Luke y yo estuvimos a casi un kilómetro de la pista pequeña, hizo que Friday se pusiera al galope.

Le seguí sin pensarlo.

A medida que Maple ganaba velocidad, me incorporé un poco en los estribos, sintiendo cómo el aire se movía alrededor de mi cuerpo.

Por primera vez en mucho tiempo, montar me parecía lo más natural del mundo. Sentía el ritmo constante de los cascos de Maple cada vez que golpeaban el suelo, cómo sus músculos trabajaban debajo de los míos y cómo se me agitaba el pelo detrás de mí.

Demasiado pronto, Friday y Luke empezaron a aminorar la marcha y tuve que seguirlos. Nos detuvimos fuera del perímetro de la pista. Nos habíamos acercado a esta parte del rancho desde el lado opuesto de cuando Wes me trajo hace unas semanas, por lo que la Casa Grande antigua quedaba en la distancia en vez de en primer plano.

A diferencia de la pista grande, esta no estaba cubierta, solo vallada. Dentro de la valla vi tres formas. Parecían… barriles. Estaban colocados de manera que formaban un triángulo.

Desmonté a Maple y la até a uno de los postes de la valla. Brooks estaba justo detrás de mí con Friday.

Miré a Brooks.

—¿Qué está pasando?

—Es un circuito de barriles reglamentario, Emmy. Tres barriles, patrón triangular, espaciados con precisión. —¿Había hecho un lugar para que practicara?—. Faltan menos de dos semanas para que las regionales lleguen a Meadowlark y, si quieres salir, vas a hacerlo a lo grande.

—¿Lo has hecho tú? ¿Para mí? —Me miró como si, para él, hacer esto fuera la cosa más obvia del mundo. Tuve una extraña sensación en el pecho. Nadie había hecho algo así por mí nunca. No me lo podía creer—. ¿Cuándo lo has hecho?

—Anoche.

—¿Y has venido temprano esta mañana?

Asintió y se frotó la nuca con la mano. Parecía que se estaba sonrojando.

Me costaba respirar, pero no porque tuviera pánico. Era porque este hombre me había dejado literalmente sin respiración.

—Tienes que practicar —se limitó a decir.

Observé el circuito improvisado y me imaginé a Maple y a mí dando vueltas alrededor de los barriles trazando el patrón de una hoja de trébol. Llevaba meses sin hacerlo.

Mirando el circuito, empecé a ponerme nerviosa. Muy nerviosa. No sabía en qué cojones estaba pensando cuando decidí participar en las regionales. No iba a estar preparada. Ni de coña.

—Emmy, tesoro, háblame —dijo Luke, ya que era obvio que se había dado cuenta de que mi comportamiento había cambiado. Ya no podía ocultarle nada. Pensaba que eso me frustraría, pero sinceramente, casi me sentí aliviada de no poder esconderme en mi propia cabeza ante toda esta situación.

—Tengo miedo —susurré.

—Si te soy sincero, me preocuparía más que no lo tuvieras. Experimentaste lo que todo jinete teme, pero aun así has vuelto a montar —dijo.

Noté que me empezaban a temblar las manos, y Luke se percató al momento.

—Oye. —Se acercó a mí—. Puedes hacerlo, Emmy. Vamos a ir despacio, pero sé que puedes hacerlo.

—¿Cómo lo sabes?

Me sujetó la cara con las manos.

—Eres la puta Clementine Ryder. —Me reí y se me escapó una lágrima. La atrapó antes de que cayera y la retiró de la mejilla—. Cielo, mereces irte bajo tus propias condiciones. Que mordieras el polvo no significa que estés acabada.

# 22

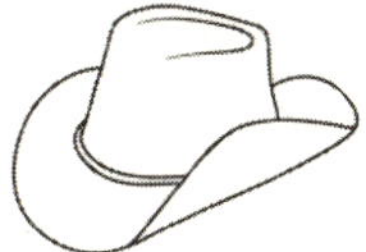

# LUKE

Durante la última semana más o menos, Emmy y yo habíamos caído en una rutina. Pasábamos casi cada noche juntos, casi siempre en mi casa, y por la mañana íbamos al circuito de carreras de barriles de Rebel Blue. Corría una hora o dos horas. A veces me quedaba con ella todo el rato y a veces no, en función de lo que tuviera que hacer ese día en el rancho.

Ver montar a Emmy era hipnotizante. Cuando estaba sobre Maple, tenía un control absoluto. Estaba tan concentrada y firme. No había nada capaz de afectarle.

Intenté no pensar en lo malo que debió de ser el accidente si le había arrebatado esa sensación de seguridad.

Bastante malo.

Odiaba pensar en lo sola que estuvo en Denver durante un mes antes de tomar la decisión de volver a casa.

Habíamos creado una burbuja. Dentro de ella, solo éramos nosotros conociéndonos el uno al otro. A pesar de que me sentía agradecido por todo el tiempo que pasábamos juntos, una parte de mí estaba empezando a sentirse culpable.

No sabía cuánto tiempo más iba a poder seguir haciéndolo sin contárselo a Gus. Como se enterase de que se lo había estado ocultando, seguro que pensaría que era porque estaba jugando con su hermana. Eso es lo que parecía, sobre todo cuando mi historial con las mujeres no era muy bueno.

También había una parte más pequeña de mí que temía que Emmy quisiera mantener lo nuestro en secreto porque no sentía lo mismo que yo.

Pero no podía pensar así.

Cuando volví a la pista después de encargarme de unas cosas en los establos, Emmy y Maple habían terminado la sesión. Emmy estaba sentada en el suelo y Maple se había tumbado a su lado y había puesto su gigantesca cabeza sobre el regazo de Emmy.

Los caballos eran básicamente perros grandes.

—¿Qué tal ha ido? —pregunté mientras me acercaba.

—Bien. Sigo sin bajar de los veinte segundos, pero me siento bien.

—Me alegro —dije. Me puse de cuclillas junto a ella para poder darle un beso en la cabeza—. Tengo que ir al bar, pero quería verte antes de irme.

—Te acompaño. —Emmy se levantó despacio, procurando no darle ningún empujón a Maple para no sobresaltarla. Nos alejamos de Maple para dejarle espacio suficiente para que se levantara sin correr el riesgo de que se chocara con uno de nosotros.

Atraje a Emmy entre mis brazos y la abracé durante un segundo, consciente de que igual no tendría la oportunidad de hacerlo cuando volviéramos a los establos, ya que podría haber alguien allí, y la idea de dejarla sin tocarla me angustiaba.

Me aparté para besarla, suave y despacio, tal y como le gustaba. Antes de que las cosas se caldearan, el móvil me vibró en el bolsillo trasero.

Siempre nos interrumpían.

Seguro que era Joe.

Emmy me dio un beso más en los labios antes de retirarse, ya que sabía que lo más probable era que tuviera algo que ver con el bar. Intentó volver junto a Maple, pero la retuve con un brazo alrededor de sus hombros. Todavía no estaba preparado para dejar que se marchara.

Contesté al móvil sin mirarlo.

—¿Hola?

—Luke, cariño. —Era la voz de una mujer y sonaba temblorosa y triste. El cuerpo se me puso rígido, y Emmy debió de notarlo, porque me miró con la preocupación plasmada por toda la cara.

—¿Mamá? —pregunté. Emmy abrió los ojos de par en par. No me hablaba con mi madre. Lo intenté durante un tiempo, pero me di por vencido después de demasiadas decepciones.

—Sí, cariño. Soy yo. —Mi madre siguió hablando al otro lado, y fue como si el mundo se ralentizara. Hacía muchísimo tiempo que no sabía nada de ella. Apenas reconocía su voz. ¿Siempre había sonado así de quebrada?

Después de colgar, Emmy me dio un apretón.

—¿Todo bien? —preguntó. No le contesté durante un minuto, inseguro de lo que significaba mi respuesta para mí—. ¿Luke? —Llevó una mano a mi cara—. ¿Todo bien?

No la miré, solo al horizonte de Rebel Blue.

—El marido de mi madre… —empecé—. Se suponía que hace unos días tendría que haber llegado a casa de su ruta en camión, pero no ha vuelto.

**EMMY**

Después de la llamada de la madre de Luke, volvimos a los establos lo más rápido que pudimos para guardar a Maple y a Friday.

Una vez los hubimos acomodado, Luke me dijo que me llamaría más tarde mientras se alejaba, pero ni en broma iba a dejar que entrara solo en esa casa, la casa que le hacía sentir que no valía nada.

Así fue como acabé en la camioneta de Luke, en medio del asiento corrido, con la cabeza apoyada en su hombro y nuestros dedos entrelazados.

Estaba tenso. Nunca lo había visto así. Jamás. Era desconcertante ver tan tenso a alguien tan equilibrado.

Luke y yo hablamos de su familia cuando empezamos las clases de equitación, lo cual parecía que había sido hacía una eternidad. Sabía que se la sudaban su padrastro y sus hermanos, pero su madre le seguía importando.

Lydia Hale vivía en una caravana a unos veinte minutos de Rebel Blue. Cuanto más nos acercábamos, con más fuerza me agarraba Luke de la mano. Dudaba que supiera qué esperarse cuando entrara en su antiguo hogar.

Ni siquiera sabía la última vez que había estado allí. Dejó de dormir allí cuando tenía dieciséis años, y se llevó todas sus cosas el día que cumplió dieciocho.

Luke detuvo la camioneta delante de la casa y levanté la cabeza de su hombro. El césped estaba lleno de adornos horteras. Apagó el motor, pero no hizo amago alguno de salir de la camioneta.

—Emmy, no tienes por qué entrar conmigo.

Giré la cara hacia la suya y le aparté el pelo de la cara.

—Has estado a mi lado desde que llegué a casa. No quiero que hagas esto solo.

—Yo no me crie como tú, Emmy —dijo con un suspiro.

—¿Y?

—Que no sé qué aspecto va a tener el interior ni cómo va a estar *ella*. No quiero ponerte en una situación que te haga sentir incómoda.

Cuando me miró, había dolor en sus grandes ojos marrones. Me rompió el corazón.

—No soy una princesa, Luke. Puedo soportarlo. Estoy contigo.

Luke suspiró.

—Diga lo que diga no te vas a quedar aquí, ¿verdad? —Negué con la cabeza y Luke me dio un beso en la frente—. Vale. Vamos.

Salimos de la camioneta y caminamos hacia la puerta principal de la mano.

Cuando Luke llamó a la puerta, su madre solo tardó unos segundos en contestar. Llevaba sin ver a Lydia desde que iba al instituto, y parecía casi la misma, pero con más arrugas. Era menuda, con el pelo rubio que se había vuelto casi gris y ojos azules. Llevaba el pelo corto, justo por encima de los hombros. Tenía un cigarro encendido entre los dedos y los ojos hinchados de llorar.

Luke no se parecía en nada a ella. Se parecía a Jimmy, lo que le complicaría todavía más sobrevivir en esta casa de niño.

—Luke, cariño, me alegro tanto de que estés aquí. —Lydia salió de la casa y le dio un torpe abrazo con un solo brazo.

—Hola, mamá. —No me soltó la mano mientras lo abrazaba.

Se apartó y fijó su mirada en mí.

—¿Clementine Ryder? ¿Eres tú? —Me miró de arriba abajo, y sus ojos se detuvieron en la mano de Luke en la mía.

—Sí, señora —dije.

Lydia frunció los labios. ¿Le molestaba que estuviera aquí con su hijo?

—Bueno, no esperaba más compañía, pero pasa.

Sí, sin duda le molestaba que estuviera aquí. Luke me dio un apretón en la mano, el cual le devolví mientras entrábamos en la casa.

El salón estaba lleno de botellas de cerveza y latas de Coca-Cola. La televisión de la esquina emitía episodios antiguos de *The Newlywed Game* y olía a humo.

Lydia se acomodó en una mecedora que había junto al sofá. A su lado había otra silla que estaba vacía. Supuse que era de John. Luke me guio hasta el sofá burdeos descolorido y nos sentamos juntos. Todavía no me había soltado la mano.

—Mamá, cuéntame qué ha pasado. ¿Dónde están JJ y Bill?

Los hermanos de Luke.

Lydia dejó escapar un suspiro tembloroso, de esos que te indicaban que alguien iba a echarse a llorar de nuevo en cualquier momento. Por lo que Luke me había contado de John, dudaba que hubiera mucho que echar de menos, pero intentaba no ser insensible ante su pérdida.

—Hace días que no sé nada de él. —John era camionero, así que era normal que se ausentara durante periodos largos de tiempo. Si Lydia estaba preocupada, tenía que significar algo—. La empresa de camiones no ha sido capaz de localizar su camión. La última vez que pudieron encontrarlo, estaba cerca de la frontera del estado de Nevada. —Lydia le dio una calada al cigarro. Le temblaba la mano—. Los chicos están fuera, pero no soportaba estar aquí sola. Está muy silencioso sin John.

—Me alegro de que me hayas llamado —dijo Luke—. Ni siquiera sabía que tenías mi número.

—Lo encontré entre las cosas de John. Estaba en una nota en su escritorio. —Probablemente de la última vez que Luke lo llamó e intentó comunicarse con su madre.

—Lo siento, mamá. Sé que John significa mucho para ti. Seguro que está bien. —La voz de Luke no transmitía emoción alguna. Lo más probable era que estuviera intentando disimular el desprecio que sentía por su padrastro.

—Señora Hale —intervine—. ¿Hay algo que podamos hacer por usted mientras estamos aquí? ¿Hacerle la cena o algo?

Lydia le dio otra calada al cigarro y expulsó el humo en mi dirección mientras me observaba.

—No necesito nada más de los Ryder —contestó con tono seco. ¿Qué se suponía que significaba eso?—. Los vuestros ya me quitaron a mi hijo, y veo que ahora le has clavado las garras.

Luke volvió a apretarme la mano.

—Mamá. Sabes que no podía quedarme aquí —dijo Luke con fiereza—. No odies a los Ryder por darme lo que tú no supiste darme, y no pienso quedarme aquí como le hables así a mi chica.

«Mi chica».

Tenía algo que me pareció muy significativo. Ya había sido novia de otras personas, pero nunca le había dado importancia a esa palabra. Sin embargo, cuando Luke dijo que era la suya, significó algo.

Continuó hablando.

—Y teniendo en cuenta que hace años que no te veo, sería toda una lástima.

Lydia consideró sus palabras durante un minuto sin dejar de mirarme. Al parecer, esta mujer no era nada fan de mi familia ni de mí.

—Está bien —contestó al rato.

Después de eso, Luke se relajó un poco. Me quedé ahí sentada mientras él y su madre hablaban. Le habló del bar y de su casa, de cómo la había arreglado. Cuanto más conversaban, más se animaba Lydia. Creo que estaba orgullosa de su hijo y que era posible que el enfado que sentía hacia mí fuera una proyección de su propia culpa.

Luke se levantó del sofá y fue a la cocina a traerle un refresco a su madre. Le seguí, ya que no quería quedarme a solas con ella. Darle un puñetazo en la cara a una anciana no estaba en mi lista de cosas que hacer hoy.

—Lo siento —dijo en cuanto pisamos el viejo suelo de vinilo de la cocina.

—No tienes que pedir perdón por nada. ¿Seguro que no deberíamos intentar que comiera o algo? —Mi padre nos daba de comer cuando estábamos tristes. O felices, de hecho. Era una de las formas que tenía de cuidarnos y me lo había contagiado.

—Dudo que haya nada que preparar. —Luke sacó una Coca-Cola de la nevera y la puso sobre la encimera antes de empezar a rebuscar en la cocina. Debajo del fregadero encontró una caja de bolsas de basura y la sacó—. Pero voy a limpiar un poco.

—Te ayudo —dije. Volvimos al salón, Luke le dio a Lydia su Coca-Cola y empezó a recoger las botellas, las latas y la basura que había por toda la habitación. Llenamos tres bolsas de basura, y Luke las dejó junto a la puerta para sacarlas cuando nos fuéramos.

Mientras limpiábamos, Lydia desapareció en otra habitación, pero volvió a aparecer un poco más tarde.

Tenía un montón de fotos en las manos y se las tendió a Luke.

—Las encontré cuando encontré tu número. Pensé que te gustaría tenerlas. —Luke las cogió y volvimos a sentarnos en el sofá.

La primera foto era de él con un sombrero de vaquero y uno de esos caballos en un palo. Era adorable.

—¿Cuántos años tenías aquí? —le pregunté mientras le quitaba la foto de las manos.

—No lo sé. Creo que cinco o seis —respondió.

Lydia asintió en la silla, indicando que era correcto. Me había ganado un poco su cariño, probablemente porque le había limpiado la casa.

—Siempre quiso ser vaquero —comentó.

Seguimos mirando las fotos. Había fotos pescando y jugando al aire libre, una excelente de él con un sombrero de vaquero y unas cuantas de Halloween. Incluso había una de Jimmy con él en brazos cuando era un bebé, pero pasó a la siguiente demasiado rápido como para que pudiera fijarme en ella.

Llegamos a una foto de un niño en una trona comiéndose una tarta. Una tarta de cumpleaños, por lo que pude ver.

—Me encanta esta foto. Te encantaba tu cumpleaños —dijo Lydia—. Pensabas que tenía que ser todos los días.

Luke se quedó callado y noté que se le hundían un poco los hombros. Le devolvió la foto a Lydia.

—Ese no soy yo, mamá. Es JJ.

Como si hubiera esperado el momento justo, se abrió la puerta principal y entró un hombre alto, pero no tan alto como Luke. Llevaba un uniforme de mecánico sucio. Era JJ. A pesar de que no le conocía, sabía quién era. Tenía la misma edad que Gus y trabajaba en uno de los talleres de la ciudad. Había dos: al que querías llevar el coche y en el que trabajaba JJ. También tenía un negocio secundario que no era muy legal que digamos.

Las primeras palabras que salieron de su boca fueron:

—¿Qué coño haces aquí?

—JJ —dijo Lydia—, Luke ha venido a ver cómo estaba.

Luke me cogió de la mano y nos levantamos juntos del sofá. Se colocó delante de mí mientras empezábamos a caminar hacia la puerta.

—Solo he estado fuera unas horas, ¿y dejas que este hijo de puta vuelva a tu casa?

—Yo también me alegro de verte, JJ —dijo Luke con un suspiro.

—Cierra la puta boca y sal de la casa de mi padre —ladró JJ.

Gilipollas.

—Mira, tío, solo he venido a ver cómo estaba mi madre. Me llamó y no quería estar sola. Ahora que estás aquí, me voy —explicó Luke—. Siento lo de tu padre. Espero que aparezca pronto.

Luke empezó a tirar de mí hacia la puerta, pero JJ le bloqueó el paso.

JJ no tenía la complexión de Luke, y yo confiaba en que Luke podría callarlo de un puñetazo, pero dudaba que lo hiciera. Al menos no delante de su madre.

Era curioso. En el cumpleaños de Teddy, me enfadé mucho con Luke por golpear a alguien. Ahora, quería que dejara a su hermano en el suelo.

Los ojos de JJ estaban sobre mí.

—Emmy Ryder —dijo, frío. Dios, ¿por qué todos los miembros de la familia de Luke parecían odiarme a muerte?—. ¿Qué haces aquí con este pringado?

—No le hables —intervino Luke. Había veneno en su voz. Nunca le había oído hablar así. Me pregunté cuánto desprecio por su familia guardaba bajo la superficie.

—¿Qué opina Gus Ryder de que su mano derecha se esté follando a su hermana pequeña?

Si Luke fuera un personaje de dibujos animados, ahora mismo le estaría saliendo humo de las fosas nasales. A mí me daba igual lo que me dijera JJ (era un idiota), pero a Luke no.

—Te he dicho que no le hables. —Con una mano, Luke empujó a JJ para quitarle de en medio. Con fuerza. JJ se tropezó, y sabía que como encarara a Luke, la situación empeoraría—. Emmy, vamos. —Empezó a llevarme fuera de la casa, pero me volví hacia JJ.

—¿Sabes? Deberías dejar de ser tan gilipollas —dije—. Métete con la persona equivocada y alguien podría irse de la lengua y contarle al *sheriff* que has estado traficando con algo más que hierba fuera de tu caravana.

JJ me miró atónito durante un segundo antes de decir:

—No quiero volver a veros a ninguno de los dos en esta casa nunca más. Largaos de una puta vez.

Luke y yo salimos por la puerta principal y, antes de que JJ la cerrara de golpe, volví a mirar a Lydia. Tenía lágrimas en los ojos.

Luke tiró de mí a través del sendero del jardín y me llevó hasta su camioneta lo más rápido que pudo. Una vez que llegamos, me apretó contra la puerta del conductor y me besó con fuerza. Este beso tenía algo diferente. Significaba algo.

Pero no sabía qué.

Cuando se apartó, apoyó la frente en la mía.

—¿A qué ha venido eso? —murmuré.

—Es la primera vez que alguien salta en mi defensa.

Sus palabras me partieron el corazón. Luke Brooks y su gran corazón se merecían mucho más que la gente de esa casa. Era amable, trabajador y sincero. Le abracé y le estreché contra mí. Enterró la cara en mi hombro y nos quedamos así un rato.

Cuando subimos a la camioneta, me coloqué en el centro del banco y Luke me pasó el brazo por encima del hombro. Como íbamos por las carreteras secundarias del pueblo, bajamos las ventanillas y dejamos que el aire de finales de verano atravesara la camioneta.

—¿Quieres que hablemos de lo que ha pasado? —pregunté.

Luke suspiró.

—Perdón por lo de JJ —dijo.

—No tienes que disculparte por nada. Te mereces algo mejor que ellos, Luke. Eres más que el error de Lydia y Jimmy. —Le miré, pero mantuvo los ojos en la carretera.

Se mantuvo en silencio mucho tiempo hasta que nos detuvimos en el camino de grava de delante de su casa. Cuando apagó el motor, apoyó la cabeza en el volante y soltó otro suspiro. Le acaricié la espalda con la mano.

—Ha sido un asco —dijo por fin—. ¿Es malo que tenga la esperanza de que John siga desaparecido?

—No —respondí.

Luke levantó la cabeza del volante y me miró. No parecía que estuviera mirando a Luke, el hombre de treinta y dos años. Me sentí como si estuviera mirando a Brooks, el chico de quince años que habría hecho cualquier cosa por tener una familia.

En ese momento le vi con mucha claridad. Alcé la mano y le aparté el pelo oscuro de la cara antes de besarlo con suavidad.

Cuando me aparté, dijo:

—Gracias por venir conmigo, Emmy.

—Iría a cualquier parte contigo —contesté.

Lo decía en serio.

# 23

# EMMY

Hasta ahora, nunca entendí del todo cómo se podía temblar tanto hasta el punto de usar la expresión «estar como un flan».

Por lo general, no me ponía nerviosa antes de correr, pero eso era en el pasado. Esto era el presente, y me sentía como si el estómago estuviera a dos segundos de caérseme hasta los tobillos.

Era como si hubiera parpadeado y las regionales hubieran llegado.

He estado entrenando con Maple, caminando, trotando y medio galopando, varios días cada semana, con cuidado de no sobrecargarla. A veces Luke venía conmigo y a veces no. Ya no me ponía nerviosa cuando entrenaba. Por fin creía que estaba a salvo.

Mientras entrenaba, era fácil acordarme de por qué me encantaban las carreras de barriles. Era el único deporte de rodeo en el que no se juzgaba la destreza (todo tenía que ver con el tiempo), pero tenías que ser un muy bien jinete para sacarte una carrera de barriles con éxito. Me gustaba que ser un buen jinete estuviera tan integrado en el deporte que ni siquiera hiciera falta que lo juzgaran. Era una de las cosas que me atrajeron en un primer lugar a las carreras de barriles.

Estar en una pista rodeada de competidores y gente que conocía era diferente a entrenar. Gente a la que quería estaba aquí. Mi padre, mis hermanos, Luke, Teddy, Hank, incluso Cam y su prometido habían venido para que Riley pudiera estar aquí. Era como si me hubieran quitado mi red de seguridad de debajo. No sabía si había algo que podía haber hecho para prepararme mejor.

Hice mi rutina precarrera de siempre, pero no dejé de temblar. No pensaba que estuviera en peligro de sufrir un ataque de pánico completo, pero, sin duda, era un pánico versión *light* por lo menos.

Teddy tuvo que engancharme el número a la camisa de lo mucho que me temblaban las manos.

—Emmy. ¿Qué pasa? Nunca te había visto así antes de una carrera. —No había razón para mentirle ahora. Llevaba mucho tiempo mintiéndole y no podía seguir haciéndolo. No quería hacerlo.

—Es mi primera carrera desde que me caí de un caballo en junio. Por eso volví a casa. Por eso estaba tan de bajona y encerrada en mí misma y por eso ahora mismo no puedo controlar los temblores. —Las palabras salieron de mis labios antes de que pudiera pensarlas del todo.

Teddy parpadeó despacio. Pensé que me iba a echar la bronca por no habérselo contado todo. Debería haberlo hecho. Era mi mejor amiga. Debería habérselo contado. Debería habérselo contado a todo el mundo.

En lugar de eso, dijo:

—Siento que hayas pasado por eso sola.

No supe cómo responder, porque en realidad no había pasado por eso sola.

Luke me había ayudado.

—Teddy. Necesito que hagas algo por mí.

—Lo que sea, cariño.

—¿Puedes ir a por Luke?

• • •

Teddy volvió unos minutos después acompañada de Luke. Llevaba los vaqueros y las botas de siempre, pero en vez de una camiseta, había optado por una camisa de vaquero y un sombrero de vaquero negro.

Mi vaquero.

Entró en la zona de las jinetes y su rostro reflejaba preocupación. Cuando le vi, los temblores no cesaron, pero ya no eran tan intensos. Nuestras miradas se encontraron y vino directamente hacia mí, seguido por Teddy.

Cuando llegó hasta mí, me cogió la cara entre sus manos al momento.

—¿Qué pasa, tesoro? ¿Estás teniendo otro ataque de pánico?

Negué con la cabeza. No lo estaba teniendo.

—Te necesitaba.

—Estoy aquí. —Me envolvió en sus brazos y me fundí contra él. Me acarició el pelo y me frotó la espalda y los brazos con las manos. Nos quedamos así un rato, y fue como si con cada caricia el temblor fuera disminuyendo hasta que se detuvo.

Él también debió de notarlo, porque se apartó y me puso las manos sobre los hombros.

—¿Qué está pasando dentro de esa preciosa cabeza que tienes? —Su voz era suave. Creo que solo usaba esa clase de voz conmigo.

—¿Me ves capaz de hacerlo? —pregunté.

—Sí —respondió al instante—. Pero da igual que yo te vea capaz de hacerlo. Lo único que importa es que tú lo veas también.

Pues claro que eligió este momento para ponerse inspirador.

Aunque hizo que me sintiera mejor. Él hacía que me sintiera mejor.

—Vaya, estoy deseando escuchar tu charla TED —dije con sarcasmo.

Luke me dio un golpecito en la nariz.

—Listilla. Pero si tienes el sarcasmo bajo control, supongo que te encuentras un poco mejor.

—Sí. —Lo volví a abrazar. Podría quedarme aquí para siempre. Quería quedarme con él para siempre—. Gracias.

La coordinadora del evento entró en la zona de las concursantes para avisarnos de que quedaban diez minutos.

—Tesoro. —Luke me dio un beso en la frente—. Estoy muy orgulloso de ti.

—Ni siquiera he corrido todavía —dije contra su pecho.

Se apartó para poder mirarme.

—No hace falta que corras para que me sienta orgulloso de ti. Podrías retirarte ahora mismo y marcharte y seguiría estando orgulloso de ti.

—¿En serio?

—Sí. —Me dio otro beso en la frente. Sus besos en la frente me hacían sentir como si flotara. Tenían algo que resultaba muy íntimo. Se apartó de nuevo y me colocó el dedo debajo de la barbilla para obligarme a que le mirara—. Entonces, ¿nos vamos?

Quería esto.

Quería montar.

Y quería ganar.

—No.

—Esa es mi chica. —Luke sonrió lo suficiente como para que pudiera ver las arrugas que se le formaban alrededor de sus grandes ojos marrones. Fue lo último que vi antes de que me besara.

¿Sabes en las películas de acción cuando el héroe y la heroína se besan justo antes de la batalla y, de repente, están preparados para enfrentarse a los alienígenas o al monstruo mutante o a lo que sea?

Ahora lo entendía.


## LUKE

La coordinadora llamó a las corredoras y tuve que hacer acopio de toda mi fuerza para soltar a Emmy de entre mis brazos. Quería vivir muchos más momentos como este con ella.

Cogió su sombrero vaquero de una mesa que había junto a nosotros.

—Gracias —dijo. Acto seguido, se dio la vuelta y empezó a caminar hacia la entrada de las corredoras.

Y, joder, qué culazo le hacían esos vaqueros.

La miré hasta que ya no pude ver su camisa roja. Cuando aparté los ojos de donde la había visto por última vez, Teddy me estaba mirando fijamente. No supe interpretar su expresión, pero no me pareció mala. Eso esperaba.

La verdad es que se me había olvidado que estaba allí con nosotros, que acababa de vernos juntos de una forma que nadie más sabía ni que existía.

—¿Qué? —pregunté.

Sacudió la cabeza ligeramente, como si estuviera aturdida.

—Estás enamorado de ella —dijo. No era una pregunta.

—Sí. —No tenía motivo alguno para mentirle a Teddy. Si no me dio un puñetazo en la cara el día que entró en mi despacho para interrogarme, estaba bastante seguro de que no lo haría ahora.

—¿Lo sabe?

—Todavía no.

—Deberías decírselo.

—Lo haré.

—Ella también te quiere, ¿lo sabes?

Pensar en eso me aterrorizaba, pero también me hacía sentir el hombre más afortunado del mundo. No sabía muy bien cómo estar enamorado, pero sabía que quería estar con Emmy de todas las formas posibles. Quería los bailes lentos en la cocina, las noches de chupitos, los paseos a caballo por la montaña, el sexo apasionado, las siestas por la tarde y las autopistas de dos carriles con las ventanillas bajadas.

Lo quería todo.

—¿Cómo lo sabes?

—Me pidió que fuera a por ti. —Teddy se encogió de hombros—. Emmy nunca pide nada. Se limita a bajar la cabeza y a lidiar con las cosas de la única manera que sabe, pateando la mierda dentro de su propio cerebro. Pero me pidió que fuera a por ti.

# 24

# LUKE

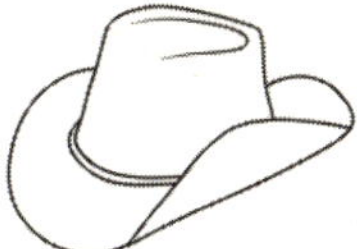

Teddy y yo volvimos a las gradas, donde se había instalado el sector de animadores de Emmy.

Cuando Teddy vino a buscarme, estaba esperando en la cola para llevarles cervezas a todos, pero aquí estaba ahora, de vuelta y sin cervezas. Igual no se daban cuenta.

—¿Dónde están nuestras cervezas, tío? —preguntó Wes.

«Mierda».

—La cola era larga de narices. —Lo cual era cierto. Solo que no me quedé en ella tanto tiempo.

—¿Y? —respondió.

—No me caes tan bien —dije. Wes me enseñó el dedo corazón.

Camille y Riley no estaban aquí cuando me fui, pero ahora sí, y también el prometido de Camille. Por más que lo intentaba, me era imposible recordar el nombre de ese tipo, por lo que trataba de no ponerme nunca en una situación en la que tuviera que decirlo.

Me senté en el espacio que me había reservado Gus entre él y Amos. Amos me dio un apretón en el hombro cuando me senté.

—Gracias por venir, Luke —dijo—. Estoy seguro de que Emmy se alegra de que estés aquí.

No sabía por qué decía eso. ¿Sabía algo?

—E-Eh, sí —balbuceé—. Tal vez.

«Sutil».

Amos me dedicó una sonrisa ladeada. Me inquietó muchísimo.

Antes de que pudiera darle demasiada importancia, la voz de la locutora sonó por los altavoces para anunciar que la carrera de barriles estaba a punto de comenzar. Todos los del rincón de Emmy se pusieron alerta. Según el programa, era la última.

—¿Sabes? —empezó Amos—. La última vez que Emmy corrió en Meadowlark fue antes de ir a la universidad. Desde entonces la he visto correr cientos de veces, pero verla correr en su pueblo natal tiene algo especial.

Amos sonaba… ¿como si tuviera un nudo en la garganta? No les tenía miedo a los sentimientos ni a las emociones ni a nada por el estilo. Les decía a sus hijos que los quería, abrazaba a todo el mundo y dejaba que Riley le pintara las uñas, pero creo que nunca lo había visto ponerse sentimental.

La primera y segunda corredoras hicieron una media de unos dieciséis segundos. Lo más rápido que Emmy había hecho el recorrido en Rebel Blue había sido dieciséis coma cinco, así que estaba bastante igualada.

Dos corredoras de la formación volcaron un barril, por lo que se les añadió una penalización de cinco segundos a su tiempo. Sabía que Emmy podía ganarles.

Las carreras de barriles eran rápidas, así que no tardamos mucho en llegar a Emmy. La jinete que la precedía llegó a la línea de salida. Cuando sonó la pistola, se fue a la derecha. Era rápida. Su caballo levantaba tierra y se movía muy deprisa, pero ella parecía inestable; incluso golpeó un barril. Aun así, fue la más rápida hasta el momento, con quince coma siete segundos. El barril que golpeó no se volcó, por lo que no hubo ninguna penalización en su tiempo.

—Y, por último, pero no menos importante —comenzó a hablar la locutora. Vi la camisa roja de Emmy en la pista. Maple y ella se estaban dirigiendo a la línea de salida. Empezó a rebotarme la pierna—. Tenemos a la cuatro veces campeona y batidora de récords, corriendo en su pueblo natal por primera vez en nueve años, Clementine Ryderrr. —La locutora alargó la última «r» de Ryder, y todos los que habían ido por Emmy se pusieron de pie y enloquecieron. La mayoría de la gente de las gradas también se puso de pie.

Meadowlark apoyó a su niña bonita.

Emmy estaba en la línea de salida, preciosa con su sombrero vaquero marrón, su camisa roja y sus vaqueros Wranglers. Le estaba acariciando el cuello a Maple. Ambas parecían tranquilas.

Bien.

Unos segundos más tarde, la pistola sonó y Emmy salió.

Y se fue a la izquierda.

«¿Por qué cojones había ido a la izquierda?». Todos debimos de pensar lo mismo, porque oí a Gus decir mi pregunta en voz alta.

En las carreras de barriles, la forma más eficiente de hacer el patrón de hoja de trébol que se requería era ir al barril derecho, luego al izquierdo y luego al del centro. Pero Emmy se fue para la izquierda y rodeó el primer barril con una curva más cerrada de lo que le había visto hacer nunca. La tierra de la pista volaba por todas partes, pero Emmy tenía todo bajo control.

Incluso desde aquí, veía que estaba concentrada.

Se dirigió al barril derecho manteniendo la velocidad, pero lo rodeó con una curva un poco más ancha que el primer barril.

En este momento, estaba básicamente empatada con la jinete que había corrido antes que ella.

«Esa es mi chica».

Solo quedaba un barril y Emmy se estaba dirigiendo en línea recta a él. No disminuyó la velocidad y no hizo una curva amplia. Hostia puta. Su control no era de este mundo. Rodeó el barril y, en cuanto pudo, instó a Maple con más fuerza en la recta.

Todos estábamos gritando algo parecido a «Vamos, vamos, vamos» y Emmy estaba yendo.

Contuve la respiración mientras cruzaba la línea de meta, y solo en ese momento empezó a ralentizarse Maple.

Catorce coma ocho segundos. El corazón se me paró en seco en el pecho, y la multitud estalló cuando el reloj se detuvo. Sus vítores estaban dirigidos a Emmy.

—¡Amigos! Clementine Ryder sigue siendo una fuerza que hay que tener en cuenta, ya que se ha colocado sin problemas en primer lugar y ha batido su propio récord de catorce coma nueve. Menuda carrera —dijo la locutora por el altavoz.

Todos aplaudimos. Amos nos abrazó a todos, Gus me dio una palmada en la espalda e incluso le chocó los cinco a Teddy.

Emmy y Maple volvieron a la pista y dieron la vuelta de la victoria. Emmy estaba radiante. Su sonrisa era como una llama salvaje, y sentía el calor que desprendía desde aquí. Nos divisó a todos en la multitud e inclinó el sombrero.

Amos, Gus, Wes, Teddy y yo empezamos a abandonar nuestros puestos, sin molestarnos en quedarnos para los demás actos. Camille, su prometido y Riley se quedaron con Hank. Teddy no tardó en acercarse a ellos para asegurarse de que podían ayudarle a bajar las escaleras del estadio, y les dijo dónde estaba su silla de ruedas.

Todos estábamos aquí por una sola razón, y esa razón era Emmy, así que fuimos a verla.

Dejé que Teddy encabezara el grupo, ya que no quería estar en primera línea cuando le diera la enhorabuena, por mucho que lo deseara.

Dios, estaba tan orgulloso de ella.

Cuando llegamos a la zona de entrada, vi a Emmy con su camisa roja. Mis ojos se habían dirigido hacia ella antes de que mi cerebro se diera cuenta.

—¡Emmy! —gritó Teddy, y Emmy miró y empezó a correr hacia nosotros.

Espera, no.

No hacia nosotros.

Hacia mí.


## EMMY

Lo había conseguido. Lo había conseguido, joder.

Después del accidente, del pánico, de la ansiedad y de la espiral que me condujo a casa, lo había conseguido. Había corrido mi última carrera de una forma de la que podía estar orgullosa, y estaba orgullosa.

Llevé a Maple al potrero y la llené de besos y abrazos antes de dirigirme a la zona de entrada con la esperanza de que mi familia y Luke estuvieran esperándome.

Miré a mi alrededor, pero no los vi.

—¡Emmy! —Oí la voz de Teddy y me giré hacia ella. Allí estaban. Mi familia, mi mejor amiga y el hombre del que por fin podía admitir que estaba completa y totalmente enamorada.

Antes de darme cuenta de lo que estaban haciendo mis pies, se pusieron a correr hacia él.

Me lancé a sus brazos y los sombreros de ambos cayeron al suelo.

Luke soltó una risita cuando mi cuerpo chocó con el suyo, pero aun así me atrapó. Me hizo girar varias veces antes de detenerse.

—Has estado increíble —dijo. La forma en la que me miraba hizo que notara el corazón en la garganta. En vez de responderle, le besé mientras me sostenía en sus brazos, y no me contuve.

Con los pies despegados del suelo, me sujetó con un brazo y me enredó el otro en el pelo. Me daba igual que mi familia y casi todo Meadowlark estuvieran mirando. Luke no era mi secreto.

Era mío, nada más.

Nos besamos durante un segundo, completamente inmersos en el momento, antes de separarme. Le sonreí. Sus grandes ojos marrones me examinaron la cara. Parecía aturdido, como si no pudiera creerse lo que acababa de ocurrir. Yo tampoco podía creérmelo, ni la carrera ni el beso.

—Emmy, te…

Luke no llegó a terminar la frase porque, al mismo tiempo, Gus dijo:

—¿Qué narices?

Luke me bajó al suelo, pero no me soltó del todo. Estaba tenso, como si estuviera preparado para ponerse delante de una bala.

Miré hacia donde estaban todos. Teddy estaba sonriendo. Mi padre estaba esbozando una sonrisita extraña y el pobre de Wes parecía más que confundido.

Gus parecía querer prenderle fuego a Luke.

—¿Qué cojones? —repitió.

—Mira, tío, puedo explicarlo… —respondió Luke.

—Gus… —empecé.

—Tú cállate, Emmy.

Me encogí y retrocedí, y noté cómo Luke me abrazaba un poco más fuerte antes de soltarme y ponerse delante de mí.

—Sé que estás enfadado, pero no puedes hablarle así —dijo Luke con firmeza—. Si quieres enfadarte con alguien, enfádate conmigo.

—Oh, lo estoy. ¿Estás de puta coña, Brooks? ¿Mi hermana? ¿Esa es la persona con la que has elegido pasar el rato?

—August, cálmate —contestó nuestro padre. Su voz ronca era severa. No usaba esa voz a menudo, pero cuando lo hacía, por lo general nos enderezaba a todos.

Esta vez no.

Gus se dirigió hacia Luke y hacia mí. Wes intentó detenerlo, pero se lo quitó de encima. Luke actuó rápido y me empujó detrás de él, pero no con la suficiente rapidez como para esquivar el puñetazo que le lanzó Gus.

Este hombre seguía cuidando de mí incluso después de que mi hermano le hubiera pegado.

—¡Qué coño haces, Gus! —grité. Gus estaba sacudiendo la mano como si el puñetazo le hubiera dolido.

Empezó a acercarse a Luke otra vez, pero me puse delante de él. Wes había llegado hasta nosotros y estaba agarrando a Gus del hombro, esta vez con más fuerza.

—Esto es increíble. Sabía que eras un inútil, pero no sabía que también eras un mentiroso —le espetó Gus.

Sus palabras parecieron afectarle más que el puñetazo.

—Gus, cálmate —intervino Wes—. Vamos a dar una vuelta, ¿vale?

—¿Dar una vuelta? ¿Quieres que dé una vuelta cuando acabamos de ver cómo este gilipollas le metía la lengua hasta la garganta a nuestra hermana? —La voz de Gus estaba cargada de veneno. Luke me mantuvo detrás de él con firmeza, protegiéndome de la mordacidad de Gus. A nuestro alrededor se había reunido un pequeño círculo de gente, y sabía que esto iba a alimentar al monstruo de los cotilleos de Meadowlark durante semanas.

—Gus, déjalo ya. —Era Teddy. Se interpuso entre Gus y Luke y yo, protegiéndome del daño, tal y como dijo que haría—. Vete antes de que tu hija baje y te vea actuando como un lunático rabioso que acaba de darle un puñetazo en la cara a su tío.

Mencionar a Riley funcionó. No se calmó, pero no parecía que fuera a lanzar otro puñetazo. Miró fijamente a Teddy, luego a Luke y a mí.

—Márchate, hijo —dijo mi padre.

—No puedo creerme que a todos os parezca bien —comentó Gus con amargura, pero se dio la vuelta para alejarse y Wes lo siguió. Wes cuidaría de él.

Mi padre se nos acercó a Luke y a mí y le puso una mano en el hombro a Luke.

—¿Estás bien, chico? —preguntó.

—Sí, estoy bien. Amos, lo siento…

Mi padre levantó la mano para indicarle que se detuviera.

—Para nada. —Se giró hacia mí—. Clementine, ¿por qué no te vas a casa con Teddy? Igual deberías darle unos días a Gus para que se calme. Yo me ocupo de Luke.

—Pero… —empecé a hablar, pero mi padre me lanzó una mirada con la que me dijo que no era negociable. Teddy se dirigió hacia mí, me agarró de la mano y me alejó de Luke, que era justo lo que no quería hacer.

—Teddy, no puedo dejarle.

—Sí que puedes. Es solo temporal. Medio pueblo está esperando a que aparezca Gus para pegarle otra vez, y tu padre cuidará de él. Vámonos de aquí.

# 25

# LUKE

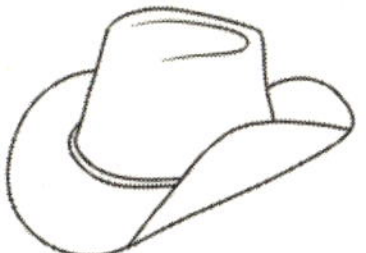

Me miré en el espejo. Gus me había dejado un ojo morado tremendo, pero no podía culparle. Los bordes exteriores estaban empezando a ponerse amarillos, pero seguía estando bastante feo.

Habían pasado varios días desde las regionales y todavía no había visto a Emmy. Quería darle más tiempo a Gus para que se calmara, pero no tenía intención de renunciar a Emmy. Jamás.

Aunque no la había visto, hablábamos todos los días. Era mía.

Necesitaba que Gus llegara a un punto en el que pudiera hablar con él sin que me diera otro puñetazo. A Emmy no le gustaba, pero tenía la sensación de que Gus tardaría mucho más en hablarme si seguía viéndome con su hermana pequeña.

Teddy se estaba quedando con Emmy en su cabaña, lo que hacía que me sintiera mejor. Por el momento, me habían echado de Rebel Blue. Emmy estaba enfadada con Gus, y Gus estaba enfadado conmigo.

Me sentía como una mierda.

Cuando Emmy se fue con Teddy, Amos fue a uno de los puestos de comida y me trajo una bolsa de hielo para el ojo. No me preguntó cuánto tiempo llevábamos juntos ni qué cojones me pasaba, que era lo que me esperaba. En vez de eso, me acompañó a mi camioneta y me dijo:

—Ya se le pasará.

—No sé yo —contesté.

—Sé que sí. Emmy llegó a casa rota, y no hace falta ser un genio para saber quién la ayudó a recomponerse.

»Gracias —continuó—, por cuidar de mi niña.

—Sabe cuidar de sí misma —dije.

—Lo sé, pero te aseguraste de que no tuviera que hacerlo sola.

No esperaba que ninguno de los Ryder me diera su aprobación, pero Amos parecía alegrarse de verdad por lo nuestro. Eso me bastó para conseguir pasar unos días sin ella, aunque la echaba muchísimo de menos.

Me resultaba extraño pensar que conocía a Emmy de casi toda la vida, pero que habíamos estado viviendo nuestras vidas de forma semiparalela. Ahora, era incapaz de imaginar mi vida sin ella. Me tenía atrapado.

La amaba. Con todo mi corazón.

Y todavía no había podido decírselo.

Mi móvil vibró sobre el mueble del baño. Era Emmy. Me había mandado una foto de la pantalla de su móvil. Estaba escuchando a Brooks & Dunn.

**Emmy:** Buenos días.

En ese momento sonó el timbre, lo cual era raro, ya que nadie venía nunca a mi casa. La mayoría de la gente ni siquiera sabía que estaba aquí. Si alguien me necesitaba, primero miraban en La Bota del Diablo o en Rebel Blue. Salí del cuarto de baño y me volví a tocar el ojo morado antes de dirigirme a la puerta y abrirla de par en par.

Era Gus. Tenía un aspecto desaliñado, como si no hubiera dormido últimamente. Tenía la barba, normalmente bien recortada y apenas crecida, más larga que nunca.

—¿Puedo pasar? —preguntó.

Me apoyé en el marco de la puerta y crucé los brazos sobre el pecho.

—No lo sé —respondí—. ¿Has venido a ponerme morado el otro ojo?

Gus se miró los pies.

—No. He venido a hablar de Emmy.

Eso no me lo esperaba. Me retiré del marco de la puerta y le di permiso para entrar. Odiaba que hubiera incomodidad entre nosotros.

—¿Quieres una taza de café? —pregunté. Era temprano, alrededor de las siete, de lo contrario le habría ofrecido una cerveza. Igual yo necesitaba una para superar esta conversación.

—Sí, sería genial.

Fui a la cocina, donde la cafetera había dejado de echar el café que había puesto esta mañana al despertarme. Nos serví una taza a cada uno y nos sentamos a la mesa de la cocina.

Esto era raro de cojones. En casi dos décadas de amistad, jamás había habido un momento incómodo entre Gus y yo. Ni siquiera habíamos tenido una pelea que hubiera durado más de unas horas. Nos quedamos sentados en silencio durante unos instantes. Gus fue el primero en hablar.

—Siento haberte pegado —dijo. Que Gus Ryder se disculpara era algo raro—. Pero sabes que es mi primer instinto cuando veo a alguien besando a mi hermana.

—Siento que tuvieras que enterarte así —contesté, y lo sentía, pero no iba a disculparme por besar a su hermana. Pasara lo que pasara, Emmy era mía.

Volvimos a quedarnos en silencio.

—Lo siento. Por lo que te dije en las regionales. No iba en serio. —No supe qué decirle. Las palabras de Gus me escocieron a reventar, a pesar de que había intentado no darles importancia. Gus miró su taza de café antes de añadir—: Eres una de las mejores personas que conozco.

—Sabes dónde golpear a un hombre para que le duela —dije.

—Lo siento, de verdad.

—Yo también. —Suspiré. Odiaba que todo se hubiera ido tan a la mierda, y sabía que era culpa mía por enamorarme de Emmy, pero nunca me arrepentiría de eso. Nunca me arrepentiría de haber cruzado la línea con ella. Habíamos cruzado la línea juntos, y era lo mejor que me había pasado nunca.

—¿Cuánto tiempo lleváis así? —preguntó Gus.

—Empezó unas semanas después de que Emmy volviera —respondí con sinceridad. Gus frunció los labios. Sabía que quería enfadarse, pero que se estaba conteniendo.

Menos mal. No quería recibir otro puñetazo ni otra agresión verbal.

—¿Y no se te ocurrió que igual deberías haberme contado que te gustaba mi hermana pequeña?

—Claro que sí, e iba a hacerlo en cuanto Emmy estuviera lista, pero, sé sincero, ¿de verdad habrías reaccionado de otra manera?

Gus parpadeó despacio.

—Espera. —Sacudió la cabeza con incredulidad—. ¿Has dicho que ibas a contármelo en cuanto Emmy estuviera lista? —Asentí con la cabeza—. Entonces, ¿no eras tú el que lo mantenía en secreto?

—No, Emmy quería esperar antes de contárselo a nadie.

—¿No eras tú el que quería ocultarlo?

—No. En cuanto me di cuenta de lo que había entre nosotros, quise contártelo. —Eso era verdad. Solo que no sabía cómo hacerlo.

—Entonces, ¿qué hay entre vosotros?

Respiré hondo y esperé que lo que le iba a decir a continuación no fuera a conseguirme otro puñetazo, pero Gus tenía que oír la verdad.

—Estoy enamorado de ella. En plan, hasta las putas trancas. —Gus abrió los ojos de par en par. Era mi mejor amigo. Hablábamos. Sabía que nunca había amado a nadie como pensaba que tenía que hacerlo, que ni siquiera sabía si sabía cómo hacerlo, pero eso fue antes de Emmy.

Ella lo era todo.

—¿Es correspondido? —preguntó al cabo de un segundo.

—No lo sé. Todavía no se lo he dicho —admití.

—¿No se lo has dicho?

—Bueno, estaba a punto de hacerlo, pero entonces un gilipollas me dio un puñetazo en la cara. Digamos que arruinó un poco el momento.

Gus esbozó una sonrisa tímida y se frotó la nuca.

—Mira, es raro de cojones que estés con mi hermana, pero ha estado de bajona desde las regionales. Se niega a hablar conmigo y ha estado haciendo todo el trabajo del rancho sola. Odio que se aísle así.

Eso era a lo que recurría Emmy cuando estaba molesta.

—Y me cabrea que me hayas mentido, sobre todo respecto a la única persona del planeta que debería haber sido intocable para ti, pero no pensaba que tuviera que decirte eso. No voy a mentirte y a decirte que me parece bien todo esto porque no me parece bien.

«Ay».

—Pero creo que… —Suspiró—. Podría parecerme bien. Algún día. —Le miré, esperando a que continuara—. Esta mañana Emmy está vigilando las vaquillas en el lado sur del rancho. —Debí de parecer confundido, porque añadió—: Te lo digo para que puedas encontrarla si lo necesitas, para decirle que la quieres o lo que sea.

¿Hablaba en serio?

A caballo regalado no había que mirarle el diente. No tuvo que decírmelo dos veces. Me levanté y cogí las llaves del gancho que había junto a la puerta principal. Me giré y le tendí la mano a Gus con la esperanza de que la aceptara.

Lo hizo y nos estrechamos la mano.

Cuando salí corriendo por la puerta principal, me gritó:

—Para que lo sepas, como le rompas el corazón a mi hermana, un ojo morado va a ser la menor de tus preocupaciones.

# 26

# EMMY

Miré hacia Rebel Blue y vi manchas amarillas y rojas entre los árboles verdes. El otoño estaba en camino. Esta mañana estaba en el lado sur del rancho, asegurándome de que ninguna vaquilla atravesara la valla. Este año lo habían hecho más de lo habitual y todavía no habíamos podido reparar todos los agujeros de la valla.

Así que aquí estaba.

Sola.

Maple y yo caminamos a lo largo de la valla. El silencio de la mañana facilitaba que me perdiera en mis pensamientos. Se habían vuelto a acelerar, como cuando regresé a Meadowlark.

Era temprano, pero no había estado durmiendo muy bien últimamente, así que no me costó mucho levantarme de la cama, lo cual ya era mucho decir.

Dormía mucho mejor cuando me envolvía mi boa constrictor vaquera.

Todavía estaba cabreada de cojones con Gus. Había intentado hablar conmigo los últimos dos días, pero mi perro guardián, Teddy, no le dejaba entrar en mi cabaña. Sabía que, como hablara con él, diría algo de lo que me arrepentiría.

Teddy se había quedado conmigo durante unos días, lo que me permitía estar de bajona, pero también me daba la oportunidad de hablar de todo lo que estaba pasando: el hecho de haber ganado las regionales, lo que iba a hacer a continuación y, claro está, Luke.

—Sigo sin creerme que Luke recibiera un puñetazo por ti. Normalmente es él quien da los puñetazos —había dicho mientras estábamos tumbadas en mi cama la mañana de después de la carrera—. Está coladito por ti, Emmy. Deberías haberle visto en las gradas durante la carrera. No podía quitarte los ojos de encima. No entiendo cómo nadie sabía que ese hombre estaba loco por ti antes de todo el accidente del beso.

»Siento que tu gran momento se viera eclipsado por Gus siendo un completo y absoluto gilipollas —continuó.

—Fue terrible. No puedo creerme lo que le dijo a Luke —respondí. Luke se había estremecido más ante las palabras de Gus que ante el puñetazo. Era capaz de soportar un puñetazo, pero no era capaz de soportar que su mejor amigo le odiara.

—Fue un puto espanto —dijo Teddy—. Aunque sé que lo solucionarán. Se echarían demasiado de menos si no lo hicieran.

—Espero que tengas razón. Gracias por intervenir cuando sucedió todo. Fuiste tú la que lo calmó, o al menos la que hizo que se fuera.

Ese día, Teddy supo qué decirle a Gus a la perfección.

—Te dije que me encargaría de él —contestó—. ¿Has hablado con Wes? Parecía bastante tranquilo con todo el tema.

—Sí, lo está. Es protector, pero no como Gus. Wes sabe cuándo alguien está triste, y yo estaba muy triste cuando llegué a casa. Creo que se siente aliviado al ver que estoy bien —dije—. Además, supo que pasaba algo cuando, la mañana de después de la cena familiar, le abrí la puerta con una camiseta de hombre que conocía y cuando Brooks no estaba en los establos a pesar de que su camioneta estaba en el rancho.

Teddy se rio a carcajadas.

—Dios, sois los peores guardando un secreto.

—Lo sé. Creo que mi padre también lo sabía. Era como si todos estuvieran esperando a que tuviéramos un desliz para que todos pudiéramos volver a la normalidad.

Mi padre bajó a mi cabaña después de lo del puñetazo para decirme que Luke estaba bien. Antes de irse, me dio un abrazo a lo Amos Ryder y me dijo: «Me gusta. Luke y tú».

—En plan, una vez superado el choque inicial, creo que lo tuyo con Luke tiene sentido. Y luego, cuando vi cómo te calmaba antes de la carrera… —Teddy se abanicó antes de continuar—. Fue como, joder, estos dos están al rojo vivo.

—Cállate. —Me reí.

—Es la verdad. Nunca te había visto derretirte así. Y nunca he visto la cara de Brooks con otra expresión que no sea despreocupación. Creo que ambos sacáis el lado tierno del otro.

—¿Y eso qué significa?

—Algunas historias de amor arden a gran temperatura y rápido, pero vosotros dos sois más de temperatura baja e ir despacio —explicó—. Es una clase de amor fuerte y constante. —Tenía razón. Más que nada, Luke me hacía sentir segura—. Gus entrará en razón —concluyó Teddy.

Eso esperaba.

Vi a Gus esta mañana en la Casa Grande y le hice el vacío, lo que, con toda probabilidad, no hizo otra cosa que cabrearle más. Me daba igual. Quería a mi hermano, lo suficiente como para no estar varios días sin ver a Luke porque quería darle tiempo para que aceptara que su mejor amigo y su hermana pequeña estaban juntos.

Visto desde una perspectiva general, unos pocos días sin Luke no eran nada en comparación con la vida que tenía intención de pasar con él, pero seguía odiando estar lejos de él.

Sabía que Luke quería hablar con Gus para al menos tratar de aclarar las cosas, pero en ese momento estaba harta de no poder verlo.

Lo amaba.

Y ni siquiera había tenido la oportunidad de decírselo.

Luke fue algo muy inesperado, sobre todo para una mujer que se había pasado la vida tachando cosas de su lista de tareas por hacer. En ninguna parte ponía «Enamórate de Luke Brooks», pero lo hice de todas formas.

Tampoco decía: «Vuelve a Meadowlark», pero también lo hice. Al principio, no volví a Meadowlark, sino que hui de Denver, nada más.

Ahora, mi intención era quedarme.

Y mi intención era quedarme con Luke.

En cuanto Gus dejara de comportarse como un niño pequeño al respecto.

Con Luke en la cabeza, recorrí Rebel Blue con la mirada. Le echaba tanto de menos que casi oía cómo gritaba mi nombre.

Suspiré.

Pero, entonces, volví a oírlo. Maple agitó las orejas, por lo que debió de oír algo también. Eso significaba que no me lo había imaginado.

Tiré de las riendas para que trazara un círculo y averiguar de dónde procedía la voz. Hacia el norte, vi un caballo y a su jinete galopando hacia Maple y hacia mí.

Reconocería a ese jinete en cualquier parte.

Luke.

Estaba atravesando el rancho, instando a Friday a que fuera tan rápido como podía en la mañana cubierta de rocío. A medida que se acercaba, me bajé de Maple rápido y pasé las riendas por encima del poste de la valla junto al que estábamos.

Luke saltó de Friday, literalmente, cuando estaban a casi cinco metros de nosotros. De alguna manera cayó de pie. Friday se detuvo cerca de Maple. Me di cuenta de que no lo había ensillado. Luke había cabalgado por los senderos más difíciles del rancho a pelo.

Todo para llegar hasta mí.

Lo miré. Tenía el pecho agitado y los ojos brillantes. No llevaba sombrero, así que tenía el pelo revuelto de haber cabalgado. Parecía un hombre poseído.

En el buen sentido. En el mejor sentido.

Solo habían pasado unos días, pero me sentía como si hubiera estado meses sin verle. No podía pasar ni un segundo más sin tocarlo.

Ambos nos movimos en dirección al otro a la vez, corriendo el uno hacia el otro hasta que nuestros cuerpos chocaron.

Me abrazó con fuerza, como si temiera que pudiera desaparecer.

—Hola, tesoro —me dijo al oído.

—Hola —murmuré—. ¿Qué haces aquí?

—Tengo que decirte algo.

Yo también tenía que decirle algo, pero dejé que fuera primero. Se echó hacia atrás y me cogió la cara con sus fuertes manos. Le agarré las muñecas. Sus ojos grandes y marrones me miraron a la cara. Parecía nervioso.

—Te quiero, Clementine Ryder —dijo con sinceridad.

Se me cortó la respiración.

—Estoy enamorado de ti hasta las putas trancas.

Las lágrimas empezaron a brotarme detrás de los ojos a medida que hablaba.

—Tú y la puta falda que llevaste a mi bar hace unos meses habéis puesto mi vida patas arriba, y no quiero que nunca sea de otra manera.

Una lágrima me cayó por el rabillo de mi ojo. Luke la atrapó.

Igual que me había atrapado a mí innumerables veces en los últimos meses.

—No llores, tesoro. Sabes que odio que llores.

—Son lágrimas de felicidad —contesté. Me besó suave y despacio. La sensación de sus labios sobre los míos era una de esas cosas a las que no me acostumbraría nunca. Parecía tan correcto… en plan, ¿para qué servían mis labios si no era para besar a este hombre? Nuestras bocas se movieron juntas y nos quedamos atrapados el uno en el otro. La manera en la que me agarraba la cintura hizo que me calentara por dentro.

—Lo eres todo para mí, Emmy —dijo contra mi boca. Ahora no solo estaba embriagada por su beso, sino también por sus palabras.

Besar a Luke hizo que se me nublara la mente. En el buen sentido.

—Tengo que decirte algo —dije entre besos.

—Después —gruñó, y siguió besándome mientras bajaba una mano por mi espalda. Puse las manos en su pecho y me separé. Me miró hambriento, como si unos días sin mí le hubieran vuelto loco.

Ya éramos dos.

Pero tenía que soltarlo.

—Yo también te quiero, Luke Brooks. Tú también lo eres todo para mí.

Luke esbozó una de mis sonrisas favoritas, la que le resaltaba las arrugas de los ojos, y me eché a sus brazos una vez más.

Hogar, dulce hogar.

# EPÍLOGO

## LUKE

Miré a Emmy, que seguía dormida a mi lado. Nunca había conocido a nadie que tuviera un sueño *tan* profundo. Dudaba que una bomba la despertara. Tenía las piernas entrelazadas con las mías, la boca abierta de par en par y el pelo despeinado y enredado. Estaba roncando un poco. Estaba increíble con una de mis camisetas antiguas.

Esta mujer era el amor de mi vida.

Le aparté un mechón de pelo que le cubría parte de la cara y se inclinó hacia mi mano. Le planté un suave beso en la sien, y siguió revolviéndose y envolviéndose a mi alrededor.

Y luego era yo la boa constrictor.

—Buenos días —dijo bostezando.

—Buenos días, tesoro. ¿Has dormido bien?

—Mmmhmm. ¿Qué hora es?

—Un poco más de las seis. —Emmy gimió. Las mañanas no eran lo suyo—. Tienes que ir al rancho, tesoro.

Era el primer día de clases de equitación en la pista cubierta de Rebel Blue. Emmy se había hecho cargo de todas las clases. Yo le había cedido las mías con gusto. Gus seguía pidiéndome ayuda en los establos durante la semana, pero no dar clases me dejaba mucho tiempo libre. Eso significaba que podía centrarme en el bar.

Las cosas entre Gus y yo no eran perfectas, pero estábamos en ello. Había dejado de estremecerse de manera visible cada vez que tocaba a Emmy en su presencia, lo cual me tomé como una victoria.

—¿Hay café? —preguntó Emmy. Había enterrado la cara en mi pecho.

—Siempre —respondí, y le di otro beso en el pelo. Me encantaba despertarme con ella. Solía pasar al menos un par de noches a la semana en mi casa, y eran mis favoritas.

Emmy empezó a besarme el pecho y el cuello, y mi polla se puso alerta al instante. «Esta mujer».

—Emmy. —Había una advertencia en mi voz. Emmy se limitó a soltar una risita, y noté su aliento contra la piel. Cuando se trataba de mi chica, era incapaz de contenerme. Metí las manos debajo de la camiseta que llevaba puesta y empecé a acariciarle el cuerpo mientras acercaba su boca a la mía.

Nos giré para quedar encima de ella.

—No puedes llegar tarde tu primer día —dije contra su boca. Incluso mientras lo decía, ya estaba echándole las bragas a un lado con los dedos y deslizándolos dentro de ella, porque en realidad me daba igual si llegaba tarde.

—Entonces será mejor que te des prisa. —Su voz sonaba entrecortada.

Me aparté y le lancé una mirada mordaz.

—¿Me estás retando? —inquirí mientras hundía dos dedos en su interior. Arqueó la espalda y emitió un pequeño gemido—. Respóndeme, tesoro. ¿Me estás retando a que haga que te corras?

—Sí —suspiró—. Por favor. —Metí y saqué los dedos y usé el pulgar para trazarle círculos sobre el clítoris y presionarlo. Cuando acerqué la boca a su pezón y lo mordí con suavidad, jadeó.

—Ya estás mojada. Seguro que estabas teniendo sueños húmedos conmigo —bromeé antes de lamerle el cuello. Emmy empezó a frotarse contra mi mano con desenfreno.

Eso significaba que estaba cerca. Conocía su cuerpo por dentro y por fuera. Seguí acariciándole el clítoris y ejerciendo presión mientras seguía moviendo el cuerpo contra mi mano. Sabía que lo necesitaba junto con la fricción.

Se le empezó a tensar el cuerpo, y supe que se estaba acercando al límite. Me incorporé para poder mirarla. Ver cómo se corría era más hermoso que una puesta de sol en Wyoming. Tenía la boca abierta y los ojos en blanco. Normalmente la obligaría a mirarme.

Pero hoy no.

Hoy solo quería ver cómo perdía el control.

Y lo hizo.

La acaricié durante el orgasmo, y mi polla la ansiaba. Mientras se desmoronaba, le bajé la ropa interior por las piernas y la lancé al otro extremo de la habitación. Me coloqué en su entrada antes de penetrarla. Ambos gemimos, y me apoyé en los antebrazos para poder besarla de nuevo antes de girarnos de manera que quedara encima de mí.

Echó la cabeza hacia atrás y noté cómo su larga melena me rozaba los muslos mientras se movía sobre mí.

*Menudas putas vistas.*

—Móntame, cariño.

• • •

Preparé un desayuno rápido mientras Emmy estaba en la ducha: huevos y tostadas. A mí me gustaban las integrales, pero las de masa madre eran las favoritas de Emmy. Mientras cocinaba, sonó mi móvil. Era un mensaje de mi madre.

John había vuelto a casa unos días después de nuestra visita. Al parecer, se salió de la ruta y no fue capaz de encontrar un lugar seguro en el que dar la vuelta. Estoy seguro de que el hecho de que el rastreador de su camión se volviera a encender a las afueras de una franja de casinos en Reno no tuvo nada que ver con que se volviera ilocalizable durante unos días.

Mi madre y yo seguíamos sin tener una relación del todo, pero ahora que tenía mi número, hablábamos un poco más. No estaba seguro de cómo sentirme al respecto, pero no podía negar que era agradable sentir que le importaba.

Cuando Emmy entró en la cocina después de ducharse, se me aceleró el corazón.

Estaba preciosa con los vaqueros ajustados y una camiseta blanca de manga larga. Me encantaba su pelo desordenado, pero también cuando se lo apartaba de la cara como hoy.

—Huele muy bien —dijo mientras cogía el pastillero que le había traído de la encimera. Había estado intentando tomarse la medicación para el TDAH con más regularidad, y supuse que no se le olvidaría si no tenía que preocuparse de llevarla consigo cada vez que se quedaba a dormir.

Fue a un armario, sacó dos tazas, una para cada uno, y las llenó. Yo estaba junto a la nevera, por lo que saqué el bote de mitad leche, mitad crema y se la pasé. No me gustaba echarme crema en el café, pero había empezado a comprarla para Emmy.

Puso las tazas de café sobre la mesa y yo llevé el desayuno. Nos sentamos uno frente al otro. Cuando Emmy empezó a comer, rebusqué en el bolsillo hasta encontrar el trocito de metal que buscaba.

Lo puse sobre la mesa y se lo acerqué.

Hizo una pausa en mitad de un bocado y el corazón me martilleó en el pecho. ¿Me había equivocado?

—¿Es lo que creo que es? —preguntó mientras dejaba el tenedor. Miró la llave que había sobre la mesa y luego a mí. Asentí con la cabeza, incapaz de pronunciar palabra.

Su mirada volvió a la llave y se quedó allí un rato. *Joder*. La había cagado, ¿verdad? Pues claro que no quería una llave de mi casa. Era una puta locura.

Mis pensamientos siguieron entrando en un bucle hasta que Emmy volvió a mirarme y sonrió. Aquella sonrisa me paró el corazón en seco.

Cogió la llave, se levantó de la silla, rodeó la mesa y se colocó sobre mi regazo.

—Podemos empezar despacio —me apresuré a decir. Para ser un hombre incapaz de hablar hacía menos de un minuto, ahora estaba vomitando palabras—. S-Sin presiones ni nada. Como he dicho, podemos empezar despacio. He vaciado un cajón para ti en nuestra habitación y en el baño… —No llegué a terminar porque, en ese momento, Emmy me besó.

—Cállate, Luke —dijo cuando se apartó. Teníamos las frentes juntas.

—¿Eso… eso es un sí? —pregunté. Mi voz era apenas un susurro. Temía que algo más que eso la asustara, pero Emmy asintió. Le sostuve una mano entre las mías y me la llevé a los labios para darle un beso en la palma.

—Te quiero —dijo. No importaba cuántas veces me lo dijera. Aquellas palabras seguían proporcionándome el mismo calor que la primera vez.

Que Emmy volviera a Meadowlark fue lo mejor que me había pasado. Cuando volvió a casa, nunca imaginé que me convertiría en su amigo, y mucho menos enamorarme de ella. Habíamos pasado la mayor parte de nuestras vidas en la periferia del otro, pero ahora estaba en primer plano.

Recordé la primera noche que la vi en La Bota del Diablo. En aquel momento no lo sabía, pero mi chica estaba batallando. Por aquel entonces era la cáscara de la mujer que ahora amaba más que a nada. Lo único que necesitaba era un poco de fuego.

—Yo también te quiero, Clementine Ryder.

# AGRADECIMIENTOS

A mis padres, que han apoyado todas las decisiones que he tomado, incluso las más estúpidas, os quiero. Sois la razón por la que adoro las historias de amor, la razón por la que puedo escribirlas y la razón por la que creo en los finales felices. Dicho esto, por favor, no leáis este libro. Os daré una versión resumida.

A Stella: mi pequeña ángel de cuatro patas. Has sido mi compañera de escritura a lo largo de trabajos universitarios, poemas de aficionada lamentables, una tesis de posgrado, todos los libros inacabados que acechan en las profundidades de mi Google Drive y, ahora, *Morder el polvo*. Te quiero siempre, incluso cuando me tiras el portátil del sofá.

A mi Lexie: este libro ni siquiera existiría sin ti. Gracias por escuchar todas las ideas que he tenido y apoyar cada una de ellas. Tu fe en mí podría mover montañas y, para mí, lo ha hecho. Meadowlark fue construido para ti y Mav.

A Sydney: me guías en todas las cosas, y este libro no es la excepción. Gracias por estar ahí en cada etapa del proceso. Domesticas el duende del caos que hay en mí como solo una amiga puede hacerlo.

A mis hermanos: mamá se enfadaría conmigo si no estuvierais aquí, así que gracias por no tener ningún amigo buenorro del que enamorarme, supongo. Aun así, creo que estáis bastante bien.

A mi profesora de Inglés de séptimo curso y al club de escritura de Sunset Junior High: gracias por ser las primeras personas que leyeron mis historias. Esta historia no tiene dragones, pero no estaría aquí sin las historias que sí los tenían.

A mis lectoras beta, Amanda y Candace: visteis este libro en su estado más puro y no salisteis corriendo gritando. Gracias por ayudarme a moldear y dar forma a *Morder el polvo* hasta convertirlo en algo que mereciera la pena leer. Jamás dejaré de insistir en lo mucho que significáis para mí. Os estoy increíblemente agradecida. Gracias.

Emma y Kayla: gracias a vosotras nunca me siento sola. Gracias.

Angie: gracias por apoyar mi sueño de manera incondicional.

A mi editora, Tayler: eres toda una estrella. Fuiste mi compañera de equipo en el más auténtico sentido de la palabra mientras escribía este libro. Trabajar contigo es un placer y un honor. Gracias por todo.

A mi portadista con un talento increíble, Austin: Me has hecho la cubierta de mis sueños. Nunca pensé que la inspiración que saqué de los pósteres de rodeo *vintage* que tenía en mi pueblo natal se convertiría en la cubierta más perfecta. Estoy deseando ver lo que haces con el resto de la serie.

A quienes habéis leído las copias avanzadas: gracias por darle una oportunidad a mi debut y por emocionaros lo suficiente como para leerlo antes. Vuestra energía me ayudó a sobrellevar las últimas semanas antes del lanzamiento. ¡Sois los mejores, en serio!

A todos los que habéis apoyado *Morder el polvo* antes de su lanzamiento: gracias. Ojalá pudiera abrazaros a todos y cada uno de vosotros. Vuestro apoyo y vuestras palabras amables lo han significado todo para mí. Este libro me ha acercado a mucha gente amable, y estoy muy agradecida.

A la persona que está leyendo esto ahora mismo: gracias por comprar un ejemplar de *Morder el polvo*. Espero que la historia de Emmy y Luke te haya hecho feliz, sonreír y quizás hasta reír. Gracias por formar parte de mi sueño.

Y, por último, a mí. Lo has conseguido. Espero que nunca dejes de contar historias. Estoy muy orgullosa de ti.

#SíSoyRomántica